나의
뉴욕
수업

곽아람

나의
뉴욕
수업

호퍼의
도시에서
나를
발견하다

아트북스

"내가 이 놀라운 여행을 하는 목적은
나 자신을 속이기 위해서가 아니라,
여러 대상을 접촉하면서
본연의 나 자신을 깨닫기 위해서다."

– 요한 볼프강 폰 괴테,『이탈리아 기행』, 1786년 9월 17일 베로나에서

요한 하인리히 빌헬름 티슈바인, 「창가의 괴테」, 종이에 수채, 41.5×26.6cm,
1787년, 괴테하우스, 프랑크푸르트

"무엇이 당신 작품에 가장 큰 영향을 주었나요?"

"저는 항상 저 자신에게 의지했어요. 제게 크게 영향을 준 이가 있는지는 모르겠습니다."

– 에드워드 호퍼, 큐레이터 캐서린 쿠와의 대화에서

에드워드 호퍼, 「자화상」, 종이에 목탄, 45.6×30.7cm, 1903년
스미스소니언 국립초상화갤러리, 워싱턴 D.C.

내가
되기를
공부한
시간

이 책을 한마디로 요약하자면 '괴테처럼 살겠다 결심하고 뉴욕으로 떠나 호퍼처럼 산 이야기'다. 나는 우리 나이로 서른여덟의 여름 끄트머리와 가을, 겨울, 그리고 서른아홉의 봄과 여름 초입을 뉴욕에서 보냈다.

　나 스스로를 '교육'하겠다 결심하고 떠난 뉴욕행이었다. 숨가쁘게 달려온 직장생활 중에 주어진 1년간의 해외연수 기회. 자녀가 있는 사람들은 아이의 영어 실력을 기르고 견문을 넓혀주며, 가족 간 유대를 다지겠다며 결심이 대단했다. 그렇다면 혼자 떠나는 나는 무얼 위해 살 것인가? 나의 능력을 향상시키고, 세상을 보는 시야를 넓히며, 나 자신과의 관계를 돈독히 하기 위해 전력을 다해야겠다는 결론에 이르렀다. 예전과 다르게 살아보고 싶었다. 누구의 딸이라든가, 어느 회사 직원이라든가 하는 틀에서 벗어나 그저 나 자신으로, 자연인으로 살면서 세상과 맞붙어보고 싶다고 생각했다. 그 과정에서 나를 더 잘 알게 되리라 믿었다.

이 수련修鍊의 여정에서 내가 모델로 삼은 이는 요한 볼프강 폰 괴테였다. 괴테는 37세 때인 1786년 9월 이탈리아로 떠나 1788년 6월 바이마르로 돌아온다. 그는 1786년 9월 17일 베로나에서 이렇게 썼다. "내가 이 놀라운 여행을 하는 목적은 나 자신을 속이기 위해서가 아니라, 여러 대상을 접촉하면서 본연의 나 자신을 깨닫기 위해서다."

그리하여 이 책은 어학연수 한번 다녀온 적 없는 30대 후반 여성이 난생처음 해외에서 살며 모든 계급장을 떼고 뉴욕이라는 거친 도시와, 그리고 스스로와 한판 붙으며 겪은 좌충우돌의 견문록이다. 성인이 된 이래 가장 서툴고 낯설던 1년이었다. 나는 일곱 살 아이 정도의 경험치와 지력智力으로 삶을 다시 시작했다. 키르케고르를 읽은 적은 없지만, 뉴욕에 있는 동안 '신神 앞에 선 단독자'라는 말을 이해할 수 있었다. 그와 함께 백석의 시 「남신의주 유동 박시봉방南新義州柳洞朴時逢方」의 구절 "이리하여 나는 이 습내 나는 춥고, 누긋한 방에서, 낮이나 밤이나 나는 나 혼자도 너무 많은 것같이 생각하며"도 이해할 수 있었다. 사람들은 내게 물었다. 뉴욕에서 혼자 외롭지 않았느냐고. 그렇지 않았다. 나는 혼자가 아니었으니까. 나는 1년간 죽 나와 함께 있었다. 내가 짊어지고 있는 내가 너무나 크고 무거워서 종종 버겁기도 했지만, 그 덕에 나는 나를 좀더 잘 알게 되었다. 내가 나를 데리고 다닌 1년이었다.

뉴욕으로 떠날 때 마음속에 품은 이미지는 독일 화가 요한 하인리히 빌헬름 티슈바인의 수채화 「창가의 괴테」였다. 1786년 11월 1일 마침내 로마에 도착한 괴테는 "드디어 나는 세계의 수도에 도착하였다!"라고 외친다. 그 모습에서 뉴욕을 '세계의 서울'이라 여긴 내가 겹쳐 보였다.

괴테는 마침 로마에 체류하고 있던 티슈바인의 집에서 신세를 졌다. 그 집 창틀에 기대 골똘히 밖을 내다보는 괴테의 뒷모습을 티슈바인은 화폭에 담았다. 「창가의 괴테」는 널리 알려진 그림은 아니다. 대문호답게 근사한 포즈를 잡은 괴테를 그린 티슈바인의 또다른 작품 「캄파냐의 괴테」가 괴테 초상화 중 대표로 꼽힌다. 그렇지만 완성도 높은 그 초상화보다 즉흥적 터치의 「창가의 괴테」가 더 마음에 와닿는 것은 아마도 그림 속 괴테가 보여주는 미지의 세계에 대한 순수한 몰입의 순간 때문이리라. 갖은 우여곡절 끝에 정착하게 되었던 허드슨 강가의 내 방 창에서, 호기심 어린 눈으로 몰두해 낯선 도시를 바라보고 있던 뉴욕 초기의 내 모습은 분명 「창가의 괴테」와 닮아 있었으리라.

그렇지만 괴테처럼 되겠다고 결심하고 머무른 뉴욕에서 정작 내가 만난 건 괴테보다는 호퍼였다. 시간이 흐를수록 나의 뉴욕 일기는 에드워드 호퍼의 그림을 닮아갔다. 괴테는 나의 롤모델이었지만, 호퍼는 아니었다. 호퍼는 그냥 나였다.

대도시의 고독을 주제로 호퍼의 작품을 읽어내려는 시도가 일반적이지만, 호퍼처럼 살게 되었다고 느낀 것이 단순히 외롭기 때문만은 아니었다. 나는 서울에서도 어차피 혼자였다. 나의 고독은 홀로 있기 때문이 아니라 이국異國에 있어 겪는 고립감에 더 가까웠다.

호퍼와 나의 유사점은 뉴욕 특유의 풍경 속을 움직이고 정지하는 인물로서의 이미지라는 데 있었다. 나는 도시의 얼굴을 응시하며 홀로 침대에 앉아 아침을 맞이했고, 밤이면 창을 통해 맞은편 집 인물들의 움직임을 바라봤다. 호퍼가 걷던 길을 걸어 학교 도서관에 가고, 공연장에서는 호퍼 그림 속 인물을 연상시키는 안내원과 마주쳤다. 지나치게 큰 키 때문에 늘 남들과 이질감을 느꼈던 호퍼와 마찬가지로 주변 세계에 도무지 속하지 못한 것 같은 이방인으로서의 감각이 내게도 있었다. 그런 감각이 결국 나를 쓰도록 추동했다. 호퍼를 그리게 한 원동력도 마찬가지이리라 짐작한다.

시카고미술관 큐레이터로 일하고 미술비평가로 활동했던 캐서린 쿠가 "무엇이 당신 작품에 가장 큰 영향을 주었나요?"라고 물었을 때, 호퍼는 이렇게 답했다. "저는 항상 저 자신에게 의지했어요. 제게 크게 영향을 준 이가 있는지는 모르겠습니다." "자기만족을 위해 그리나요? 아니면 다른 사람과 소통하기 위해 그리나요?"라는 질문에는 이렇게 말했다. "저는 오직 저 자신을 위해 그립니다. 제 작품이 남들과 소통하면 좋겠지만, 만일 그렇지 않더라도 괜찮습니다. 저는 그림을 그릴 때 절대로 대중을 생각하지 않아요. 절대로요." 쿠가 "당신 자신을 위해 그린다고 했는데, 더 자세히 말해달라"고 요청하자 이런 답이 돌아왔다. "모든 답은 저기 캔버스 위에 있습니다. 어떻게 더 설명해야 할지 모르겠군요."

뉴욕에서의 1년 동안 나는 매일 썼다. 낯선 환경, 새로운 것들과 부딪히며 온몸으로 체득한 생경한 감각을, 모조리 붙들어 글로 표현하고 싶었다. 그 글쓰기는 나를 위한 훈련이었을 뿐, 그 누구를 위한 것도 아니었다. 누군가 읽어주면 좋겠다 생각해 소셜 미디어에 기록했지만, 아무도 읽지 않더라도 상관없었다. 쓰는 행위만으로도 나는 충족되었으니까. '나'를 재료로 한 그 집필의 과정에서 '나'라는 사람은 점점 또렷해졌다. 손에 잡힐 듯 구체적으로 내 것이 되었다. 나는 괴테가 언명했듯 "여러 대상을 접촉하면서 본연의 나 자신을 깨달았"고, 호퍼의 말처럼 "나 자신에게 의지해" 썼다.

"모든 문학 활동의 시작과 끝은 나를 둘러싼 세계를 내 안의 세계를 통해 재현하는 것, 즉 모든 것을 파악하고, 연관시키고, 재창조하고, 조형화하고, 개인적인 형태와 독창적인 방식으로 재구성하는 것이다." 괴테가 『빌헬름 마이스터의 수업 시대』에 쓴 이 문장을 호퍼는 성인이 된 이후로 계속 지갑 속에 넣어 다녔다. 이 책의 맨 앞에 실린 괴테와 호퍼의 초상을 잇는 연결 고리는 결국 '예술이란 예술가의 내면을 통과해 재구성된 세계'라는 괴테의 이 말이 될 것이다.

*

뉴욕에서의 매 순간이 내겐 수업이었다. 학교도 다니고 크리스티 에듀케이션 과정도 밟았지만, 교실 밖에서도 많은 걸 배웠다. 오페라를 보고, 여행을 하고, 혼자 사는 생활을 잠시 멈춰

룸메이트들과 함께 살고, 미국 사회의 이모저모를 숙고하고,
다양한 문화 체험을 하면서 결국은 '나란 어떤 인간인가'를 배웠다.
서울에서의 나는 항상 남의 시선을 의식하며 살았다. 타인의 눈뿐
아니라 내 안에 나를 감시하는 존재를 뒀다. 나이에 맞게 무언가를
이뤄야만 한다는 압박에 시달렸다. 내가 이룬 몇몇 성취는 그렇게
스스로를 몰아붙인 결과이기도 했다.

뉴욕에서 나는 아무것도 아니었다. 맨해튼의 셰어하우스에서
나는 그저 뉴욕의 뜨내기일 뿐이었다. 자존심이 상할 때도, 참담한
심정이 들 때도 있었지만 그래도 괜찮았다. 어디에 있든 간에 나는
나였는데, 예상 외로 그것만으로도 충분했다.

뉴욕으로 떠나기 전에는 타인의 기준에 나를 맞추려 아등바등하며
살았다. 직장생활도 그랬다. 내향적인 성격 때문에 '기자답지 않다'는
말을 여러 번 들었기 때문에 '기자처럼' 보이려고, 외향적이고
터프해지려고 부단히도 노력했다. 그렇지만 그건 내가 아니었다.

돌아온 후에는 더이상 '기자답게' 살려고 노력하지 않는다. 그냥
나처럼 살고 있다. 세상에는 수많은 사람이 있으며, 신문이란 다양한
사람들의 이야기를 담는 것이다. 이런 사람이 있고 저런 사람이
있듯, 이런 기자도 있고 저런 기자도 있는 거라고 생각하게 되었다.

내면의 갈피를 잡지 못하고 방황하던 시절, 정신분석 상담을
받았다. 융 심리학 전공자인 선생님이 어느 날 이런 말을 해주었다.
"당신 안에는 당신이 생각하는 것보다 훨씬 강하고 건강한 자아가
있어요. 지금 당신의 무의식은 그 자아를 만나려 하고 있어요.

아직은 만남이 잘 이루어지지 않지만…….”

사실 나는 그와 같은 말을 이미 책에서 읽었다. 헤르만 헤세의 『데미안』에 이런 구절이 있다. 방황하는 싱클레어에게 데미안이 하는 말.

> 아무튼 어떤 목적으로 네가 지금 술을 마시는지는, 우리 둘 다 알 수 없어. 하지만 너의 인생을 결정하는, 네 안에 있는 것은 그걸 벌써 알아. 이걸 알아야 할 것 같아. 우리 속에는 모든 것을 알고, 모든 것을 하고자 하고, 모든 것을 우리 자신보다 더 잘 해내는 어떤 사람이 있다는 것 말이야.

헤세가 마흔 살 무렵 격렬한 내면의 투쟁을 겪어 융에게 상담을 받았으며, 『데미안』의 요체가 융 심리학이라는 사실을 알게 된 것은 그다음이었다.

'내 안의 강한 나'를 만나기 위한 여정은 아직도 계속되고 있다. 지금의 나는 "내 속에서 솟아 나오려는 것, 바로 그것을 나는 살아보려고 했다. 왜 그것이 그토록 어려웠을까"라는 『데미안』의 핵심 구절, 그리고 "인간은 노력하는 한 방황한다"는 괴테 『파우스트』의 명구名句, 그 두 구절 사이의 어디쯤에 있다.

*

이 책은 2018년 출간된 『결국 뉴요커는 되지 못했지만』의

개정판이다. 세월이 흐를수록 뉴욕 생활에 드리웠던 호퍼의 영향이 더 뚜렷해졌기 때문에 호퍼의 작품과 관련된 이야기를 추가해 고쳐 썼다. 개정판 작업을 하면서 삶을, 예술을 바라보는 나의 시야가 예전에 비해 꽤 넓어졌다는 사실을 깨닫고 기뻤다. 그 성장의 바탕에는 '호퍼의 도시'에서 배우고 익힌 것들이 있었다. 이 책의 제목이 『나의 뉴욕 수업』이 된 것은 그런 이유에서다. 나는 호퍼처럼 도시의 인물들을, 풍경들을, 순간들을 포착하고 마음속에 담아두었다가 나만의 방식으로 재구성해 기록했다. 의식적으로 호퍼를 따라 하려 했던 것이 아니다. 알아차려보니 이미 그렇게 하고 있었다. 그러므로 이 이야기는 호퍼의 작품처럼 어디에나 있으면서도 어디에도 없는 이야기, 나만의 이야기지만 독자들과 함께하면 더 좋을 이야기가 되었다.

　이 책에 등장하는 예나, 소진, 희주는 가명이다. 이 책이 혹여 그들의 사생활을 침해할까 우려해서다. 개정판 작업의 러닝메이트인 아트북스 임윤정 편집장님은 『결국 뉴요커는 되지 못했지만』의 담당 편집자이기도 하다. 변함없이 곁을 지켜준 그에게 감사의 마음을 전한다. 첫 책을 냈을 때부터 꾸준히 응원해주는 독자들, 책이 나올 때마다 가장 열성적인 독자가 되어주시는 부모님께 이 책 또한 즐거움을 안겨줄 수 있었으면 좋겠다.

2023년 봄 서울에서,

곽아람

차례

PART I

여기,
뉴욕

이곳은
뉴욕

살려고 해외에 온 것은 처음이었다. 8월의 어느 날 뉴욕 JFK 공항에
도착해 비행기에서 내리자 아득한 기분이 들었다. 그러니까, 내가
이 도시에 살려고 왔단 말이지…… 중얼거림과 동시에 '내가 대체
무슨 짓을 저지른 걸까' 하는 생각이 찾아왔다. 일단 짐부터 찾으러
가기로 했다.

　한반도를 습격한 지독한 무더위 속에서 짐을 꾸리면서 '대체
왜 떠나는가'라는 의문이 찾아올 때마다 괴테를 떠올렸다. 25세에
쓴 『젊은 베르테르의 슬픔』으로 명성을 얻은 괴테는 37세 때
"큰일에 매진해보고 싶다. 배우고 교육받고 싶다. 마흔 살이 되기
전에"라며 이탈리아 여행을 떠났다. 그의 역작 『이탈리아 기행』은
1년 9개월에 걸친 이탈리아 체류의 결과물이다. 뉴욕으로 떠나던
때의 내 나이는 만 36세 8개월이자 한국 나이로 서른여덟. 그리고

만 37세 8개월이자 서른아홉의 여름에 귀국할 계획이었다. 괴테가
이탈리아로 떠났다가 다시 독일로 돌아온 나이와 비슷한 나이. 나는
이 독일의 대문호와 자그마한 동질감을 느꼈다.

　직장생활 14년 차에 1년간의 해외연수 기회가 주어졌을 때,
나라를 정하는 건 어렵지 않았다. 주저 없이 미국을 택했다. 거창한
이유가 있었던 것은 아니다. 미국의 시스템이 유럽보다 한국인이
살기에 더 편하다는 이야기를 여러 번 들었고, 세계 최강대국이
어떻게 작동하는지를 탐구하고픈 기자로서의 호기심도 있었다.
도시를 정하는 건 조금 어려웠다. 태어나서 처음 해보는 외국 생활.
독신 여성이 생활하기에는 대도시로 가는 편이 외롭지 않을 것
같았다. 뉴욕과 로스앤젤레스를 놓고 한참을 고민했다. 그 고민은
내가 지원했던 로스앤젤레스의 모 프로그램에서는 불합격 통보가
날아온 반면 뉴욕대학교(NYU) 미술사 대학원인 인스티튜트 오브
파인 아츠(IFA)에서는 방문 연구원으로 나를 받아주기로 하면서
내 의지와는 상관없이 해결되었다. '뉴욕이 내 운명인가보지' 하고
멋대로 생각했다.

　세 번 출장을 와봤을 뿐 막상 뉴욕에 대해서는 잘 몰랐다.
유행에 빠른 편도 아니고, 세련됨과 화려함을 탐닉하는 편도
아닌데다, 복잡하고 시끄러운 곳에 있으면 속이 메슥거리곤 하는
나로서는 뉴욕을 동경하는 사람들이 항상 신기했다. 다만 뉴욕은
내게 로버트 인디애나의 도시였다. 2013년 두번째 뉴욕 출장을
왔을 때, 비행기와 배를 갈아타고 메인주 바이널헤이븐섬에 있는

로버트 인디애나의 작업실을 찾아갔었다. 그는 세계적으로 유명한 조형물 「러브LOVE」의 작가다. 뉴욕에서 활동하던 젊은 시절, 그는 「러브」로 명성을 얻었지만 그 작품이 여기저기 복제되며 싸구려 작가 이미지가 덧씌워지자, 참다못해 뉴욕을 떠나 섬에 틀어박혔다. 내가 그를 만났을 무렵 그는 휘트니미술관 회고전을 준비하며 그가 못 견뎌 떠난 도시, 뉴욕에 화려하게 귀환하려 하고 있었다. 뉴욕 현대미술관(MoMA) 인근의 커다란 「러브」 조형물이 내게는 뉴욕의 상징처럼 느껴지곤 했다. 뉴욕에 살아보면 나도 이 도시를 사랑하게 될까? 문득 궁금해졌다.

＊

"디스 이즈 뉴욕(This is New York)."

　뉴욕에서의 둘째 날, 학교에 등록하러 갔더니 도서관 이용법을 알려주던 사서가 "노트북을 책상에 놓아둔 채 외출하지 말라"며 이렇게 덧붙였다. "This is New York", 즉 '여기는 뉴욕이야'라는 이 말은 내가 1년간 뉴욕에서 생활하면서 가장 많이 들은 말이자 뉴욕이라는 도시에서 산다는 일의 축약본이었다. 뉴요커들은 이 말을 전가傳家의 보도寶刀처럼 사용하는 경향이 있었다. 지하철이 연착돼 약속 시간에 한참을 늦어도 'This is New York', 트라이베카의 고급 아파트에서 쥐가 나왔다는 이야기를 들어도 'This is New York', 길거리에서 드라마 「섹스 앤드 더 시티」의 주연배우 세라 제시카 파커와 마주쳤다는 이야기를 해도 'This is New York'. 그 말을 계속 듣고 있자면 뉴욕이란 어떤 일이든 일어날 수 있는 무한한 가능성의 도시라는 생각이 들었다.

'This is New York'은 부정적인 의미로도 자주 쓰였다. 풀이하자면 뉴욕이라는 도시는 위험하고, 복잡하고, 더럽고, 비싸다는 것이었다. 이 도시에서는 옷과 신발을 제외하곤 모든 것이 더럽게 비싼데 그중 특히 비싼 것이 집세였다.

집을 구하러 한인 부동산 에이전시에 갔다가 가장 처음 들은 말은 "미국에서 크레디트가 없으시죠? 그러면 집 구하기 힘들 거예요"였다. 내가 미국에서 소득이 있었던 적이 없고, 신용카드를 만든 적도 없으므로 미국에서의 내 신용도는 제로라는 뜻이었다.

뉴욕, 특히 맨해튼의 부동산 시장은 미국의 다른 어떤 지역과도 비교할 수 없이 치열하다. 수요가 공급을 월등히 능가하기 때문에 '조물주 위에 건물주'라는 말이 이곳에서는 단순한 농이 아니다. 게다가 토박이보다 뜨내기가 많은 곳. 언제 떠날지 모르는 세입자에게 월세를 떼이기 싫은 집주인들은 나처럼 크레디트가 없는 사람들에게는 1년 치 월세를 미리 받는다. 크레디트도 없는데 월세를 미리 낼 목돈도 없으면 1년 수입이 월세의 40배가 넘는다는 걸 증명해야 한다. 말이 쉬워 월세의 40배이지 맨해튼의 쓸 만한 스튜디오(원룸) 월세는 내가 체류할 당시 보통 2500달러가량. 2500달러의 40배면 10만 달러, 즉 연봉이 1억 원이 넘는다는 걸 증명해야 한다는 것이다. 이도 저도 안 되면 보증인을 사는 방법이 있는데 이 경우에도 만만치 않게 돈이 들어간다.

그뿐 아니다. 계약이 성사된 경우 브로커에게 줘야 하는 복비는 1년 렌트비의 15퍼센트, 마음에 드는 집을 발견하고 그 집을 얻겠노라 지원할 때 내는 비용이 100달러 이상, 이 집에 관심이 있으니 다른 사람이 계약하는 걸 보류하도록 해달라고 내는 예치금 명목의 '굿 페이스 디포짓good faith deposit'이 500달러 이상 드는데 이 둘은 계약이 성사되지 않아도 돌려받을 수 없다. 계약이 성사됐을 경우에는 보통 한 달 치 월세를 일종의 보증금인 '세이프티 디포짓safety deposit'으로 내는데 원칙상으로는 계약이 끝나고 이사갈 때 집이 손상되거나 하지 않았으면 집주인으로부터 돌려받아야 하지만 돌려받기가 좀처럼 쉽지 않다고 들었다.

어쨌든, 크레디트 없는 내가 맨해튼에서 집을 구하는 데는 수많은 난관이 기다리고 있었다.

부지런히 집을 보러 다니기 시작했다. 부동산 브로커를 통해서 보기도 했고, '스트리트이지'라는 부동산 애플리케이션을 이용하기도 했다. 첫날에는 다섯 군데를 봤다. 세번째 집까지 보고 좌절했다. 엘리베이터도 없고 수납공간도 없는 낡고 조그만 방이 월 2400달러씩이나 하다니…… 나, 과연 뉴욕에서 집 구할 수 있을까, 겁이 덜컥 나기 시작했다.

네번째 집에 대해서는 아무 기대를 하지 않았다. 그런데 웬걸, 엘리베이터도 있고, 리노베이션해서 널찍하고 깨끗했다. 북향이었지만 햇살도 잘 들고 풍광도 좋았다. 꽤나 마음에 들어하며 지하 세탁실에 가봤다. 아주머니 한 분이 빨래를 하고 계셨다. 본능적으로 '취재'를 시작했다.

> 나: 이 건물에 사세요? 여기 살기 어때요?
>
> 아주머니: 여기 오래 살았어요. 좋은 점이 있고 나쁜 점이 있지요.
>
> 나: 나쁜 점이 뭔가요?
>
> 아주머니: 엘리베이터가 오랫동안 고장나 있었어요. 작동 안 할 때가 많았죠. 그런데 최근에 수리됐어요.
>
> 나: 그리고요?
>
> 아주머니: 우리집에 쥐가 나와요. 대신 바퀴벌레는 없지만······. 리노베이션한 방은 괜찮을지도 몰라요. 어쨌든 우리집엔 쥐가 있어요. 여긴 뉴욕이니까요(This is New York).
>
> 나: (눈물)

오래된 목조 건물이 많은 뉴욕에는 사람보다 쥐가 훨씬 많이 산다고 한다. 출국 전 '쥐와 바퀴벌레가 없는 집에 살고 싶다'는 내 이메일을 받은 브로커는 "뉴욕의 어떤 워크업 빌딩walk-up buliding, 엘리베이터 없는 건물도 쥐나 바퀴벌레가 없다고 보장할 수 없다"라고 쿨하게 답했다. 쥐는 움직이는 생물이다. 한 집에 쥐가 나오면 다른 집에서도 안 나온다는 보장이 없다. 나는 결국 눈물을 머금고 그 집을 나왔다.

닷새 동안 발이 부르트도록 집을 보러 다니고 있는데 집을 구할 때까지 잠시 신세지고 있던 집주인 수진이 '헤이코리안'이라는 한인 사이트를 보여주며 말했다.

"여기 화장실 딸린 마스터룸(안방)을 서블렛(재임대)하는 건 어때요? 그러면 크레디트 없어도 집 구할 수 있고 월세 1년 치 미리 안 내도 되는데."

"근데 그러면 룸메이트와 함께 살아야 하는 거 아냐?"

"그래도 마스터룸 쓰면 괜찮아요. 방문 잠그고 있으면 혼자 사는 거 같거든요."

20년 가까이 혼자 살아온 나더러 룸메이트와 함께 살라고? 순간 난감해졌다.

"이 집엔 대체 몇 명이 산다는 거지?"

"총 네 명이네요."

방이 네 개냐고? 그럴 리가! 방 두 개짜리 아파트의 안방에 한 명, 작은방에 한 명, 그리고 거실에 칸막이를 치고 두 명. 거실에조차 사람을 들이는 건 집값 비싼 맨해튼에서는 흔한 주거 방식이다. 그런데, 마흔을 앞둔 나이에 공동생활이라…… 나 과연 할 수 있을까. 고민에 가득차 잠자리에 들었다.

다음날 아침, 마스터룸을 서블렛하겠다고 내놓은 두 곳 중 한 곳에서 보러 오라는 연락이 와 가보았다. 거실에 두 명이

산다고 해서 걱정했는데, 옷장 두 개와 커튼으로 거실 입구를
막아놓아서 현관에서는 거실이 들여다보이지 않았다. 주방에는
냉장고와 전자레인지, 식기세척기와 조리 도구가 완비되어 있었다.
맨해튼에서는 드물게 공동 세탁실이나 빨래방을 이용해야 하는
것이 아니라 집 안에 세탁기와 건조기도 있었다. 마스터룸은
사진보다 훨씬 넓었다. 퀸 사이즈 침대와 책상이 있었다. 벽장도
두 개나 되고 화장실도 깨끗했다. 무엇보다 햇볕 잘 드는 창문이
좋았다. 창밖으로 허드슨강이 보였다.

잠시 고민했다. 공동생활을 할 수 있을 것인가. 하지만 이내
결정했다. 고생 그만하고 안착하자. 가구도 안 사도 되고, 인터넷
설치도 따로 안 해도 된다. 그리고 무엇보다 복비도 안 내도 되고
집세도 미리 내지 않아도 된다.

마음을 80퍼센트쯤 굳히고 오후에 며칠 전부터 보러 가기로
되어 있던 어퍼이스트의 집 한 곳을 보러 갔다. 뉴욕을 배경으로
한 영화에 나올 법한 고풍스러운 집들을 보며 감탄하다 이내
깨달았다. 나는 그런 집에 어울리는 인간이 아니었다. 이런 구식
주택은 인테리어에 소질이 있는 사람들이나 감당 가능하다. 손재주
없는 내겐 최신식 아파트가 제격이다. 뉴욕에 오면 벽난로도 있고
예쁜 창도 있는 근사한 건물에서 영화 속 주인공처럼 살아보리라
꿈꿨는데, 그 꿈은 닷새 만에 솜사탕처럼 녹아버렸다.

미국행 비행기 안에서 영화 「정글북」을 봤다. 스스로를 인간이
아니라 늑대라 여기는 모글리에게 호랑이 시어칸이 말한다.

"너 자신에게서 도망치지 마(Do not run away from who you are)."

나처럼 살지 않기 위해 뉴욕에 왔는데, 나는 이곳에서도 정말 나처럼 살고 있었다. 낯선 곳에 오니 오히려 내가 누구인지가 한국에서보다 훨씬 더 잘 보이는 것만 같았다.

숙소로 돌아와 저녁을 먹고 있는데 서블렛을 염두에 두었던 또다른 집에서도 연락이 왔다. 내 선택을 검증하기 위해 수진과 함께 그 집을 보러 갔다. 집은 지저분했고, 안방에 화장실이 딸려 있다고 한 것도 거짓말이었다. 직접 와보지 않고 한국에서 사진만 보고 집을 구하는 사람들이 이런 식으로 속아넘어가겠구나 싶었다. 나는 일말의 미련도 없이 아침에 보러 간 집에서 살기로 결심했다. 수진이 "언니의 선택은 옳았어요"라며 내 결정을 지지해주었다. 그렇게 나는 맨해튼 미드타운 주민이 되었다.

지난했던 하우스 헌팅을 마무리하고 가뿐한 기분으로 돌아오던 길, 우연히 로버트 인디애나의 「호프HOPE」와 마주쳤다. 작품을 팔아 얻은 수익 전부를 2008년 오바마 대선 캠프에 기부했다는 인디애나의 말이 떠오르면서, 다시 그의 도시에서 그의 작품을 만나다니 이 무슨 조화일까 생각했다. 내 뉴욕 생활을 밝혀줄 희망의 전조로 느껴졌다.

우연히 마주친
로버트 인디애나의 「호프」.
앞으로의 내 뉴욕 생활을 밝혀줄
희망의 전조일까.

내가
살던
그곳

우여곡절 끝에 구한 나의 뉴욕 아파트 이름은 '아틀리에'라고 했다.
그림을 좋아하는 내게 어울리는 아파트인 것 같아 조금 신이 났다.
뉴욕에 있는 동안 아틀리에의 내 방에서 좋은 글을 쓸 수 있었으면
하고 생각했다.

　미드타운 웨스트, 즉 맨해튼 허리 부분 서쪽인 우리 동네는
뉴욕의 신흥 부촌이었다. 내가 이사했을 무렵 우리 아파트 옆에는
3개월 전 입주를 시작했다는 '스카이'라는 아파트가 우뚝 솟아
있었다. 아파트 입구에 일본 미술가 구사마 야요이의 거대한
호박 모양 조형물이 놓인 호화로운 건물로, 우리나라로 치면
송중기급이라는 중국 유명 배우가 살고 있다고 했다. 물론 그 유명
배우는 나와 달리 룸메이트 따위 없이 혼자 독채를 쓰며 살았을
것이다. 아파트 밀집촌으로, 길을 하나 건너면 내 방의 전망을

가로막고 있는 리버플레이스, 왠지 은퇴한 노인들이 살고 있을 것만 같았던 실버타워, 전문직 싱글들이 많이 산다는 MIMA 등이 줄줄이 늘어서 있었다.

뉴욕에 온 지 얼마 안 돼 만난 한인 택시 기사는 내가 미드타운 웨스트로 가달라고 하자 이런 이야기를 했다.

"미국은 이민자들의 나라잖아요. 뉴욕의 경우 먼저 온 이민자들이 센트럴파크의 동쪽인 이스트사이드에 자리를 잡은 거예요. 그러니까 어퍼이스트가 부촌이 되었지. 반면 아가씨가 사는 웨스트사이드는 오랫동안 낙후돼 있었어요. 뮤지컬 〈웨스트사이드 스토리〉 알죠? 뉴욕의 가난한 사람들 이야기잖아요. 빈민가였던 웨스트사이드를 배경으로 한 이야기라 〈웨스트사이드 스토리〉랍니다."

아틀리에에서의 1년간 나는 나만의 '웨스트사이드 스토리'를 써나갔다. 뮤지컬처럼 극적이지도, 비극으로 끝나지도 않았지만 나름 파란만장한 이야기였다. 뉴욕에서 유학한 고향 선배는 내가 뉴욕으로 연수를 간다고 하자 "한동안 고생할 거야. 뉴욕이라는 도시는 참 터프하거든. 사람들도 마찬가지고"라고 했다. 해외에서 살아본 적이 없던 나는 그 말을 믿지 않았다. 내 모든 괴로움은 회사생활에서 온다고 믿었기 때문에 회사에 가지 않으면 고생 따위는 없을 거라고 여겼다. 문화·예술의 도시 뉴욕이 터프할 리 없다 생각했지만, 돌이켜보자면 뭘 몰라서 용감한 거였다.

뉴욕에 온 지 한 달쯤 되었을 때 휘트니미술관에 처음 가보았다. 초상화 특별전이 열리고 있었는데 뉴욕의 풍경을 초상처럼 그린

라이디 처치먼이 그린
「서반구에서 가장 높은 주거용 빌딩」
앞에 서자 뉴욕 생활의
다양한 감정이
밀려오는 듯했다.

코너가 특히 인상적이었다. 지금 다시 그 전시를 본다면 다른
그림들이 눈에 들어오겠지만 뉴욕 생활 초짜인 당시의 내게는
라이디 처치먼의 2015년 작품 「서반구에서 가장 높은 주거용
빌딩」이 가장 와닿았다. 맨해튼 파크 애비뉴의 럭셔리 콘도 욕실을
해질녘 창밖 풍경과 대비시켜 그린 그림이다. 그림 앞에 서자 뉴욕에
살지 않고서는 느낄 수 없었을 감정이 밀려왔다.

나는 저런 노을을 안다.
미드타운 웨스트의 우리집 창밖으로 저런 노을이 지기 때문이다.
나는 저런 빌딩을 안다.
내가 저런 빌딩에 살고 있기 때문이다.
그리고 나는, 뉴욕의 저런 '주거용 빌딩'이 반드시 주거용만은
아니라는 사실도 안다.
왜냐하면……, 불법 숙박업의 현장에 바로 내가 있었기
때문이다.

*

앞서도 이야기했지만 내가 뉴욕에서 방을 얻은 방식은
서블렛이었다. 즉 남이 빌린 집을 다시 빌리는 방식이다.
임대인과 직거래이므로 복비를 내지 않아도 되고, 단기간 계약이
가능하며(뉴욕의 집 계약 기간은 무조건 1년 이상이다) 나처럼

크레디트가 없는 사람인 경우에도 1년 치나 6개월 치 월세를 미리 내지 않고 달마다 세를 낼 수 있다는 장점이 있었다. 대신 한인들 간의 서블렛은 대개 임차인이 법적 보호를 받기 어렵다는 단점도 있었다. 뉴욕의 기숙사 비용은 보통 집 못지않게 비싸기 때문에 학생들은 차라리 괜찮은 아파트 하나를 얻어 여러 명이서 돈을 내는 방식으로 살곤 했다. 내게 집을 빌려준 그녀 — 앞으로 그녀의 이름을 '예나'라고 하기로 한다 — 예나도 뉴욕의 모 대학 학부생으로, 본인이 집 전체를 세 얻고 방과 거실을 재임대하는 방식으로 살아가고 있었다. 처음에는 이 집에 살았지만 학교가 멀어서 통학이 힘들어지자 그녀는 학교 근처에 방을 얻어 나갔고, 그 집에는 결국 재임대한 사람들만 살게 되었다.

  내가 집값이 비교적 싼 뉴저지나 브루클린, 퀸스에 집을 구하지 않고 공동생활을 감수하더라도 맨해튼을 고집한 데는 여러 가지 이유가 있었다. 뉴욕에 오래 와 있거나 뉴욕에서 직장을 다녔다면 아마 나도 뉴저지에서 혼자 살며 안락하게 지냈을 것이다. 그렇지만 내게 뉴욕에서 주어진 시간은 단 1년이었고, 뉴욕에 온 목표는 견문을 넓히기 위해서였다. 그렇다면 보고 듣고 느낄 것이 많은 맨해튼에 주거를 정하는 것이 옳다고 생각했다. 뉴저지에서 맨해튼이 아무리 가깝다고는 해도 일단 맨해튼까지 나오려면 심리적 거리감이 있다. 게다가 뉴저지에서 움직이려면 아무래도 차를 사야 한다. 운전을 무서워하는 내게는 대중교통만으로 이동이 가능한 맨해튼이 적격이었다. 다행히 혼자였기 때문에 1년간의 주거비를 간신히 감당할 만했다.

그런 이유로 얻은 뉴욕 집에서 가장 마음에 걸리는 건
보안이었다. 공동생활을 하는데도 방문에 잠금장치가 없었다.
예나에게 방문에 잠금장치를 달겠다고 하자 그녀는 룸메이트를
의심하는 것이냐며 기분 나빠했다. 낯선 미국 땅에서 누군지도
모르는 사람들과 살면서 방을 잠그지 않는다는 것이 나는 오히려
이해가 가지 않았다. 그러나 20대 초반의 예나에게 보안은 크게
중요한 문제가 아닌 듯했다. 예나에게 차분히 설명했다. 나는
누군지도 모르는 사람들과 함께 살면서 문을 잠그지 않고 다닐 수
없다. 만일의 경우 물건이 없어지면 룸메이트를 의심하게 될 수도
있는데 그 상황을 미연에 방지하고 싶다. 그제야 예나는 잠금장치가
있는 문손잡이를 달아도 좋다고 했다.

하지만 문손잡이를 바꾸기 위해 아파트 수리공을 부르겠다고
하니 예나는 난색을 표했다. 거실에 칸막이를 치고 사는 걸
그들에게 보여주기 싫다는 것이 이유였다. 합리적인 이유가
아니라고 생각했지만 일단 내가 알아서 해보겠다고 했다. 끙끙대며
기존 문손잡이를 떼어내려 했지만 나사가 헛돌기만 했다. 예나가
전동드릴을 가지고 왔지만 소용이 없었다. 나사는 여전히 헛돌았다.
예나가 포기한 듯 수리공을 부르라고 했다.

아침 10시에 온다던 수리공은 오후 2시에야 왔다. 일마저 서툴러서 문손잡이 하나 교체하는 데 2시간가량 걸렸다. 그가 돌아가자 진이 쭉 빠졌다. 뉴욕 생활을 시작하면서 가장 먼저 그리워하게 된 사람이 가족도, 친구도 아니고 내가 마음속으로 '맥가이버'라고 부르는 서울 우리 아파트 상가 인테리어 업체 사장님이라는 게 아이러니했다.

그렇지만 그날의 고난은 그걸로 끝이 아니었다. 기다림은 애교에 불과할 뿐, 더 거대한 폭풍이 도사리고 있었다.

"문손잡이 갈려다가 쫓겨나게 생겼어요!"

예나가 전화를 걸어와 다짜고짜 말했다. 아파트 관리회사에서 연락을 받은 집주인이 지금 집으로 오고 있다고 했다.

"이래서 집에 수리공을 부르기 싫었던 거예요."

대체 무슨 일이냐고 물었더니 예나는 와서 설명하겠다며 일단 거실을 나누느라 칸막이 삼아 천장에 붙여놓은 휘장을 떼어달라고 했다. 허둥대고 있는데 부랴부랴 예나가 들어왔다.

"침대 하나를 숨겨야 해요."

"그게 무슨 얘기죠?"

"이 집에서는 세 명까지만 살 수 있어요. 네 명이 살면 안 돼요."

"아니 그게 대체 무슨 얘기냐고요?"

"나중에 설명드릴게요. 일단 저 좀 도와주세요."

예나는 거의 울먹이다시피 하면서 거실의 침대 하나를 들어

옮기기 시작했다. 둘이서 끙끙대며 그 침대를 들어 내 방에 집어넣고 침대 뒤 공간에 숨겼다. 예나는 내게 부탁했다.

"주인아저씨한테 제 친척 언니라고 해주세요."

거절할 수 없어서 그렇게 하겠다고 했다. 나, 참.

예나는 또 말했다.

"그리고 주인아저씨한테 저 지금 이 집에 살고 있다고 얘기해주세요. 렌트한 사람이 그 집에 안 살고 서블렛한 사람들끼리만 살면 안 되거든요. 그거 알려지면 저 렌트 빼앗겨요."

점입가경. 아니, 갈수록 태산인가.

재미교포 한인인 집주인과 부동산 브로커가 들이닥쳤다. 그들로부터 상황 설명을 듣고 나자 사건의 전말을 파악할 수 있었다. 이 아파트는 주거용 건물이라 숙박업을 해서는 안 된다. 서블렛은 허용되지만 가족이 아닌 사람은 세 명까지만 함께 살 수 있고, 그렇게 재임대해서 들어온 세입자는 아파트에 입주자로 등록을 해야만 한다. 그런데 이 집에는 지금 네 명이 살고 있다는 사실을 알아챈 수리공이 아파트 관리실에 신고를 한 거다. 종종 관광 온 단기 숙박객을 받곤 했던 예나를 주의깊게 지켜보고 있었던 아파트 관리소에서는 물증을 확보하자 시市에 예나를 불법 숙박업으로 신고하겠다며 으름장을 놓고 있는 모양이었다. 시에 신고하면 벌금을 5000달러나 내야 하고 우리도 다 쫓겨나야 하니 신고당하기 싫으면 관리사무소에 입막음 조로 500달러를 주라고 했다. 집주인이 선심 쓰듯 브로커에게 말했다.

"학생이니 300달러로 깎아달라고 말 좀 잘해줘."

예나는 주인아저씨에게 자기는 작은방에 살고 있고 나는 자기 사촌 언니로 지금 큰방을 쓰고 있다고 했다. 이 집에는 네 명이 아니라 세 명이 살고 있다고도 우겼다. 아저씨는 예나를 믿는 건지 믿는 척하는 건지 어쨌든 그간 단기 숙박객을 받았던 건 사실이고, 지금 룸메이트들이 아파트에 입주자 등록이 되어 있지 않으니 쫓겨나고 싶지 않으면 등록을 하라고 했다. 나는 계약할 때부터 입주자 등록을 해달라고 했지만 예나는 등록비가 50만원 정도 든다며 하지 않는 게 좋겠다고 했었다. 그런데 이날 알게 된 등록비는 75달러에 불과했다. 주인아저씨와 브로커가 돌아간 후 나는 예나를 붙잡고 추궁했다.

"이게 무슨 일이야? 규정을 어기면 어떡해?"

"저도 세 명만 살아야 한다는 걸 몰랐어요. 이 집 계약할 때 브로커가 네 명이 살아도 된다고 했어요. 방금 왔다간 그 브로커예요. 아까 저한테 침대 숨기라고 코치해준 것도 그 사람이에요."

"등록비 75달러라잖아. 500달러라며?"

"저도 몰랐어요. 저는 500달러 내고 등록했어요."

도대체 그녀의 말을 어디까지 믿어야 할지 알 수 없었다. 뉴욕 특파원으로 있던 회사 선배에게 전화를 해 상의했더니 뉴욕에서는 왕왕 있는 일이라며 어쨌든 덕분에 집주인도 내가 이 집에 산다는 사실을 알게 되었고, 아파트에 정식으로 입주자 등록을 하게 되었으니 전화위복이라 여기고 그냥 살라고 했다.

뉴욕 생활 초기,
나는 매일 저녁 아파트 옥상에 올라
노을을 바라보며 그날을 돌아봤다.
"오늘은 어제보다 더 나은 하루였나?"

한바탕 난리를 겪고 나자 머리가 멍해졌다. 집 앞 슈퍼마켓에서 맥주 한 병을 사와 옥상 라운지로 올라갔다. 해가 지고 있었다. 강바람이 불고 뱃고동이 울었다. 의자에 기대앉아 생각에 잠겼다. 미국은 선진국인 줄 알았는데, 미국에서도 가장 큰 도시 뉴욕에서는 왜 이렇게 사기와 뒷거래가 성행하는 걸까. 임대인은 임차인을 등치려 하고, 임차인은 브로커와 짜고 임대인을 속이며, 아파트 관리실 직원들은 입주자들을 등쳐먹으려 한다. 눈뜨고도 코 베이는 곳이 서울이라더니, 나는 진정 세계의 서울에 와 있는 건가보다.

뉴욕 생활 초기의 나는 거의 매일 해질녘이면 아파트 옥상에 올라갔다. 슬픈 기분이 드는 날에는 의자를 몇 번이나 고쳐 앉으며 해넘이를 보곤 했던 어린왕자처럼, 나 역시 서글픈 날이면 자세를 고쳐가며 일몰을 바라보면서 맥주를 마셨다. 47층 옥상에서는 맨해튼과 뉴저지가 한눈에 보였다. 핏빛 같은 노을이 질 때면 '오늘은 어제보다는 나은 하루였나' 자문하곤 했다. 어느 순간 나는 내가 더이상 매일 저녁 옥상에 오르지 않는다는 걸 깨달았다. 적응했던 것이다.

뉴욕의
동거인

우리는 대개 네 명이었다. 아주 가끔 세 명이었지만, 거의 네
명이었다. 맨해튼 허드슨 강가 아파트 29층의 그 집에서는 여자 네
명이 복닥대며 살았다. 오래 같이 산 이도 있었고, 잠깐 같이 산 이도
있었다. 사이가 좋았던 사람도 있었고, 나빴던 사람도 있었다. 뉴욕
한복판에서 우연히 만나 같은 집에서 살게 되었다는 것은 대단한
인연이었지만 당시에는 그 인연의 무게를 돌아볼 여유가 없었다.
20년 가까이 혼자 산 내게 네 명이 함께하는 공동생활이란 일종의
도전이었다. 그 도전은 어떤 면에서는 예상보다 쉬웠고, 또다른
면에서는 상상 이상으로 어려웠다. 그러니까, 진정한 '도전'이었다.
　소진은 1년간 나와 함께 살았다. 그녀는 서울에 있는 한 대학
의류학과를 졸업하고, 의류회사에서 3년간 MD로 일했다. 이후
회사를 그만두고 뉴욕의 패션회사에 인턴 자리를 구해 도미渡美했다.

우리집 거실 오른편이 그녀의 자리였다. 소진은 우리집에서 총 1년 6개월을 살았는데, 6개월 차에 나를 만났다. 처음 만난 날 막 퇴근하고 돌아와 샤워 후 젖은 머리를 수건으로 말리고 있던 그녀는 내게 모든 것이 비싼 맨해튼에서 비교적 값이 싼 식료품점의 위치, 냉장고에 상비해놓으면 좋은 먹거리들, 간단한 요리법 등을 알려주었다. 나이는 나보다 여덟 살이나 어리지만 속이 깊어서 차분한 어조로 이런저런 조언을 해주곤 했다.

뉴욕에 갓 왔을 때 이런저런 험한 일들을 겪은 후 당장 짐을 싸서 한국으로 돌아가고 싶은 마음이 치밀어오르는 걸 다독이느라 캐나다 록키로 여행을 갔었다. 장시간 차를 타야만 하는지라 혼자 가지 않고 한인 여행사 패키지 투어를 신청했다. 값비싼 싱글 차지를 지불했음에도 1인 여행객이라고 함부로 대하는 여행사의 태도에 분개하느라 정작 그곳의 풍광 같은 건 기억조차 나지 않는 힘든 여행이었다. 그 피곤했던 여정을 끝내고 뉴욕으로 돌아왔을 때, 냉장고 안에는 소진이 끓인 황태국과 밥, 반찬이 들어 있었다. 여행을 마치고 귀가했으니 '집밥'을 먹으라는 쪽지와 함께. 그 따스한 마음 덕에, 낯설었던 맨해튼의 아파트는 비로소 내게 '집'이 되었다.

희주는 아홉 달간 나와 함께 살았다. 그녀는 내 방 바로 옆 작은방에 있었다. 미국에서 고등학교와 대학을 나왔는데, 대학에서는 미술사를 전공했다. 서울의 한 경매회사를 몇 년 다니다가 크리스티 에듀케이션의 아트 비즈니스 석사과정에 진학하기 위해 뉴욕에 왔다. 크리스티 에듀케이션은 세계 굴지의 경매회사인 크리스티가 운영하는 교육기관이다. 나 역시 뉴욕에 있는 동안 크리스티 에듀케이션의 아트 비즈니스 서티피컷certificate 과정을 이수했다. 처음 희주와 마주친 날이 기억난다. 소진과 마찬가지로 그녀도 막 목욕을 하고 머리를 말리고 있었다. 트레이닝복 차림의 내가 그녀에게 인사를 하고 이름을 말하자 그녀는 깜짝 놀라더니 "곽아람? 설마 조선일보 곽아람 기자?" 했다. 맞다고 했더니 "거짓말!" 했다. 미술계에서 일했던 그녀는 내 책 『미술 출장』을 읽었고, 그래서 나를 알고 있다고 했다. 책 속의 아름다운 자아와는 거리가 먼 내 정체가 탄로날까봐 그녀를 대할 때마다 한동안 바짝 긴장했다.

부산 출신의 희주는 오남매의 넷째로, 싹싹하고 손이 컸다. 한 번 장을 보면 네 가족이 한 달간 먹어도 될 분량의 식품을 사와 냉장고를 가득 채웠다. 음식 솜씨가 좋아서 떡볶이며 어묵국도 뚝딱뚝딱 만들었다. 열 살 많은 내가 부담스러울 법도 한데, 내가 어딜 가자고 하면 거절하는 법이 없었다. 희주와 함께 조성진 피아노 독주회와, 마우리치오 폴리니 피아노 독주회에 갔다. 뉴욕 양키스 경기를 보러 간 것도 희주와 함께였다. 소진과는 오페라 〈카르멘〉과 〈라 트라비아타〉를 보았고, 연말에 맨해튼의 한 호텔에서 열리는 크리스마스 파티에도 함께 참석했다. 희주, 소진, 나, 셋이서 조각공원으로 유명한 스톰킹아트센터에 놀러간 적이 있다. 재바른 둘이 아침 일찍 일어나 도시락을 쌌고, 손재주 없는 나는 음료만 우리는 거의 넷이었다.
셋일 때도 있었지만 대개는 넷이었다.
함께 살았고, 함께 어울리기도 했으나
필연적으로
혼자일 수밖에 없었다.

챙겼다. 화창한 가을날이었다. 셋이서 자전거를 타고 잔디 언덕에
마크 디 수베로의 조각이 꽃처럼 뿌려진 공원을 달렸던 그날이 뉴욕
생활 중 손꼽힐 만큼 행복한 기억으로 남아 있다.

　시트콤 「프렌즈」를 보고 뉴욕의 셰어하우스에 대해 환상을
가지고 있는 사람들이 있다. 희주와 소진에 대한 기억은 그런 환상에
부합하는 편이다. 희주와 소진이 공동생활의 플러스극에 있었다면
A는 공동생활의 마이너스극에 있었다.

　A와는 두 달을 함께 살았다. 그녀는 뉴욕에 있는 패션학교
입학을 준비중이었다. 나보다 열두 살이 어렸고 거실의 왼편을
썼다. 누군가와 함께 살 수 있느냐를 판가름하는 기준은 의외로
간단하다. 위생에 대한 역치, 그리고 소음에 대한 역치가 비슷해야
한다. A는 이 두 가지 모두 나와 맞지 않았다. 그녀는 오자마자 네
명이 공동으로 쓰는 신발장을 자기 신발로 가득 채워넣었다. 식사를
하고 설거지를 미루는 일이 잦았다. 밤 11시에 베이컨을 구우며
음식 냄새를 피워 모두를 불쾌하게 했다. 바로 옆에서 소진이 자고
있는데도 개의치 않고 새벽 2시까지 전화통화를 했다. 슬리퍼를
질질 끌며 걸어서 그녀가 내 방문 바로 옆의 거실 화장실을 쓸 때면
잠귀 옅은 나는 잠을 설치곤 했다.

　그 정도는 어떻게든 참을 수 있었다. 정말 참을 수 없었던 건
A가 집 열쇠를 잃어버렸을 때였다. 열쇠를 문에 꽂아놓은 채로
잃어버렸는지, 집 안에서 잃어버렸는지도 기억이 안 난다고 했다.
미국 집이 대개 그렇듯 뉴욕 집 현관문도 닫으면 저절로 잠겼다.

번호키 같은 건 없고, 열쇠를 돌려 문을 열도록 되어 있었다.
열쇠를 잃어버린 A는 문을 닫아도 잠기지 않도록 잠금장치를
조작해놓고 외출해버렸다. 외출에서 돌아온 내가 문이 열려 있는
걸 발견하고 다시 문을 잠가놓자 A는 자기를 집에 못 들어오도록
했다며 적반하장으로 내게 화를 냈다. 도저히 참을 수 없어 "너 하나
편하자고 문을 열어놓고 나가서 우리 모두를 위험에 빠뜨리는 거냐.
네가 열쇠를 잃어버렸고 그걸 누군가 주워갔을 수도 있으니 열쇠와
잠금장치를 새것으로 교체해놓으라"고 했다. 그러자 A는 "여기는
뉴욕이라(This is New York) 모두가 평등한데 네가 뭔데 나한테
이래라저래라 하는 것이냐"라며 반말로 대거리하기 시작했다.
그녀와 함께 살았던 두 달이 뉴욕에 있었던 시간 중 가장 힘들었던
때로 남았다. 아마 그녀도 힘들었으리라. 그녀는 우리 모두와
불화했고 급기야는 계약기간 종료 전에 방을 빼서 나갔다.

A가 특별히 나쁜 사람이었던 것이 아니라는 건 안다. 다만 나와
맞지 않았을 뿐이다. 하지만 맞지 않는 사람과 한 공간에 있는 것은
불행하다. 맞지 않는 짝을 만난 부부는 이혼하고, 맞지 않는 상사를
만난 회사원은 직장을 그만둔다. 고심해 선택한 배우자도 맞지 않는
경우가 허다한데, 예나가 고른 룸메이트가 나와 맞기는 쉽지 않았다.

A가 나간 후 거실 왼편 침대는 두 명의 룸메이트를 더 거쳤다.
희주가 쓰던 작은방에도 단기 여행객 한 명이 머물다갔고, 그
이후에는 방학 동안 뉴욕에 인턴십하러 온 하버드 로스쿨생이
들어와 있었다. 겉으로 볼 때에는 넷이어도 아무 문제 없는 평화로운

나날이었지만 그 이면에는 항상 공동생활의 팽팽한 긴장감이
있었다.

✻

뉴욕 생활이 한 달쯤 남았을 때의 일이다. 거실 왼편을 쓰던
룸메이트가 이사 나간 날, 외출했다 들어와 샤워한 후 빨래를 돌리려
거실에 나갔다가 당황했다. 샤워하기 전에는 분명히 비어 있었던
세탁기에 빨래가 들어 있었고 아침에 이사 나간 룸메이트가 거실에
앉아 있었다. 당황한 기색을 숨기며 "이사간 줄 알았는데" 했더니
소진과 약속이 있어서 집에 잠시 들어왔다며 온 김에 마지막 빨래를
하고 있다고 했다. 그 순간 나도 모르게 화가 났다. 화를 표출하지는
않았지만 그냥 화가 났다. 그녀와 사이가 나쁜 것도 아니었고 그녀를
싫어한 적도 없었는데, 이사간 줄 알았던 사람이 공간을 차지하고
있고 내가 사용하려던 세탁기를 쓰고 있다는 사실에 화가 났다.
'넌 이사갔잖아. 그런데 이렇게 불쑥 들어와 있으면 어떡해. 내가
세탁기를 사용하려고 했는데 네가 쓰고 있으면 난 대체 얼마를 더
기다려야 하는 거니.' 그런 말들이 목 끝까지 올라오는데 참았다.
　순간 스스로에게 놀라면서 깨달았다. 우리는 서로에게 어떤
의미에서 적이었다는 것을. 소진도, 희주도, A도, 그녀도, 나도,
모두 서로에게 적이었다. 가족도 아닌데 한 공간을 쓰는 사람은
필연적으로 적이 될 수밖에 없다. 공간이라는 한정된 자원을 나눠

써야 하기 때문에 사실 우리는 서로에게 투쟁하고 있던 것이다. 시간이 겹치지 않게 부엌을 쓰고, 세탁기와 건조기를 사용하기 위한 투쟁. 가장 좋은 상사가 휴가 간 상사이듯 가장 좋은 룸메이트는 집에 없는 룸메이트였다.

그 부엌의 아일랜드 식탁에서 우리는 대개 혼자 앉아 밥을 먹었다. 휴일에는 가끔씩 기분을 내 함께 요리해 나눠먹기도 했지만 대부분 자기 스케줄에 맞춰 혼자 먹었다. 나도, 소진도, 희주도, A도, 혼자 오도카니 앉아 스마트폰이나 노트북 컴퓨터를 들여다보면서 밥을 먹다가 맞은편 현관문이 열리며 누군가 들어올 때면 멋쩍게 인사를 하고 황급히 음식을 삼키고 설거지를 한 후 방금 돌아온 사람이 식사를 할 수 있도록 자리를 비켜주었다. 룸메이트들을 생각할 때면 그들과 공연장에 가고, 같이 밥을 먹고, 혹은 싸웠던 기억보다 커튼과 옷장으로 가로막힌 거실을 등지고 아일랜드 식탁에 앉아 혼자 밥을 먹고 있던 모습이 가장 먼저 떠오른다. 우리는 넷이었지만 사실은 모두 혼자였다. 같은 집에서 살았지만 최소한의 온기만 유지한 채 각자의 방에서 눈을 뜨고 홀로 아침을 맞았다.

에드워드 호퍼의 「아침해」는 뉴욕에서의 공동생활을 떠올릴 때마다 생각나는 그림이다. 침대에 앉아 아침 햇살을 받으며 창밖에 시선을 고정한 채 생각에 잠긴 여자. 아무 장식 없는 간단한 침대와 그림 하나 걸리지 않은 텅 빈 벽이 그림 속 여자의 고립감을 더욱 강화시킨다.

에드워드 호퍼의 「아침해」는
뉴욕에서의 공동생활을 떠올릴 때마다
생각나는 그림이다.

　남의 집이라 스카치테이프 하나 붙이는 것도 신경쓰였던 흰 벽, 벽지를 붙이는 대신 페인트칠을 해서 차갑기 그지없었던 그 벽을 옆에 끼고 남의 것이라 굳이 꾸밀 이유 없어 밋밋한 시트만 씌운 침대에서 잠들었다 눈을 뜨면 햇살이 침대 위에 긴 그림자를 드리우고 있었다. 나는 블라인드를 걷어올리고 햇살을 받으며 잠옷 차림으로 침대에 앉아, 우유와 빵으로 아침을 먹으면서 밖을 바라보곤 했다. 냉정한 도시 풍경, 때로는 도회적이라 세련돼 보이기도 했지만 종종 차갑고 엄격해 보이던 풍경이 창밖으로 펼쳐졌다.

　여러 명이 함께 살았지만 잠들 때와 눈뜰 때는 항상 혼자였다. 방문 밖에 누군가 있다는 사실이 안정감을 주면서도 때로는 외로움을 배가시켰다. 안방에서 내가, 작은방에서 희주가, 칸막이 친 거실에서 소진과 또다른 룸메이트가 각각 눈을 떠 호퍼의 그림 속 여인처럼 침대에 오도카니 앉아 아침을 시작하는 모습을 상상해본 적이 있다. 혼자이면서 넷, 넷이면서 혼자인 풍경. 식사시간에 한집에 있으면서도 자기만의 식탁을 차리던 그 기묘하게 쓸쓸한 풍경과 호퍼의 그림이 자꾸만 겹쳐 보였다.

밤을
지새우는
사람들

"오른쪽 벽 색깔 좀 봐. 레몬색이야."

수연이 속삭였다. 그림 속 인물들을 바라보고 있던 나는 비로소 고개를 돌려 오른쪽을 보았다. 그녀 말대로 간이식당diner의 벽 빛깔은 환하고 상큼한 레몬빛. 책에서, 온라인에서, 미술관에서, 이 그림을 여러 번 보았지만 인물이 아닌 식당 벽에 시선을 집중해서 본 것은 처음이었다. 큐레이터인 수연은 나의 대학원 친구로, 당시 미국 동부의 한 대학에서 박사과정중이었다. 나는 그림을 볼 때 전체적인 분위기를 감지할 뿐, 디테일을 살피는 데는 약한 편인데, 역시나 큐레이터의 눈은 달랐다. "너랑 같이 보니까 다른 눈으로 그림을 보게 되는구나. 이래서 사람에겐 친구가 필요해." 우리는 에드워드 호퍼의 「밤을 지새우는 사람들」 앞에 있었다. 미국 중부 여행을 하면서 시카고미술관에 잠시 들른 참이었다.

미국에 있을 때 호퍼와 여러 번 마주쳤다. 호퍼를 가장 많이 만난 곳은 물론 나의 거주지이자 호퍼의 활동지였던 뉴욕이지만, 그 말고도 호퍼는 미국 곳곳에 있었다. 여행지의 미술관에서 나는 뜻하지 않게 호퍼와 맞닥뜨리곤 했다. 그야말로 '세렌디피티serendipity'라 할 수 있는 기분좋은 만남이었다.

워싱턴 D.C. 여행을 갔을 때 선배가 권해 들른 스미스소니언 아메리칸 아트 뮤지엄에서 호퍼의 1960년 작품 「햇볕을 쬐는 사람들」과 마주친 기억이 난다. 다섯 명의 사람들이 건물 밖 의자에 기대앉아 햇볕을 쬐고 있는 그림이다. 그중 네 명은 광활한 평원과 먼 산줄기를 바라보며 이른바 '산멍'을 하고 있지만 화면 맨 왼쪽의 남자만은 무리에 속해 있지 않았다. 갈색 재킷에 청회색 바지, 파란 스카프를 맨 그의 눈은 자연이 아니라 무릎에 얹은 책을 향해 있었다. '꼭 나 같은 사람이구나' 생각하며 나는 웃었다. 자연의 아름다움보다 책 속 세계에 더 매료되는 사람. 남들이 흥겨워할 때 고요히 자신만의 세계에 몰두하는 사람. 그래서 언제나 무리를 벗어나 길 잃은 양 같은 사람. 외톨이가 될 수밖에 없는 사람…… 호퍼는 찬란한 태양 아래 세계를 표현하면서도 한 점 고독을 그려넣는 걸 잊지 않았다. 호퍼다운 그림이라 생각했다.

같은 미술관에서 호퍼의 또다른 작품 「케이프코드의 아침」을, 역시나 워싱턴 D.C.에 있는 허시혼미술관에서 「오전 11시」를, 뉴헤이븐의 예일대학교미술관에서 「바닷가의 방」을 만나게 되는 일을 겪으면서 나는 생각했다. 미국은 호퍼의 나라구나. 의도한 바

에드워드 호퍼, 「밤을 지새우는 사람들」, 캔버스에 유채, 84.1×152.4cm, 1942년, 시카고미술관

없지만 자주 마주치다보니 안면도 트게 되고 호감도 생긴 이웃집
남자처럼, 호퍼는 그렇게 내 삶에 스며들어왔다.

시카고에서 호퍼의 「밤을 지새우는 사람들」과 만난 일은
미국에서 일어난 수많은 호퍼와의 만남 중 정점에 있었다. 조우遭遇
아닌 의도한 만남이었다. 우리는 그 그림을 보러 미술관에 왔다.
단지 그 그림만을 보기 위해서는 아니지만, 그 그림을 꼭 보았으면
좋겠다고 생각하면서. 호퍼의 작품 중 가장 유명한 그림이자 호퍼의
트레이드마크로 여겨지는 '도시의 고독'이 응축되어 있다 여겨지는
그림. 수장고에서 쉬고 있거나 다른 미술관에 대여중이라면 실망할
것 같았다.

한밤중 도시의 거리 모퉁이, 건물 하나만 환하다. 밤늦게까지
문을 여는 간이식당이다. 너른 통창을 통해 식당 안 풍경이
환히 들여다보인다. 모두 네 사람. 바에 앉은 손님 세 사람과
그들을 상대하는 바텐더 한 명. 전경의 혼자 앉은 남자는 그림 밖
관람객에게 등을 돌렸다. 그는 오른손에 잔을 쥐고 있다. 그림자 진
뒷모습에서 홀로 술 마시는 자의 고독이 묻어난다. 네 명의 인물 중
가운데에 그려진 매부리코 남자는 오른팔을 바 위에 얹었다. 담배를
끼운 그 손가락이 샌드위치를 먹고 있는 옆자리 빨강 머리 여자의
왼손 끝에 닿아 있다. 둘은 아마도 오늘 처음 만난 사이. 여자가
들여다보고 있는 쪽지에는 방금 남자가 건넨 전화번호가 적혀
있을지도 모른다.

식당 밖 풍경은 어둡고 서늘하게 말끔하다. 맞은편 건물은 일제히

불을 끈 채 암흑에 잠겨 있고, 식당 안 손님들은 세련되게 쓸쓸하다. 나는 언제나 그림 속 사람들에 주목해왔다. 처음에는 혼자 술 마시는 사내의 등에 서린 고독의 근원을 짐작해보고, 다음에는 나란히 앉은 남녀가 주고받는 신호를 감지해보다가, 마침내 다른 인물로 주의를 옮겨갔다.

밤늦도록 바에 앉아 있는 손님들이 고독한 도시인의 전형처럼 보이지만, 이 그림에서 진정 밤을 지새우는 사람은 따로 있다. 화면 맨 오른쪽에 그려진 바텐더다. 밤새워 술 마시는 사람이 아니라 밤새워 일하는 사람. 노동에 찌들어 지친 얼굴. 구겨진 작업복과 모자가 후줄근하다. 등을 구부린 채 일하면서 손님에게 기계적으로 말을 건네는 그 옆모습이 고단하다. 저마다의 고독에 골몰한 손님들은 그의 외로움에는 무심하다. 잘 차려입은 고독이 아닌 날것의 외로움. 그는 계산을 치른 손님들이 떠나고 난 후에도 홀로 식당을 지켜야 하리라.

그리고 수연과 함께한 만남에서 나는 비로소 인물 아닌 공간에 관심을 기울이게 되었다. 제 안에 품은 빛을 쏟아내고 있는 것만 같은 레몬빛 벽을 골똘히 응시하면서, 바텐더마저 사라져 텅 빈 실내를 상상하고, 밤거리의 신호등처럼 홀로 불 밝힌 채 서 있는 식당 풍경을 그려보았다.

＊

뉴욕에 돌아와 여러 번 「밤을 지새우는 사람들」의 배경이 된

간이식당을 찾으려 시도했다. 그렇지만 끝내 찾을 수 없었다.
호퍼의 그림들과 만난 것처럼 우연히 맞닥뜨리고 싶었지만, 그런
일은 일어나지 않았다. 왜냐하면 그림 속 식당은 세상에 존재하지
않으니까. 호퍼는 "뉴욕 그리니치빌리지의 식당에서 그림의 영감을
얻었다. 풍경을 실제보다 단순화하고 식당은 원래보다 더 크게
그렸다"라고 말했지만, 어디까지나 영감을 얻었을 뿐 그 식당을
그대로 화폭에 옮긴 것은 아니었다. 호퍼의 그림 속 배경은 화가가
경험한 여러 장소의 어떤 요소들을 조립해 새롭게 구축한 세계다.
그 세계가 너무나 그럴듯하기에 우리는 그곳을 실제로 방문할 수
있으리라 믿는다. 그러나 그것은 우리의 희망일 뿐, 그런 장소는
현실에 없다.

이 그림을 이야기하며 호퍼는 말했다. "아마도 무의식적으로, 나는
대도시의 고독을 그리고 있었던 것 같다." 무의식으로부터 고독한
공간을 끄집어내 화면에 재현하고, 무의식 속 외로운 인물들을
그 공간에 배치했다. 심상을 읊어내는 시인처럼, 호퍼는 마음속
이미지를 화폭에 옮겼다. 그래서 그림 속 식당은 어디에든 있지만,
어디에도 없다. 환영幻影 같지만, 실재實在이기도 하다. 우리 모두의
무의식에는 고독한 공간의 이미지가 가라앉아 있고, 호퍼의 식당도
그중 하나이니까.

뉴욕에 있는 동안 '다이너', 즉 간이식당이라는 이름이 붙은
식당에는 딱 한 번 가봤다. 카네기홀 인근에 있는 곳으로 조성진
독주회를 감상한 후 친구들과 지나치다 들렀다. 달고 진한

밀크셰이크와 콜라를 시켜놓고 신나게 수다를 떨었다. 밤늦은 시간이었지만 붐비고 시끌벅적했다. 호퍼풍의 고독이란 역시나 그림 속에나 있는 거였다.

창밖의
고독,
에드워드
호퍼

그림에 천부적인 재능을 가진 소년이 태어나 자란 마을에서 가장
아름답게 눈에 들어오는 것이 집들이었다면, 그 소년은 집을 즐겨
그릴 수밖에 없지 않았을까. 7월의 어느 토요일 나이액Nyack의
거리를 거닐며 그런 생각을 했다.

맨해튼 포트오소리티터미널에서 버스로 1시간쯤 걸리는 뉴욕주
나이액은 앤티크숍과 음식점, 아기자기한 가게들과 도서관, 교회와
우체국이 함께 있는 예쁜 동네다. 무엇보다도 눈길을 끄는 것은
그림에나 나올 법한 아름다운 집들. 소년이 태어나고, 결혼해 도시로
나갈 때까지 28년간 살았던 퀸 앤 양식의 집 2층에 그가 사용했던
침실이 재현되어 있다. 햇살 가득한 창밖으로 멀리 허드슨강을 향해
난 길이 보이고, 그 창가에 소년의 화구가 놓여 있었다. 이런 방에서
매일 아침 눈을 뜬 소년이 그림을 그리고픈 마음이 들지 않았다면

이상하리라. 열두 살 때 이미 6피트(약 183센티미터)였던 큰 키 때문에 친구들로부터 '그래스호퍼grasshopper, 메뚜기'라 놀림을 당해 외로웠던 소년. 그의 그림 속 고독은 상당 부분 2미터에 가까웠던 자신의 지나치게 큰 키에 기인한다고 소년의 생가를 관리하던 젊은 여성이 이야기해주었다.

소년이 여덟 살 때 성적표 뒷면에 펜으로 그린 자화상이 생가에 걸려 있었다. 바다를 바라보며 뒷짐 진 채 서 있는 모습이다. 그 자그마한 뒷모습에서 짙게 묻어나는 고독. 그의 그림을 수없이 보았지만 이만큼 고독한 그림은 없었다. 가히 천재적인 작품. 약점은 어떻게 재능이 되는가, 그의 큰 키를 떠올리며 나는 생각했다.

소년의 자취를 따라 꽤 많이 걸었다. 그가 10대 때 일했던 아버지의 잡화점은 재활용품 가게가 되어 있었다. 그가 다녔던 교회, 그가 그렸던 집들, 그가 쭈그리고 앉아 들고 나는 배들을 보며 그림 그리던 강가의 부두. 그리고 그가 묻힌 묘지. 수많은 무덤 속에서 나는 그의 무덤을 찾지 못했지만 그가 묻혔다는 언덕 꼭대기에서 바다처럼 넓은 허드슨강과, 그 위를 오가는 흰 돛단배들을 볼 수 있었다. 예술가에게 걸맞은 묘지라 생각하면서 언덕을 내려와 다시 버스를 타고 뉴욕으로 돌아왔다.

그 자그마하고 어여쁜 동네, 뉴욕주 나이액에서 나고 자란 화가의 이름은 에드워드 호퍼다.

에드워드 호퍼, 「바다를 바라보는 소년」, 종이에 잉크(1891년 성적표 뒷면),
8.9×11.4cm, 디아세이어 R. 샌번 호퍼컬렉션트러스트-2005

1 맨해튼에서 1시간쯤 떨어진 나이액에 위치한 에드워드 호퍼의 생가와
   소년 호퍼의 방.

2 호퍼가 묻힌 묘지에서 허드슨강이 내려다보인다.

'산다'는 것은 무엇인가. 뉴욕 생활 초기에 맨해튼 42번가를 가로지르는 버스 안에서 복잡한 타임스퀘어 풍경을 바라볼 때마다 '거주居住'란 무엇인가 종종 생각했다. 여행자였을 때에는 참으로 신기하고 흥미로웠던 풍경들이 거주자가 되자 불편함으로 다가왔다. 여행할 때는 새로운 것이 좋았지만, 거주하게 되니 익숙한 것이 좋아졌다. 사람 마음이란 그렇게도 간사하다.

'장기 여행'이라고 여겼던 1년간의 연수는 막상 겪어보니 '단기 이민'에 가까웠다. '여행'과는 달리 '삶'은 뿌리내림을 필요로 했고, 뿌리를 내리기 위해서는 시간을 들여야만 했는데 그를 단박에 해내고자 했던 내 조급함이 오히려 적응을 더디게 만들었다.

"루틴이 생기면 괜찮아질 거야."

선배 언니가 말했다. 루틴이 지겨워 떠나왔는데, 지금 이 순간 가장 그리운 것이 루틴이라는 아이러니. 결국 인간은 루틴에 매인 존재이면서 그럼에도 불구하고 일탈을 꿈꾸도록 설계되어 있는지도 모른다. '1년간 회사에 나가지 않고 해외에서 살아보기'라는 모든 직장인이 꿈꾸는 환상적인 기회가 주어졌는데 나는 처음 만난 그 자유 속에서 허방을 짚고 있는 것 같은 공허감을 느꼈다.

루틴을 만들기 위해 애썼다. 등굣길에는 렉싱턴 애비뉴 78번가 지하철역에 내리자마자 업타운의 부유한 주부들이 이유식을 배달시켜 먹는다는 버터필드마켓에서 샌드위치와 물을 샀다.

단골가게와 거기에서 항상 사는 품목이 있으면 생활에 안정감이 생긴다. 수업이 끝나면 업타운의 미술관이나 박물관 한 곳을 꼭 들르는 식으로 일과를 만들었다. 때때로 수업이 끝난 후 백화점에서 쇼핑을 한 후 귀가할 때면 생각했다. 무거운 쇼핑백을 들고 하교하는 것은 일상인가 비일상인가. 이곳에서의 일상은 어쩌면 이리도 허약한가. 그 답을 나는 알고 있었다. 반복의 부족이다.

입사한 지 14년째, 대학원 간다고 휴직한 1년을 제외하면 13년 동안 나는 거의 하루도 빠지지 않고 꼬박꼬박 출퇴근을 반복했다. 생각해보면 엄청난 일이다. 그런 기계적인 반복이 부지불식간에 일상을 견고하게 한다. 루틴이 무서운 것은 그 때문이다. 사람들은 종종 시시포스의 노동을 폄훼하지만 일견 무의미하게 여겨지는 그 반복 행위가 몸에도 마음에도 근육을 만든다. 우리는 그것을 두고 '힘이 생겼다'고 말한다.

뉴욕에서의 일상이 견고해져가자 에드워드 호퍼는 불식간에 내 삶 속에 스며들었다. 밤에 창밖을 내다보면서, 식당에서 혼자 밥을 먹다가, 기차를 타고 여행을 하면서 나는 자주 호퍼를 떠올렸다. 뉴욕에 오기 전까지 호퍼는 내가 특별히 좋아하는 화가는 아니었다. 밤이 내린 뉴욕의 간이식당에 앉아 있는 사람들, 침실에 서서 나체로 아침햇살을 맞는 여자, 혼자 기차를 타고 여행하는 여인…… 그가 화폭에 그려내는 고독은 분명히 매력적인 구석이 있었지만 어딘가 모르게 감정적인 사치로 여겨졌다. 고독한 사람들이 아니라 고독해지고 싶은 사람들이 좋아하는 화가라고 생각했다.

그러나 뉴욕에서 생활하면서 호퍼는 내게 특별한 화가가 되었다.

나는 맨해튼에서 살았던 그가 왜 그렇게 밤중에 남의 집 창문을
들여다본 풍경을 많이 그렸는지 이해할 수 있게 되었다. 집들이
빽빽이 들어선 맨해튼에서는 맞은편 집 창에서 내 집 창이 환히
들여다보이기 때문에 밤시간 옷을 갈아입을 때면 반드시 커튼을
쳐야만 한다. 밤에 아파트 옥상에 올라가 있노라면 혼자 와인을
마시는 옆 건물의 남자, 아이를 어르는 앞 건물의 부부 등이 호퍼의
「밤의 창문」 속 한 장면처럼 또렷하게 보였다. 내가 보았던 것과
같은 풍경을 보고 나와 비슷한 환경에서 살았던 화가. 호퍼가
궁금해졌다.

귀국을 얼마 남겨놓지 않은 어느 날, 아침에 눈을 뜨자마자
호퍼의 그림이 무척 보고 싶어져 그의 대표작들을 소장하고 있는
휘트니미술관에 달려간 적이 있다. 호퍼를 보러 휘트니에 간다고
했더니 한 선배가 이런 이야기를 해주었다.

"소련의 한 미학자가 아는 그림을 보러 미술관에 가는 건 그리운
친구를 만나러 가는 것과 같다는 얘기를 했어. 책이나 음악과 달리
그림은 복제본을 소유하는 게 의미가 없잖아. 장소 특정적이라 그
도시의 미술관에 가야만 볼 수 있다는 것이 그림과 관람자 간에
관계를 형성하게 한다는 거지. 어떤 그림에 대해 특별한 감정을
느끼게 되는 건 그런 관계 때문이라는 거야."

호퍼에 대한 책을 써보지 않겠느냐는 제안을 거절한 적이 있다.
지금도 그 제안을 거절한 건 잘했다고 생각하지만 뉴욕 생활이

에드워드 호퍼, 「밤의 창문」, 캔버스에 유채, 73.7×86.4cm, 1928년,
현대미술관, 뉴욕

막바지에 이를 때쯤 전기류類가 아닌 내 나름의 호퍼 이야기를
쓸 수 있을 것 같다는 생각이 들었다. 귀국하기 직전 굳이 호퍼의
자취를 찾아본 건 그 때문이다.

✳

나이액에서 돌아온 지 일주일쯤 후에는 어른 호퍼를 만나러 갔다.
NYU 건물 중 한 곳에 호퍼의 뉴욕 스튜디오가 있다. 일반에
공개하지 않고 따로 약속을 잡아야만 갈 수 있는 곳인데 나이액의
호퍼하우스 홈페이지에서 안내해준 스튜디오 전화번호는 NYU
대표번호라 가까스로 알아낸 담당자 이메일로 메일을 보냈다.
하지만 그는 일주일째 답이 없었다.
　포기할까 생각하다가 다시 이메일을 썼다. 첫 이메일에는
기자라고 썼는데 이번에는 호퍼에 대한 글을 쓰고 있는 작가라고
했다. 그랬더니 재까닥 답이 왔다. 두 번의 메일 모두에서 NYU 방문
연구원이라고 밝혔는데 두번째 메일에만 답이 온 걸 보면 기자보다
작가라 하는 편이 더 호감을 주는 걸까, 문득 궁금해졌다.
　호퍼를 보러 간 건 어느 목요일 오후였다. 호퍼를 좋아하는
친구들이 마침 학교 도서관에서 공부중이라 함께 갔다. 15분간
투어해주겠다고 한 담당 직원 어맨다는 듣는 사람들의 반응이 좋자
본인 말에 심취해 45분간 열변을 토해놓았다.
　호퍼의 스튜디오는 NYU 앞 공원 워싱턴스퀘어 노스 3번지,

19세기에 지어진 그리크 리바이벌Greek Revival 양식의 4층짜리
건물 맨 꼭대기에 있었다. 호퍼는 장기간의 파리 체류에서 돌아온
1913년, 당시 월세 5달러였던 이 집으로 이사왔고 평생 떠나지
않았다. 1967년 병으로 입원했지만 집으로 돌아가겠다고 우겨 그해
5월 15일 84세의 나이로 자택에서 평화롭게 눈을 감았다. 층고가
높은 커다란 스튜디오 두 개가 남북으로 놓여 있고, 두 스튜디오
사이에 자그마한 부엌이 있었다. 그리고 남쪽 스튜디오의 오른편에
현재 NYU 패컬티룸으로 쓰이는 침실이 있었다.

벌이 잘 드는 창이 있는 남쪽 스튜디오가 호퍼의 것이었다.
천창은 있으나 창은 없는 북쪽 스튜디오에서는 아내 조지핀이
수채화를 그렸다. (아내의 영향을 받은 호퍼는 종종 건물 옥상에서
수채화 작업을 했다.) 스튜디오에는 호퍼가 자신의 큰 키에 걸맞게
손수 만든 이젤과 판화용 프레스, 그가 사용했던 난로와 책장 등이
놓여 있었다. 어맨다가 창을 열어 보여주었는데 키 큰 나무에 시야가
가려 감탄할 만한 풍경이 펼쳐지지는 않았다. 어맨다는 설명했다.

"호퍼가 살았을 때는 저 나무들이 없었고 건물들이 높지 않아서
멀리 커낼 스트리트가 훤히 보였지요."

눈에 보이지는 않았지만 수십 번 가봐서 아는 그 풍경을 나는
상상할 수 있었다. 창밖으로 워싱턴스퀘어와 나지막한 지붕들을
지나 그 너머, 차이나타운을 가로지르는 널찍한 커낼 스트리트가
보이는 풍경. 어린 날 침실 창으로 바다를 보았던 소년은 뉴욕에서
창밖 도시 풍경에 매혹되었으리라.

1   워싱턴스퀘어 노스 3번지에 위치한 호퍼의 뉴욕 스튜디오 전경. 내가
    찾아간 때는 오래된 건물을 개보수하는 공사가 한창이었다.

2   스튜디오에 마련된 호퍼의 작업실. 그의 큰 키에 맞춰 제작한 이젤과 높은
    천장이 눈에 띈다. 남쪽 스튜디오는 호퍼가 쓰고, 맞은편에 자리한 북쪽
    스튜디오는 아내 조지핀이 썼다.

수줍은 거인 호퍼와 정반대로 명랑한 성격에 자그마한 체구의 아내 조지핀. 호퍼의 뮤즈이자 모델이었고, 평생의 동반자였던 그녀가 전망 좋은 남향 스튜디오를 남편에게 양보하고 북향 스튜디오에서 그림을 그렸다는 사실이 나를 슬프게 했다. 누구에게나 사랑받았던 조지핀은 호퍼를 딜러들에게 소개해주어 결국 그가 성공을 거두는 데 공헌했지만 그녀 자신은 특출할 것 없는 평범한 화가로 남고 만다. 부부 사이에는 아이가 없었다. 조지핀은 호퍼가 죽고 건물이 NYU 소유가 된 이후에도 여전히 이 집에서 살았다.

나이액의 호퍼 생가에서 호퍼가 조지핀과 자신을 그린 몇 장의 캐리커처가 전시되어 있는 것을 보았다. 눌변의 호퍼는 달변의 조지핀과 다툴 때면 말없이 그림을 그려 식탁 위에 놓아두는 것으로 의견을 표했다고 한다. 그 그림 중 거미줄로 뒤덮인 이젤 앞에서 바닥에 떨어진 무언가를 줍고 있는 조지핀을 그린 것이 있다. 그림의 아래쪽에 호퍼는 이렇게 썼다. 'She wants to paint, but she HAS to pick(그녀는 그림을 그리고 싶지만, 주워야만 합니다)'. 가사와 육아에 치여 재능을 접어두고 있는 몇몇 친구들이 떠올라 마음이 짠해졌다.

투어가 끝난 후 동행한 친구들과 근처 카페에서 차를 마신 후 서울에서 다시 만날 것을 기약하며 헤어졌다. 그날 저녁 그들 중 한 명이 이런 문자를 보내왔다.

"덕분에 매일 다니던 길이 다르게 보이네요."

SHE WANTS TO PAINT, BUT SHE *HAS* TO PICK

에드워드 호퍼, 「그녀는 그림을 그리고 싶지만, 주워야만 합니다」,
종이에 연필, 28×21.6cm, 디아세이어 R.샌번 호퍼컬렉션트러스트

나는 큰 키의 호퍼가 내가 늘 지나다니던 도서관 앞길을 걸어, 내가 즐겨 앉던 공원을 지나, 내가 무심히 스치던 건물 계단을 올라 머리가 천장에 닿지 않게 허리를 굽혀 집 현관으로 들어가는 모습을 상상해보았다. 과연 익숙한 학교 근처 풍경이 과연 다르게 보였다. 호퍼와 함께한 1년이었다.

몸치여도
괜찮아

가을의 어느 일요일, 뉴헤이븐에 놀러갔다가 예일대학교미술관에서 에드가르 드가가 그린 「발레 리허설」을 보았다. 그림을 뜯어보는 편이 아닌 나는 대충 지나쳤지만, 같이 미술관 관람을 한 학과 선배가 미술사학자다운 예리한 눈으로 "나는 드가가 좋더라" 하며 그림 앞에 멈춰 섰기 때문에 나도 그 그림 앞에 오래 머물렀다. 나는 연습을 멈춘 채 턱을 괸 소녀에게 오랫동안 눈길을 주었다. 몰두하는 이들보다 딴짓하는 자가 남의 관심을 더 끄는 건 어딘지 불공평하다 생각하면서.

뉴욕에 와서 춤을 배우면서 댄서들을 그린 그림도 좋아하게 되었다. 몸으로 하는 건 다 서툴지만, 그래서 더더욱 춤을 잘 추고 싶다는 열망이 있었다. 내 첫 책『그림이 그녀에게』 때부터의 오랜 독자 중 신기하게도 나와 이름이 같은 분이 계신데, 라틴댄스가

에드가르 드가, 「발레 리허설」, 캔버스에 유채, 47.9×87.9cm, 1891년경,
예일대학교미술관, 뉴헤이븐.

취미라고 했다. 학창시절 무용실기 점수는 항상 최저점. 눈썰미가 없어 안무도 못 외우고 매번 오른쪽 왼쪽이 헷갈려 지적을 받았던 나로서는 그녀의 블로그에서 춤 이야기를 볼 때마다 춤에 재능이 있는 분신이라도 만난 양 마냥 설렜다.

대학 때 친구와 함께 관악구민회관에서 운영하는 재즈댄스 클래스에 등록했지만, 춤은 내게 운동이 아니라 노동에 가깝다는 것을 깨닫고 이내 포기했다. (그때 같이 등록한 친구는 지금 무용단 단원으로도 활동한다.) 사회생활을 시작한 후 신촌의 댄스 교습소에 재즈댄스를 배우러 몇 달 다녔다. 선생님은 잘 가르쳤지만 엄격했고, 열등생인 나는 항상 야단을 맞았다.

"아람씨. 해파리예요? 다리가 왜 그렇게 흐느적거려요?"

"아람씨. 고작 그거 했다고 쉬어야 해요?"

매일 이런 말을 들으며 등짝까지 얻어맞다보니, 체대 입시생도 아닌데 서른 넘은 나이에 돈 내고 이렇게 구박받아야 하나 하는 생각이 들어서 춤을 제대로 익히지도 못하고 학원을 그만둬버렸다.

＊

뉴욕에서 춤을 배울 계획은 없었다. 요가와 필라테스에 집중하려 했는데, 헬스클럽 강좌에 줌바댄스가 있어서 한번 나갔다가 줌바의 매력에 빠져버렸다. 라틴댄스에 에어로빅을 접목한 줌바댄스는 무엇보다도 흥겨운 음악에 신나게 몸을 맡기면 될 뿐 스텝을 외우고 동작을 완벽하게 해내야 한다는 부담이 없어서 좋았다.

내가 다녔던 헬스클럽의 줌바댄스 강사 소니아 선생님은 도미니카공화국 출신의 창백하고 자그마한 금발의 여자였다. 나는 그녀를 볼 때마다 항상 어릴 적 읽었던 '꼬마 흡혈귀' 시리즈의 소녀 흡혈귀 안나가 떠올랐다. 단순히 줌바댄스가 좋았던 것이 아니라 소니아 선생님의 춤이 좋았다. 선생님이 일이 있어 못 나올 때 몇몇 임시 강사의 수업을 들은 적이 있는데, 파워풀하기는 했지만 소니아 선생님 같은 섬세함과 우아함이 없었다. 소니아 선생님은 가르칠 때 감정을 담아 춘다. 그 감정이 내게 전달된다. 그래서 그녀의 댄스 클래스는 매혹적이다.

댄스를 시작한 지 얼마 되지 않았던 어느 날 아침 수업 시작 전 음수대에서 선생님과 마주쳤다. 선생님은 모닝 허그를 하자며 나를 포옹했다. 내가 "당신 수업이 정말 좋다. 당신은 정말 훌륭한(amazing) 선생님이다"라고 했더니 "내 수업은 학생들의 에너지를 바탕으로 이루어지기 때문에 내가 어메이징하다면 그건 수업을 듣는 너희들이 어메이징하기 때문"이라고 답해주었다. 춤을 잘 출 뿐 아니라 말도 잘하는 분이었다.

"이 수업의 핵심은 춤을 즐기는 겁니다. 동작을 잘하는 건 그 다음이에요."

매 수업 시작 때마다 그녀는 수강생들에게 이렇게 말했다.

뉴욕 생활에서 여러 가지를 배웠지만 그중 가장 핵심적인 것은 '즐기는 법'이었다. 특히 댄스 수업에 갈 때마다 '즐기는 법을 배우고 있구나' 하고 느꼈다. 한국의 댄스 강사들은 정확한 동작부터 가르친다. 그 동작을 따라 하지 못하는 사람들은 춤추기를 부끄러워하며 아예 춤을 출 용기마저 잃게 된다. 왜 우리는 그냥 즐기면 되는 일에서조차 남의 시선을 의식하게 된 걸까. 한국에서나 미국에서나 나는 여전히 몸치지만 뉴욕에서는 못 춰도 자신 있게 춤을 출 수 있었다.

선생님은 종종 학생들이 원을 그리며 서게 한 후 한 명씩 원 안으로 들어와 춤을 추도록 했다. 잘하건 못하건 그저 신나게 하면 되기 때문에 우리는 모두 박수를 치며 원 안의 사람을 응원했다. 한국이었다면 쭈뼛댔겠지만 어느 순간부터 나는 춤출 때 주변의 시선을 의식하지 않게 되었다. 만사를 잊고 몰두할 수 있었다. 나는 항상 뇌의 스위치가 켜져 있는 부류의 사람으로, 글을 쓸 때를 제외하곤 무아지경이 되는 법이 없었다. 정신을 확 풀어놓을 수 있는 댄스 시간은 그래서 내게 소중했다. 댄스를 시작한 지 두 달쯤 되었던 어느 수업 날, 나는 거울에 비친 나 자신을 보고 놀랐다. 나는 웃고 있었다. 과제라고 여겼다면 찌푸리고 있었을 텐데, 진심으로 즐거워하고 있었던 것이다.

댄스 수업을 들으면서 감정도 만들어낼 수 있다는 걸 알게 되었다. 요염하지 않아도 음악과 동작이 요염하면 내 감정도 요염해지고, 도도하지 않아도 음악과 동작이 도도하면 내 감정도 도도해지며, 서글프지 않아도 음악과 동작이 서글프면 내 감정도 서글퍼진다. 음악, 동작, 표정으로 감정을 지배할 수 있다니. 감정에

휘둘리지 않고 그 위에 군림할 수 있다는 점이 좋아서 더욱 댄스 수업에 열심히 나갔다.

땀 흘리며 몸을 써서 하는 일들을 폄훼했던 시절이 있었다. 사농공상士農工商에 기반한 교육의 영향이었다. 하지만 댄스를 시작한 후 더이상 그러지 않았다. 아름다운 동작 한 번을 위해 얼마나 많은 연습이 필요한지 깨달았기 때문이다.

댄스를 시작하고 다섯 달쯤 되던 날 수업을 마치고 집에 가는데 엘리베이터에서 마주친 소니아 선생님이 내게 "항상 맨 앞줄에 서서 열심히 해주다니 참 고맙다"라고 했다. "춤을 잘 못 추니까 당신 동작을 자세히 보려고 앞줄에 서는 거다"라고 설명했더니 선생님은 "너는 진짜 잘하고 있고, 제대로 배우려면 앞줄에 서야 한다. 뒤에 서서는 잘 배우지 못한다"라고 격려해주었다. 엘리베이터 안 다른 사람들에게 나를 가리키며 "내 수제자(my top student)"이자 수업시간에 항상 자기 왼쪽에 서는 "나의 왼팔(left hand girl)"이라고까지 소개했다.

그 상황이 뿌듯하면서도 어딘가 코믹해서 나는 숨죽여 웃었다. 그래, 곽아람. 몸치 주제에 마흔을 앞두고 뉴욕까지 와서도 성실성 하나로 선생에게 어필하는구나. 어떻게든 앞줄에 서려고 수업시간 10분 전에 와서 자리를 맡은 보람이 있다 싶었다.

Oh you are my sunrise on the darkest day

Got me feelin' some kind of way

Make me wanna savor every moment slowly slowly

오 너는 가장 어두운 날 나의 태양

내게 특별한 느낌을 받게 해

모든 순간을 천천히 천천히 맛보고 싶도록 해

내 뉴욕 생활의 배경음악이었던 노래 한 곡을 고르라면 이렇게 시작하는 푸에르토리코 출신의 가수 루이스 폰시의 「데스파시토Despacito」가 아닐까 생각한다. 카페에서도, 라디오에서도, 클럽에서도, 길거리에 주차된 차 안에서도 끊임없이 들리던 노래. 무엇보다도 댄스 수업에서 매번 이 노래에 맞춰 춤을 췄고, 노래를 들을 때마다 고혹적이면서도 애잔한 기분에 잠기곤 했다.

「데스파시토」는 도입부를 제외한 노랫말 대부분이 스페인어라, 노래의 핵심 단어인 '데스파시토'가 '천천히'라는 뜻이라는 것도, 이 노래가 '너를 충분히 느끼며 천천히 사랑을 나누고 싶다'는 상당히 야한 내용이라는 것도 귀국 후 가사 번역문을 찾아본 후에야 알았다. 정열적인 라틴 문화의 부산물답게 노골적이고 열정적인 노래. 어쨌든 나는 뜻도 모르는 노래를 따라 부르기까지 하면서 열심히 스텝을 밟았다.

줌바 수업 마지막날이 생생하다. 스텝을 밟는 순간순간이 너무나 즐거워서, 이제 이 시간이 영원히 끝난다는 사실에 눈물이 날 것만 같았다. 소니아 선생님이 작별인사를 건네며 나를 포옹하고는 말했다.

"너는 참 열심히 했지. 작년부터 꾸준히. 언제나 내 왼쪽 구석에 서 있어서 네가 안 오는 날이면 내 왼편이 텅 빈 것 같았어. 네가 내 수업에 와줘서 정말 기뻤어."

그날 선생님은 어린 시절 이야기를 내게 해주었다. 유년기를 바하마에서 보냈고, 부모님은 카지노에서 일했다고 했다. 부모님의 직장동료가 한국인이라 그의 동갑내기 딸과 자매처럼 지냈는데, 그래서 아장아장 걸을 무렵에는 자연스레 한국어를 배우고 말했다고 했다. 친구 엄마가 김치를 물에 씻어 먹여주던 기억이 아직도 난다면서 선생님은 두 손을 귀에다 대고 정확한 한국어 발음으로 "앗 뜨거" 했다. (아마도 '아, 매워'와 헷갈린 것 같다.)

선생님이 수업시간에 자주 틀던 댄스곡 리스트를 받아 아이패드에 다운로드해놓았다. 다시 시선의 감옥에 갇힌 것만 같은 서울의 일상. 무아지경으로 스텝을 밟던 그 시절이 그리울 때면 아이패드를 켜고 춤곡을 듣는다. 특히 「데스파시토」를 자주 듣는다. 은근하면서도 짜릿한 그 선율이 요염하지 않은 내가 요염할 수 있었던, 고혹적이지 않은 내가 고혹적일 수 있었던, 세상에 음악과 그 음악에 맞춰 춤추는 나밖에 없는 것 같았던 뉴욕의 마법 같은

Despacito

Quiero respirar tu cuello despacito

Deja que te diga cosas al oído

Para que te acuerdes si no estás conmigo

Despacito

천천히

네 목에 천천히 입김을 불어넣고 싶어

네 귀에 속삭이고 싶어

우리가 떨어져 있더라도 기억할 수 있게

천천히

나의 알브레히트

호퍼를 마주친 것이 뉴욕의 거리에서라면 뒤러를 만난 것은 뉴욕의
학교에서였다. 나의 알브레히트. 나는 마음속으로 그를 그렇게
불렀다.

　방문 연구원으로 있었던 NYU IFA에서 몇몇 미술사 과목을
청강했다. 그중 가장 인상 깊은 것은 봄 학기에 들었던 알브레히트
뒤러에 대한 수업이다. 독일 출신 화가 뒤러는 북유럽 르네상스의
대표 주자다.

　학부 때 미술사를 전공했고, 대학원에서도 미술사로 석사학위를
받았지만 화가 한 사람만 놓고 한 학기 동안 연구하는 수업은
들어본 적이 없었다. 담당 교수에게 이메일을 보내 청강해도
되느냐고 문의했더니 "내 수업은 세미나다. 과제로 부과되는
리딩(reading)을 다 해오고, 수업시간마다 견해를 밝힌다면

환영한다"는 답이 돌아왔다. 뒤러 연구의 권위자인 콜린 아이슬러 선생님은 당시 86세. '역시 노인이라 깐깐한 건가' 생각하면서 청강하겠다고 답장을 보냈다.

강의 계획서에 뉴욕에 있는 뒤러 작품을 중심으로 수업을 진행한다고 적혀 있었다. 뒤러 작품이라고 하면 스스로를 예수처럼 그린 것으로 유명한 1500년 작품 「자화상」과, 자신을 핸섬한 댄디로 표현한 1498년의 「자화상」, 우울한 표정으로 골똘히 생각에 잠긴 천사를 그린 판화 「멜랑콜리아」 정도만 알고 있었던 나는 '대표작들은 다 독일에 있을 텐데 뉴욕의 뒤러 작품이라는 것이 과연 의미가 있을까'라고 생각했다. 그러한 판단이 참으로 섣불렀다는 건 수업 2주차가 되자마자 바로 깨달았다.

대부분의 수업은 강의실이 아니라 미술관에서 진행되었다. 메트로폴리탄미술관(이하 메트)의 판화자료 보관실 프린트룸이 우리 수업의 대부분이 이루어진 장소다. 뒤러는 판화가로도 유명한데, 메트는 뒤러 판화의 대표작 대부분을 소장하고 있었다. 아무리 판화가 복제 가능하다 해도 뒤러 작품의 실물을 보면서 진행하는 미술사 수업이라니 한국에서는 감히 꿈도 꾸지 못할 호사였다.

수업은 작품을 보면서 학생들 개개인이 그 작품에 대해 자유롭게 이야기하는 방식으로 이루어졌다. 교수의 일방적인 '교시'로 진행되기 일쑤인 한국식 수업에 익숙한 내게 그 방식은 처음에는 좀 낯설었다. 이미 수업 자료에서 읽어 모두가 아는 사실을

뉴욕에서 생활하는 동안
IFA에서 미술사 수업을 들었다.
그곳의 고즈넉한 열람실에서 숙제를 하던 것,
그리고 미술관, 모건라이브러리 등에서
작품 실물을 감상하며
자유롭게 서로의 의견을 나누던 시간이
생생하게 기억난다.

굳이 다시 이야기하는 미국 학생들이 이해가 되지 않기도 했다. 그렇지만 시간이 흐르고 수업에 익숙해지자 소위 '스몰토크'로 시작하는 미국 대학원 수업의 효용성을 깨닫게 되었다. 그림에 대한 감상 같은 시시콜콜한 이야기로 시작하지만 자유롭게 서로의 의견을 이야기하다보면 그 이야기들이 어느새 하나의 큰 주제로 수렴되었던 것이다.

어느 봄날의 수업 주제는 '뒤러는 천재였는가'였다. 태어날 때 수호천사의 가호를 받는 사람이 천재라는 먼 옛날의 천재에 대한 정의에서부터 남들에게는 불가능한 일을 할 수 있는 자가 천재라는 오늘날의 정의까지를 훑고, 뒤러가 알았던 것과 몰랐던 것을 짚어가며 '뒤러는 천재인가'를 논했다. 우리의 논의는 뒤러가 판화에서는 독보적인 천재라 할 수 있지만 회화에서는 그렇지 않았다는 결론으로 수렴되었다. 뒤러 이전에 그렇게 많이 유통된 판화를 제작한 예술가는 없었고, 그런 테크닉을 보여준 예술가도 없었다는 것이다. 그러나 그림에 있어서는 그가 그리고 싶어 그린 자화상들은 훌륭하지만 주문받아 그린 그림들은 단 한 점, 「네 명의 사도들」 외에는 창의적이지 못하다는 것이 선생님의 견해. 나는 「장미화관의 축제」가 주문생산 작품이지만 창의적이지 않느냐고 반문했다. 하지만 선생님은 "나는 항상 네 의견에 동의하지만 이번만은 아니다"라고 하셨다. 구도가 전형적이라는 것이었다.

테크닉 이야기가 나왔다. 그러니까 테크닉이란 천부적 재능이고 훈련으로는 획득할 수 없는 것이라는 점에서 뒤러는 천재라고 할

알브레히트 뒤러, 「서재의 성 제롬」, 판화, 24.7×18.8cm, 1514년,
메트로폴리탄미술관, 뉴욕

수 있느냐고 묻자 선생님은 그렇다고 답했다. 그런 재능은 타고나는 것이지 훈련으로 획득 가능한 것이 아니라고.

수업을 들으면서 생각했다. 재능이란 어디까지가 선천적이고, 어디부터가 후천적인가. 그리고 싶은 그림은 잘 그렸지만 주문생산 그림은 독보적이지 못했던 뒤러에게서, 남이 시켜서 쓰는 기사는 쓰고 싶어 쓴 기사에 비해 품질이 떨어지는 경향이 있는 나의 고질적인 문제점이 겹쳐 보이며 어슴푸레한 동질감을 느꼈다.

또다른 날의 수업 주제는 뒤러의 명작 판화였다. 그 유명한 「멜랑콜리아」와 「아담과 이브」 「서재의 성 제롬」 「기사, 죽음 그리고 악마」 등을 보았다. 나는 「서재의 성 제롬」 앞에 오랫동안 서 있었다. 학자들의 수호신 성 제롬이 서재에서 성경을 번역하는 데 여념이 없다. 4~5세기 로마가톨릭교회 신학자인 성 제롬은 그리스어와 히브리어 성경을 라틴어로 번역해 성경 보급에 혁혁한 공을 세운 인물이다.

제롬의 책상 앞에서 커다란 사자가 햇볕을 쬐며 졸고 있다. 서양의 옛 그림에서 성 제롬은 대개 사자와 함께 등장한다. 그가 절룩거리며 다가온 사자 앞발의 가시를 빼주자, 감동한 사자가 평생 그를 떠나지 않았다는 전설 때문이다.

「서재의 성 제롬」에서 뒤러는 창을 통해 찬연히 비치는 햇살, '신의 빛'이라 할 수 있는 그 빛을 그려낸다. 벽에 비치는 창살 무늬의 그림자까지 잊지 않고 표현했다. 흑백만으로 세상의 모든 색채를 담아낸다는 것이 어떻게 가능한가. 나는 먹으로 삼라만상을

담아낸 그림에 익숙한 동양인이지만, 그래도 믿기지 않아 몇 번이고
작품을 보았다. 그전까지는 해도 판화란 어둡고 칙칙하고 재미없는
것이자 화려한 색채의 회화에 비해 급이 낮은 장르라고 생각했다.
하지만 이제 나는 판화가 무한한 가능성을 지닌 장르임을 안다.
뒤러가 만들어낸 판화의 세계. 그 무한한 흑백의 세계를 깊이
들여다보았기 때문이다.

✳

지식의 주입보다는 사고의 확장이 목표였던 수업. 그런 수업이
가능한 가장 큰 힘은 학생들의 이야기를 가감 없이 귀 기울여
들어주고 독려하는 선생님으로부터 나왔다. "이런 것도 모르냐"며
학생들에게 질책만 하는 교수들을 많이 보아온 나로서는 아흔에
가까운 노교수의 정성과 열정이 놀라울 따름이었다.
　나는 수업에서 영어가 가장 서툰 학생이었다. 석사과정의 중국인
학생이 하나 있었지만 어릴 때 유학 와서 나보다 영어를 훨씬
잘했다. 서툰 영어로 입을 떼는 것이 쉽지 않았는데 선생님은 내가
말을 하기 시작하면 온몸을 내 쪽으로 기울이고, 눈을 반짝이며
'내가 네 이야기를 소중하게 여기며 듣고 있다'고 표현해주었다.
그런 격려에 힘입어 머뭇거리지 않고 이런저런 이야기를 할 수
있었다.
　수업을 시작한 지 두 달쯤 지났을까. 선생님은 내 옆자리의

청강생 할머니에게 큰 소리로 "당신 옆에 앉은 이 레이디(lady)는 매
수업시간마다 아주 심오한 질문을 한다. 자신만의 관점으로 그림을
보는데 그것이 아주 정확하다" 하고 칭찬했다. 내가 정말로 훌륭한
질문을 해서가 아니라 외국인 학생의 용기에 대한 배려임을 알고
있었지만, 그럼에도 불구하고 무척이나 기뻤다.

　수업 내용도 의미 있었지만 오래도록 기억에 남은 건 수업을
같이 듣는 사람들이었다. 학생들보다는 청강생들이 인상적이었다.
IFA 수업을 들을 때마다 신기했던 건 강의실을 가득 메운
할머니, 할아버지 수강생들. 만학도 치고는 지나치게 수가
많다고 생각했는데 알고 보니 '감정가 서클'이라 불리는 기부자
그룹이었다. 7500달러 이상을 기부하면 수업 청강권이 주어지는데
이들이 낸 기부금으로 교수들 월급도 주고 학생들에게 장학금도
주므로 학교에서는 이들을 아주 중요한 존재로 여긴다고 했다.
IFA가 위치한 맨해튼 어퍼이스트는 서울의 평창동, 구기동과
같은 전통적인 부촌. 학교는 여유 있는 노인들을 위해 우아한
미술사 강의를 제공해서 수익을 올리고 있는 셈이다. 1977년부터
2008년까지 31년간 메트 관장을 지낸 필리프 드 몽트벨로 교수의
수업은 당시 이 기부자들에게 특히 인기 있는 대표적인 강의였다.
박물관에서 일하면서 얻은 경험을 '박물관 대학'식으로 풀어나가기
때문에 드 몽트벨로 교수의 수업에 들어가면 언제나 열성적인
아주머니, 할머니 팬들을 만날 수 있었다.

　드 몽트벨로 교수의 수업은 렉처 형식으로 진행되는 대형

강의였지만, 뒤러 수업은 소규모 세미나였다. 정식 수강생은
조교를 포함해 네 명. 여섯 명의 청강생 중 이슬람 미술을 전공하는
박사과정 학생 기욤과 나를 제외한 네 명 모두가 60대 이상
노인이었다.

　메리 리 할머니는 첫 수업 때 색색의 구슬이 잔뜩 박힌 화려한
목걸이를 하고 등장했다. 은퇴한 고고학자인 이 할머니는
그리스·로마 고고학 전공 교수 출신으로 아이슬러 선생님의 오랜
친구라고 했다. 첫 수업 때 선생님이 "독일어 할 줄 아는 사람?" 하고
물었을 때 메리 리 할머니만이 손을 들었다. 여든 넘은 연세에도
항상 자세가 꼿꼿한 그녀는 또한 무척이나 패셔너블해서 모자나
옷이 예쁘다고 칭찬을 하면 꼭 "이건 ○○에서 산 거야"라고
설명해주었다.

　은퇴한 의사인 발레리 할머니도 인상적이었다. 선생님은 그림을
보다가 의학적 견해가 필요하면 발레리 할머니에게 묻곤 했다.
뒤러의 자화상 중 자신의 전신 누드를 그린 것이 있는데 학자들은
그 자화상이 매독에 걸렸을 때의 모습이라 추정한다. 그 그림에 대해
배우던 날 선생님이 의견을 묻자, 발레리 할머니가 한참 생각하더니
"매독에 걸리면 양쪽 눈이 짝짝이가 되기 때문에 그런 설이 나온
것 같은데 내가 육안으로 보기에 매독은 아닌 것 같다"라고 답하던
장면이 아직도 기억에 남아 있다. 발레리 할머니는 헝가리 출신으로
헝가리가 공산화된 1950년대에 미국으로 망명했다. 미국이 의사를
많이 필요로 하던 시절이라 여성인데도 남편보다 먼저 시민권을

얻었다고 했다.

그리고 다정하고 우아한 얼리샤 아주머니. 60대 언저리로 보였던
얼리샤 아주머니는 항상 친절하고 상냥해서 호감이 가는 분이었다.
아이슬러 선생님 수업을 3학기째 듣고 있던 분으로 내게 "아이슬러
교수님은 정말 대단한 분이다. 그의 뇌를 스캔해서 홀로그램으로
만들고 싶을 정도다"라면서 "우리가 미술관에서 실물을 보며
강의를 들을 수 있는 것도 큐레이터들이 다 그의 제자이고, 그를
진심으로 존경하기 때문이다"라고 귀띔해주었다. 얼리샤 아주머니의
남편이 함께 수업에 온 적이 있다. 한국 미술에도 관심이 많다고
하기에 인사치레인 줄 알았는데 "'미스터 삼성' 덕에 한국에 좋은
미술작품들이 많지 않느냐"고 해서 깜짝 놀랐다. 그날 집에 돌아와서
이 부부의 이름을 검색해보고는 더 놀랐는데, 뉴욕 사교계의 유명
인사였다.

나머지 한 명의 노인 청강생은 아이슬러 선생님의 아내였다.
수업시간에 교수가 가족을 데리고 온다는 건 우리네 정서로는
상상하기 힘든 일인데 수업에 항상 부부가 함께 들어온다고
했다. 아마도 거동이 불편한 선생님 혼자 움직이기가 쉽지 않기
때문이 아닐까 추측해본다. 선생님의 아내는 유명한 전기 작가로
베니타라는 예쁜 이름을 가졌는데 수업에 딱 한 번 오셨던 청강생
할머니가 얼리샤 아주머니에게 "베니타라는 이름 너무 어렵지
않아? 난 그 이름이 외우기 힘들고 맨날 벨린다랑 헷갈려서 그냥
'무솔리니'라고 외웠어" 하는 걸 듣고는 웃음을 참느라 혼났다.

미술관에서 직접 그림을 감상하며
자신의 의견을 주고받는 열혈 학생들.
이들과 나는 무슨 인연이기에
뉴욕에서 뒤러를 매개로 만나게 된 걸까.

참고로 무솔리니의 퍼스트 네임은 '베니토'다.

지극히 성실하고, 지극히 지적이며, 지극히 교양 있는 노인들. 이들과 함께 수업을 들으면서 '삶이란 무엇인가' 종종 생각했다. 우리는 때때로 '공부에도 때가 있다'며 무언가를 배우기에는 너무 늦었다고 여기지만 이 강의실에는 한 발 한 발 내딛는 것조차 조심스러울 정도로 거동이 불편하지만 두뇌만은 그 어떤 젊은이보다 바쁘게 움직이는, 지적 열망으로 가득찬 노인들이 앉아 있는 것이다. 물론 그들의 지식욕을 가능하게 하는 것은 그들의 부유함이다. 그렇지만 부유하다고 해서 모두 말년에 공부에 열중하는 것은 아니지 않은가.

폭설이 내린 3월의 어느 날, 모건라이브러리에서 뒤러의 드로잉을 주제로 수업이 열렸다. 일찍 도착해 출입구 앞 의자에 앉아 다른 청강생들과 이야기를 나누며 수강생들이 도착하기를 기다렸다. 유리문 밖으로 눈이 펑펑 쏟아지고 있었다. 문이 열릴 때마다 노인들이 미끄러질세라 조심스레 발걸음을 내디디며 한 명씩 안으로 들어왔다. 눈으로 뒤덮인 맨해튼 거리 못지않게 하얗게 센 그들의 머리카락을 보며 생각했다. 삶의 마지막 불꽃을 맹렬히 태우며 뒤러에 대해 이야기하는 분들. 이들과 나는 무슨 인연이기에 이들의 인생 후반부와 내 인생의 중반부 어느 지점이 맞닿아 뉴욕에서 뒤러를 매개로 만나게 된 것일까.

바닥의 눈이 스러져 사라지듯 노인들도 소리 없이 저세상으로 간다. 보통의 순리대로 삶이 흘러간다면 선생님 부부를 포함한 이 노인들이 모두 생에서 사라진 후에도 나는 한참을 더 살아 있을 거라는 데 생각이 미치자 견딜 수 없이 슬퍼졌다.

오늘의
뒤러

3월 하순의 어느 날. 오래간만에 박물관이 아닌 강의실에서 열린
수업에서 우리는 언젠가의 수업시간에 메트 리먼컬렉션에서
실견實見한 드로잉을 제외한 뒤러의 모든 자화상을 연대순으로
살펴보았다.

　아버지의 명에 따라 금 세공사의 도제생활을 하게 된 13세의
뒤러가 인생의 거대한 파도와 마주해 그린 첫번째 자화상부터 9년
후의 미완성 자화상, 자신을 댄디로 그린 청년기의 자화상과 그
유명한 1500년의 정면상까지. 우울한 눈빛의 소년이 자신감과 자기
확신에 가득차서 눈부시게 아름다운 청년으로 성장하는 모습을
보면서 그가 겪었을 삶의 궤적이 감동적으로 다가왔다. 하지만 그
순간 슬라이드는 어느새 병들고 늙어 쇠락한 육체의 화가가 서글픈
표정으로 거울 속 자신을 응시하는 40대와 50대의 자화상들로

알브레히트 뒤러, 「자화상」, 나무패널에 유채, 67.1×48.9cm, 1500년, 알테피나 코테크, 뮌헨.

넘어가 있었다. 그리고 마지막 슬라이드는 로켓에 담긴 뒤러의
머리카락. 선생님은 "당시의 관점에서 뒤러는 아름다운 사람으로
여겨졌다. 아름다운 육체를 가진 아름다운 사내. 누군가는 그를
아름다운 말(horse) 같다고 하기도 했다"라고 설명했다.

　우리는 그날도 많은 이야기를 나눴다. 뒤러의 소년기
자화상에서는 얼리샤 아주머니가 "그는 사랑받는 아들이었나"라는
질문을 던졌다. 이야기를 하다보니 논의는 어느새 15~16세기의
가족 개념이 현대의 그것과는 어떻게 다른가로 넘어가 있었다.
이후의 드로잉을 본 중국 학생 미셸이 "뒤러의 자화상은 자신의
감정을 기록하기 위해 일기처럼 그린 것 같다"라는 이야기를 했다.
나는 스스로를 '비탄의 예수 man of sorrows'로 그린 1522년의 자화상에
눈이 멎었다. 'man of sorrows'란 십자가에 못박혔다 내려온 후
고문의 상처로 천천히 죽어가는 비참한 모습의 예수다. 그러나 이는
역사적으로 존재한 적이 없는 순간의 예수다. 예수는 십자가에서
이미 숨졌기 때문이다. 예수의 수난을 극대화시켜 표현한 이
이미지는 그림을 본 신도들이 예수의 참혹한 고통을 기리며 더
헌신적으로 기도할 수 있도록 인도하는 수단으로 쓰였다.

　나는 바람에 날리는 그의 머리카락과 모든 것을 다 놓아버릴 것만
같은 서글픈 표정을 보았다. 욕망과 패기가 넘쳤던 젊음이 어떻게
쇠약해졌는가를 응시했다. 그리고 결국 그의 모습을 통해 나는 나
자신을 보았다. 지금의 용기도, 갈망도, 의지도 간곳없이 언젠가는
늙어버릴 나. 늙음을 바라보는 화가의 얼굴에 훗날의 내가 겹쳐

알브레히트 뒤러, 「자화상」, 종이에 연필, 40.8×29cm, 1522년, 쿤스트할레, 브레멘

보였다. 스스로를 담금질하기 위한 채찍을 쥔 화가의 손은 커다랗고
마디가 굵었지만, 무력하게 무릎 위에 흐트러져 있었다. 늙음이란
그런 것이다. 육체의 쇠약은 의지의 영역을 넘어서 덮쳐온다.

그날의 수업은 한 화가가 일기처럼 그려간 자화상을 통해
뒤러의 작품이 아닌 알브레히트 뒤러라는 한 '인간', 열정적이고
오만하고 욕심 많고 사업 수완 좋으면서 한편으로는 슬프고
우울하고 아름다운 남자의 일생을 총체적으로 만난 것만 같은, 그런
시간이었다.

연수기간 중 기억에 남는 일들이 숱하게 많지만 가장 행복하고
뿌듯한 충족의 순간은 메트에서, 모건라이브러리에서, 강의실에서
15~16세기 독일로 돌아가 뒤러를 논하던 금요일 오전의 그
수업시간이다. 오래도록 두고두고 기억날 소중한 시간이라 잊지
않기 위해 나는 '오늘의 뒤러'라는 제목의 일기로 그 수업을 매번
기록해두었다. 학점을 받아야 하는 것도 학위를 따야 하는 것도
아닌 상태로 듣고 싶은 수업을 듣고 있는 그 상황이 내가 뉴욕에서
누리는 궁극의 사치가 아닌가 생각했다.

1월의 마지막 월요일이 생각난다. 수업이 끝나고 저녁 약속까지
시간이 남아 도서관에 앉아 금요일 뒤러 수업에 필요한 리딩을 했다.
도서관은 조용했고 겨울 햇살은 아늑했고 논문을 읽는 동안 나는
15세기 유럽으로 가 있었다.

뒤러의 이탈리아 여행에 대한 논문이었다. 나는 다시 내가
뉴욕에 올 때 가졌던 질문, 괴테에게 이탈리아 여행이 끼친 영향을

내가 뉴욕에서 체류하는 동안 받을 수 있을 것인가……. 뉴욕에 갓 와서 모건라이브러리의 샬럿 브론테 전시를 보고 가졌던 의문, 브론테에게 벨기에 여행이 준 그 자극을 내가 이 도시에서 얻고 있는가…… 또다시 그러한 물음 속으로 빠져들었다. 이탈리아에서 뒤러가 화가로서 베로네세, 만테냐, 혹은 폴라이올로로부터 수많은 것들을 배우고 시각적 자극을 받았던 것처럼, 나는 글 쓰는 사람으로서 또다른 종류의 자극을 받고 있는가.

정작 논문의 주제는 '뒤러의 첫 이탈리아 여행이 존재했는가'였다. 뒤러는 1494년과 1505년 두 번에 걸쳐 베니스에 체류한 것으로 알려져 있다. 그렇지만 1494년의 체류에 대한 증거가 희박해, 뒤러를 신화화하고자 하는 19세기 독일 학자들이 희박한 근거를 가지고 첫 이탈리아 여행이 존재했다는 주장을 한 것이라는 논란이 제기되고 있다고 한다. 괴테가 두 번의 이탈리아 여행을 했기 때문에 독일 학자들이 일종의 낭만주의적 내셔널리즘에 기반, 뒤러를 괴테와 같은 반열에 올리기 위해 괴테와 마찬가지로 뒤러 역시 두 번의 이탈리아 여행을 한 것으로 만들고 싶어했다는 것이다.

그렇지만 나는 논문과는 상관없이 내 나름의 의문을 붙들고 있었다. 그리고 결심했다. 괴테와 뒤러의 여행을 내 뉴욕 생활의 모본으로 삼겠다고. 내 결심을 들은 한 선배가 나의 뉴욕 연수에 '곽아람의 그랜드 투어'라는 거창한 이름을 붙여주었다.

Come, come away! Fly swift, ye clouds¸ and give yourselves to view! Whether on high Olympus' sacred top Snow-crown'd ye sit…….

어서, 어서! 구름의 여신들이여, 빨리 날아오소서. 그대들의 모습을 보여주소서! 그대들이 올림푸스의 눈 왕관 쓴 신성한 꼭대기에 앉아 계시든…….

노인 특유의 느리고 불안정한 걸음걸이로 강의실에 들어선 선생님은 당신 못지않게 낡은 손바닥 크기의 얄팍한 책을 펼치고 아리스토파네스의 「구름」 중 한 부분을 읽어주셨다.

5월의 어느 날, 마지막 뒤러 수업. 학생 두 사람의 기말 리포트 발표가 있었다. 첫 발표자인 앨러나의 주제는 '뒤러 작품의 구름'이었다. 그 주제와 관련된 아리스토파네스의 희곡을 가져온 선생님은 낭송을 마친 후 말했다.

"뒤러의 절친한 친구 퍼크하이머는 그리스 고전에 능통한 학자였다. 퍼크하이머가 아리스토파네스의 이 작품을 베개 밑에 넣어두고 읽다가 친구 뒤러에게 이 구절을 읽어줬을 수도 있지 않을까? 물론 이건 내 판타지에 불과하지만."

아름답고 감동적인 장면이었다. 학생의 기말 리포트 발표를 독려하기 위해 관련 자료를 찾아와 무대에 선 80대 노교수. 그 장면을 보면서 나는 내가 왜 선생님을, 그리고 이 수업을 좋아했는지 깨달았다. 선생님의 따뜻함, 유머, 그리고 문학적 상상력이 좋았던 것이다. 그런 상상력을 가진 사람들은 항상 본능적으로 서로를 알아본다.

"훌륭한 도입부(introduction)였어요"라고 말한 후 앨러나는 발표를 시작했다. 초창기 유화나 수채화에서는 자연의 재현에 불과했던 뒤러의 구름이 판화로 넘어가면서 반자연적/반합리적인 형태와 기능을 띠게 된다는 것이 그녀의 발표 내용이었다. 쉽게 말하자면 종교적 주제의 상서로움을 배가시키기 위한 형태를 갖게 된다는 것이다.

그런데 발표가 진행되는 걸 지켜보면서 나는 웃음을 참을 수 없었다. 그도 그럴 게 수업에는 사실상 교수님이 두 분 계신 것과 다름없었는데, 바로 아이슬러 선생님과 은퇴한 고고학 교수 메리 리 할머니였다. 메리 리 할머니는 학생이 발표하는 동안 직업병을 발휘해 활발한 질문과 지적을 펼치더니 급기야는 "그런데 너 말 좀 천천히 하고, 크게 말해야겠다. 무슨 말인지 못 알아듣겠다"라고 하는 바람에 발표자가 잔뜩 위축되었다. "제가 좀 긴장해서요"라며 진땀을 흘리는 발표자가 안쓰러우면서도 나는 한편으로 안심했다. '내가 영어가 서툴러 말이 잘 안 들리는 줄 알았는데 나만 그런 게 아니었어.'

선생님은 발표 내용에 대해서는 사실과 어긋난 부분만 살짝 고쳐주고 추가해서 볼 이미지만 찾아주는 등 별다른 언급이 없었다.

다만 발표 요령에 대한 충고가 이어졌다. 앨러나가 발표문을 줄줄 읽자 "스크립트를 보지 말고 이야기하듯이 해봐. 너 자신의 이야기를 해야 사람들이 귀를 기울이지"라고 했다. 그럼에도 발표자의 목소리가 계속 잦아들자 발표문을 악보처럼 들도록 자세를 고쳐준 후 "자, 노래하는 거야. 네가 훌륭한 견해를 가지고 있다면 그걸 우렁차게 노래해야지. 우리에게 네 노래를 들려주렴" 하며 학생이 무안해하지 않게 배려하며 다독여주었다.

두번째 발표자 산야의 주제는 '뒤러의 여성 누드'였다. 고전적 이상미를 추구한 뒤러의 여성 누드가 실제로 이상적인 여성미를 구현했는가가 그녀가 제시한 의문이었다. 뒤러의 여성 누드는 근육이 너무 많고 밋밋해서 섹시함이나 에로틱함과 거리가 멀다는 데서 착안한 것이었다. 선생님의 코멘트는 "정말 어려운 주제인데, 뒤러는 이상적인 미란 무엇인가에 대해 엄청나게 흥미를 가졌고 그 개념에 평생 몰두했다"는 것. 그리고 발표가 끝나자 산야에게도 이렇게 말했다.

"너는 문장을 끝맺을 때 목소리가 기어들어간다. 그러면 듣는 사람이 네 얘기에 집중을 하지 않게 된다. 젠더 얘기를 해서 미안한데 남자들이 여자들보다 이 점에서 유리하다. 그들은 항상 소리지르고 제스처가 크니까. 아마도 너희들은 자라면서 여자니까 조심스레 말하라는 교육을 받았는지도 모르겠다. 그렇지만 항상 소리질러라, 그러면 좀 어때(Start yelling, why not?)"

수업이 끝나자 선생님이 가져온 와인과 조교 세라가 준비한 샌드위치와 케이크로 간단한 점심이 시작되었다. 잔을 든 선생님은 "이 수업에서 가장 중요한 역할을 한 사람을 위해 건배하자"고 운을 뗐다. "매 시간 수업 장소와 시간을 공지하고, 내가 하지 않은 일과 해야 할 일을 알려준 TA 세라를 위해 건배합시다. 그녀가 없었다면 이 수업을 제대로 할 수 없었을 겁니다."

그리고 두번째 건배는 곧 생일인 메리 리 할머니를 위해.

음식을 먹으면서 가벼운 대화가 시작되었다. 옆자리 메리 리 할머니가 언제 귀국하느냐고 물어서 8월이라 했더니 발레리 할머니가 "이번 1년은 네게 획기적인(critical) 한 해였겠지. 외국에서 살면서 너는 다른 방식으로 사고하는 걸 배웠을 거야. 십 년 후쯤 또다시 오렴" 하셨다. 해외에서 생활한다는 것이 내게 어떤 영향을 끼치고 있는지 그녀가 명확히 짚어낸 것은 연륜의 힘이었을까, 아니면 이민자 출신이라 이국에서 수많은 경험을 쌓았기 때문이었을까? 담소와 식사가 끝나고 선생님과 마지막 인사를 나눴다. "내 수업에 와줘서 고맙다"라고 하신 선생님은 "너는 항상 시크하고 패셔너블하더라"는 칭찬도 잊지 않으셨다. 사모님은 온화한 미소와 함께 귀국 전 다시 만날 수 있었으면 좋겠다는 인사를 건넸다.

그렇게 수강생들이 하나하나 강의실을 떠나 폭우가 쏟아지는 맨해튼의 거리로 사라졌다. 메리 리 할머니는 파리의 시누이들이 준비한 생일 파티에 간다며 들떠 있었다. 여든 넘은 고령에도 항상 페디큐어와 목걸이, 귀걸이를 잊지 않았던 발레리 할머니는 한국인

매주 금요일 오전이면 이곳의 계단을 올라
배우고, 교유하며 뉴욕에서의 새로운 관계를 맺어갔었다.
모두 건강하고, 언제나 행운이 따르길.

동료들이 꽤 있었다면서, 그런데 한국에는 "Yes, it doesn't"라는 개념이 있느냐고 물었다. 왜 솔직하게 '노'라고 하지 않고 일단 '예스'라고 대답한 후 일을 하지 않는 거냐면서……. 귀여운 중국 학생 미셸은 방학 때 박사과정 지원 준비를 한다며 내 연락처를 받아갔다. 훌륭한 미술사가로 성장하길. 그리고 항상 통통 튀는 앨러나와 산야. 오늘 발표 좋았어. 너희들 역시 훌륭한 미술사학자가 되길 빈다.

인생이 하나의 TV채널이라면 이 수업은 한 학기 동안 매주 금요일 오전에 2시간씩 방영된 미니시리즈였다. 선생님도, 사모님도, 할머니들도, 학생들도 이 짧은 드라마에 잠시 출연한 후 무대 뒤로 사라진 배우들이다. 내 인생에 잠시 등장했다가 사라진 그들이 왜 굳이 이 시점에 여기서 나와 같은 공간에 있었는지는 오직 신만이 아시겠지……. 아쉬움과 뿌듯함이 뒤섞인 묘하게 쓸쓸한 기분으로 손을 흔들고 포옹을 나눈 후 그들이 하나하나 퇴장한 텅 빈 강의실, 불 꺼진 무대 위에 혼자 남은 주연배우처럼 나는 잠시 서 있다가 우산을 단단히 잡아들고 쏟아지는 빗속으로 걸음을 내디뎠다.

크리스티
에듀케이션

수업이 끝난 강의실 벽 스크린에 'Christie's'라는 로고가 또렷이
박혀 있었다. 그날 받은 수료증을 손에 들고 스크린 앞에 서자 같이
수업을 들은 수강생이 기념사진을 찍어주었다. 그리고 또다른
수강생의 박수. 항상 완벽하게 화장하고 당장 파티에 나가도 될
정도로 차려입고 수업에 참석했던 이 중년 여성들은 "어떤 일을
하세요?"라고 물으면 "컬렉터입니다"라고 대답하곤 했다. 미술품
수집을 '일'의 일환으로 여기는 사람들이 세상에 있다는 사실을
뉴욕에 와서 처음 알았다.

　약 아홉 달 동안 세계 굴지의 미술 경매회사인 크리스티 산하
교육기관 '크리스티 에듀케이션 뉴욕'에서 아트 비즈니스 서티피컷
과정을 수강했다. 수업은 매주 수요일 저녁 6시부터 8시까지 있었다.

맨해튼 록펠러플라자 20층의 크리스티 에듀케이션 사무실 안내
데스크 앞에는 앤디 워홀의 예언이 적힌 액자가 놓여 있다. 출석
체크를 하며 그 액자를 볼 때마다 나는 서늘한 공허함을 느꼈다.
앤디 워홀은 모든 사람이 잠깐의 명성을 맛보는 세상을 기대했던
것일까? 그의 예견이 맞아떨어진 것인지 소셜 미디어의 발달로
그가 말한 세상이 도래했고, 사람들은 조금 더 많은 '좋아요'와
조금 더 많은 '팔로어'를 스스로의 가치라 여기고 인기를 얻기 위해
분투한다. 눈에 보이는 것들에 지고한 가치를 두는 세상에서, 그간
보이는 것보다 보이지 않는 것이 더 소중하다는 책 속 가르침을
믿어왔던 나는 아찔해졌다.

보이는 것이 가장 중요한 세계. 그 정점에 아트 비즈니스가 있다.
미술이란 기본적으로 시각예술이기 때문에 어쩔 수 없는 일이기도
하다. 작품의 본질적인 의미보다는 작품이 얼마에 사고팔리느냐가
중요한 세계. "어떤 작품이야?"라는 말보다 "그 그림 얼마짜리야?"라는
말이 더 자주 오가는 세계에 뉴욕에 있는 동안 살짝 발을 담그고
있었다. 하지만 그 세계는 내가 안주하기에는 지나치게 휘황찬란했다.
예술작품이 팔리느냐 팔리지 않느냐, 값이 오르느냐 내리느냐를 놓고
계산하고 계획하며 경탄하는 이들의 세계를 나는 도무지 이해할
수 없었다. 나는 예술지상주의자도 아니었고, '가난한 예술가'라는

낭만적인 어구를 동경할 만큼 현실감각이 없지도 않았다. 다만 내 기질이 그랬다. 나는 그 세계가 불편했다.

뉴욕에서 아트페어를 즐기고, 미술품 경매에서 짜릿함을 느끼고, 시시때때로 갤러리 오프닝에 참석해 아티스트 및 화랑주들과 교류하며 살아 있는 미술 현장을 맛보았다, 라고 책에 쓴다면 그럴듯해 보일 것이다. 뉴욕에 있는 동안 컬렉터들과 교분을 쌓고, 작품 보는 눈을 길러 아트 비즈니스 전문가가 되었다, 라고 적는다면 멋있어 보일 것이다. 무엇보다도 안전하게 독자들을 만족시킬 수 있을 것이다. 그렇지만 그렇게 쓸 수가 없다. 거짓말이기 때문이다. 비싼 수강료를 내고 크리스티 에듀케이션 수업을 들었지만 공허했다, 라고 적으면 누군가는 분명히 '호강에 겨워 배부른 소리 한다'며 비난할 것이다. 알고 있다. 그렇지만 그게 사실이다. 나는 그 세계가 버거웠다. 수업을 들으면 들을수록 나는 내가 그러한 세계에서 아주 멀리 있음을 깨닫게 되었다. 나는 미술품을 명품과 동일시하는 사람들이 마뜩잖았다. 비싼 미술품을 소유하면 그만큼 자신의 가치가 올라간다고 믿는 사람들과 거리감을 느꼈다. 유명 아티스트의 이름을 언급하면서 그의 작품이 이만큼 비싸고 그리하여 아름답다고 이야기하는 사람들이 편치 않았다. 나는 대중이 미술에 다가갈 수 있는 문턱이 더더욱 낮아져야 한다고 믿었다. 하지만 가격에 초점을 맞추면 장벽은 더 높아진다. 경매에서 어떤 작품이 비싸게 팔리고, 신기록을 세웠다는 것이 뉴스로서의 가치는 있다. 그러나 일간지 기자는 기본적으로 어떻게 하면 대중이 미술작품을 쉽게 감상하고 즐길 수 있느냐를 고민하는 데 더 중점을 두어야 한다고 생각했다.

그렇게 싫어하기 때문에, 그래서 아트 비즈니스 코스를 들었다. 의무감을 가지고, 공부한다 생각하고 등록했다. 나이를 먹으면 먹을수록 좋은 것보다 싫은 것이 많아진다. 싫은 것을 멀리하고 좋은 것들만 취하다보면 아집과 독선의 세계에 갇히게 된다. 그런 중년들을 여럿 알고 있다. 크리스티 에듀케이션 수업을 듣기 시작했을 때 나는 마흔을 눈앞에 두고 있었다. 싫은 걸 영원히 멀리하는 꽉 막힌 중년이 되고 싶지는 않았다. 스스로를 단련하기 위해 뉴욕에 왔기 때문에 수련의 일부라 생각하고 꾸준히 수업을 들어보기로 결심했다.

✼

수업은 다섯 개의 대주제인 모듈로 나뉘고, 각 모듈은 5주간 진행되었다. 첫번째 모듈은 '미술과 법', 두번째 모듈은 '미술과 금융', 세번째 모듈은 '미술과 가치 평가', 네번째 모듈은 '옥션 비즈니스', 다섯번째 모듈은 '요즘 미술의 경향'을 주제로 했다. 수업 강사는 매주 바뀌었는데 대부분 뉴욕 미술계에서 내로라하는 인사들이었다. '미술과 법' 모듈의 미술 저작권 수업, 옥션 비즈니스 모듈에서 들었던 '옥션의 역사'와 '핸드백 옥션', 미술품 감정 업체 대표가 와서 미술품에 어떻게 가치를 매기는지에 대해 설명했던 '미술과 가치 평가' 수업 등이 기억에 남는다.

뉴욕에 있는 동안
살짝 발을 담갔던 아트 비즈니스의 세계는
현기증이 날 만큼 휘황찬란했다.

수업에서 대단히 새로운 것들을 배운 건 아니다. 미술 담당
기자를 3년 했었기 때문에 아트 비즈니스에 대해 개략적으로는 알고
있었다. 그렇지만 아트 비즈니스의 허브인 뉴욕에서 전문가들로부터
수업을 듣는다는 건 특별한 측면이 있었다. 예를 들자면 아트페어에
대한 수업시간에는 뉴욕의 대표적인 아트페어 중 하나인 아모리쇼
창립자가 와서 강의했다. 미술을 전공하지도 않은 그가 방송국
홍보팀 직원으로 일하다가 우연히 미술전시 국제 홍보를 맡게 되고
그를 발판으로 미술에 눈을 뜨게 되었으며, 나중에는 아트페어
전문가로 거듭나게 되는 과정을 듣고 있자면 아트페어에 대한
지식뿐 아니라 한 인간의 인생 역정을 통해 삶이란 무엇인가를
고찰해볼 수 있어 좋았다. 지금은 또다른 아트페어인 아트뉴욕을
운영하고 있다는 그가 강의를 마치고 수강생들에게 나눠준 VIP
티켓으로 아트뉴욕을 관람하러 갈 수 있었던 건 덤이었다.

    수강생들의 면면을 관찰하는 것도 흥미로웠다. 첫번째 모듈
수강생 중에는 경쟁 심한 변호사시장에서 활로를 찾기 위해
공부하러 온 변호사들이 꽤 있었다. 미술시장을 공부해 전문 분야를
미술법으로 특화하려는 것이었다. 첫 수업에 치파오를 입고 등장한
중국인 여자 변호사가 있었다. 상하이에 사는데 이 수업을 들으러
일부러 뉴욕에 왔다고 했다. 그녀는 두번째 수업시간에 내 옆자리에
앉더니 아주 적극적으로 말을 걸어왔다.

    "나는 한국 작가에 아주 관심이 많아. 아트바젤 홍콩에서 보고
찍어둔 한국 작가가 몇 명 있어. 한지로 작업하는 작가들이야.

전광영도 좋고 서정민도 좋지."

그녀는 내게 명함을 받아가더니 거기에 내 인적 사항을 세세히 적어넣었다. 인맥 관리를 잘하는 사람들의 방식이었다. 그리고 수업이 끝나자마자 워싱턴에서 미팅이 있어 기차를 타러 가야 한다며 황급히 달려나갔다.

중년의 미국인 변호사 스티브와는 함께 밤거리를 걸어 귀가하면서 이런저런 이야기를 나누었다. 그는 미술은 전혀 모르지만 미술법을 공부하고 싶고, 아트 비즈니스 서티피켓 과정을 수료하면 나중에 일을 그만두고 크리스티 석사과정에 진학해 근현대미술을 공부한 후 커리어 전환을 하고 싶다고 했다. 자상한 사람이었다. 영어가 서툴러 강사 말을 잘 못 알아듣겠다는 내게 "그 강사는 말이 너무 빠르고 어려운 법률용어를 지나치게 많이 쓴다"라며 위로해주었다. "뉴욕 물가가 너무 비싸서 놀랐다"라고 하자 "그래도 런던보다는 낫다"며 다독여주기도 했다. 뉴욕을 제대로 즐기려면 프리 워킹 투어free walking tour를 해보라고 추천해준 사람도 그였다. 뉴저지에 살면서 일하는 그는 매주 수요일 일과가 끝나면 기차를 타고 맨해튼까지 수업을 들으러 왔다. 종종 수업 시작 전에 학생 라운지에 앉아 휴대전화를 붙든 채 샌드위치를 먹고 있는 그의 모습을 볼 수 있었다. 전화 회의가 늦게 끝나 밥 먹을 새도 없다고 했다. 밤 8시에 수업이 끝나면 아직 일을 마치지 못했다며 바쁘게 달려가는 사람들. 그들은 여유 있는 내가 부러웠겠지만 나는 바쁜 그들이 부러웠다. 얼마 전까지 그들처럼 살았고, 귀국하면 또 그렇게 살아야 함에도 불구하고 그들이 부러운 이 말도 안 되는 심리의 정체는 대체 무엇일까. 늘 긴장되어 있던 뇌의 한 부분이 긴장할 거리가 없자 도파민 금단증상에 시달리고 있는 것만 같았다.

수업이 다음 모듈로 넘어감에 따라 수강생들의 면모도 다양해졌다. 컬렉터가 '직업'인 부유한 중년 여성들이 많았고, 가업인 화랑업을 이어받기 위해 공부중이라는 일본인 여성과 전공 외 분야에 대한 지식을 쌓기 위해 수업을 듣는 크리스티 직원들도 있었다. 면면이 화려한 그 사람들 틈에서 나 혼자 서툰 영어를 구사하는 미운 오리 새끼인 것만 같아 간혹 주눅이 들 때도 있었지만 내가 이곳에 있는 이유, 견문을 넓혀 더 좋은 글을 쓰기 위해서라는 연수 목적을 깨닫고는 이내 중심을 되찾았다.

✳

돌이켜보면 말도 안 되게 화려한 나날이었다. 부유한 수강생들과 함께 앉아 수억짜리 미술품 얘기를 듣고 있노라면 구름 위에 붕 뜬 채 투명한 글라스에 담긴 황금빛 샴페인을 홀짝이고 있는 것 같기도 했다. 수업을 듣고 나서 집에 돌아오면 항상『작은 아씨들』중「허영의 시장에 다녀온 메그」챕터가 생각났다. 예쁜 것을 좋아하는 네 자매의 맏이 메그가 부자 친구들을 동경하며 화려한 파티에 참석했다가 자기 것이 아닌 삶을 탐하는 것이 얼마나 부질없는지를 깨닫는 내용이다.

플로린 스테트하이머가 1942년에 그린「예술의 대성당」을

플로린 스테트하이머, 「예술의 대성당」, 캔버스에 유채, 153×127.6cm,
1942년, 메트로폴리탄미술관, 뉴욕.

볼 때마다 크리스티 에듀케이션 수업을 들으며 느꼈던 공허감이 떠오른다. 화가이자 시인인 스테트하이머는 맨해튼에서 자매들과 함께 모더니스트를 위한 살롱을 운영했는데, 그 살롱에는 마르셀 뒤샹, 조지아 오키프 등 당대의 유명 예술가들이 드나들었다고 한다. 뉴욕에 오기 전까지 나는 스테트하이머에 대해서도 그의 그림에 대해서도 몰랐다. 그의 그림과 마주친 건 메트에서였다. 메트 1층 근현대미술 전시실 902호에는 월 스트리트, 브로드웨이, 피프스 애비뉴 등 뉴욕의 명소를 대성당에 빗대 그린 그의 연작이 나란히 걸려 있다.

나는 「예술의 대성당」 앞에 오래 서 있었다. 화폭 왼쪽에 MoMA, 가운데에 메트, 오른쪽에 휘트니미술관의 축소판이 그려져 있다. 뉴욕을 대표하는 미술관 세 곳이다. 가운데에는 메트의 중앙 계단이 그려져 있고 딜러, 비평가, 사진가, 미술관 관계자 들이 화폭 안에서 흥겹게 담소를 나눈다. 파스텔톤의 화사한 색채는 경쾌하고, 그림의 전체 분위기는 화려하고 명랑하다. 그런데 그 화려한 그림에서 나는 솜사탕 같은 덧없음과 부박함을 느꼈다. 레드 카펫을 연상시키는 계단 입구에 엎드린 갓난아기, 말구유의 아기 예수를 상기시키는 그 아기가 '예술'의 메타포라면 아기에게 카메라 플래시를 쏟아부어 겁에 질리게 하는 사진가들은 예술이 무르익기 전 눈에 보이는 과육만을 그러쥐어 이득을 취하고자 하는 탐욕스러운 장사꾼들이리라.

수업 프로그램이 어느새 막바지에 접어들던 어느 날, 아트페어에 대해 강의하러 온 아모리쇼 창립자에게 물어보았다.

"아트페어가 시작하기 전부터 VIP들은 출품작을 살 수 있다던데

사실인가요? 아트페어 VIP 프리뷰에 가보면 개장 30분밖에 안
됐는데도 벌써 판매됐다는 빨간 딱지가 붙은 작품들이 있더군요."

그녀, 카트린은 당연하다는 듯 VIP에게 출품작 리스트를 미리
보낸다고 했다. 내가 말했다.

"그건 공정하지 않잖아요(It's not fair)."

카트린은 웃었다. 그녀뿐 아니라 아트 비즈니스 서티피컷 코스
담당 교수인 머리사도 웃었다. 카트린이 말했다.

"아트페어에 공정함이란 없어요."

페어fair에 페어함이 없다는 이 아이러니. 그녀는 이어 페어에
출품한 갤러리들이 이미 팔린 작품들을 어떻게 전략적으로 전시해
손님을 끌어모으는가에 대해 이야기했다. '아, 그렇지. 여기는
시장이지. 자본주의의 최전선이지. 평등도, 공정함도 없지.' 나는
지난 수개월간 왜 이 수업이 그렇게 이질감이 들고 서걱거렸는지
비로소 알 것만 같았다. 예술이 가치 있는 건 인간에게 위안을 주기
때문이라고 믿었는데 미술품의 값을 따지는 이 수업시간에 그런
감정적 가치는 배제되어 있었다.

내 책을 만든 편집자가 언젠가 유명 작가에게 수억의 선인세가
주어지는 현실을 개탄하며 이런 얘기를 했다. 인세란 유명세와
상관없이 모든 저자에게 책값의 10퍼센트를 주고, 그래서 평등한
거라고. 나는 그 말이 아름답다 여겼다. 책의 세계에는 적어도 그런
아름다움이 있었다. 아트 비즈니스의 세계는 화려했다. 그러나
아름답지는 않았다. 비정한 시장이었다. 나는 약간 울고 싶었다.

PART 2

독립
의지

청년
쇼팽
조성진의
따뜻한
위로

카네기홀의 기억은 내게 리콜라 캔디의 새콤한 맛으로 남아 있다.
관객들이 연주중 기침을 해 연주자와 다른 관객들을 방해할까봐
카네기홀에는 늘 기침 방지용 사탕이 비치되어 있었다. 찬 공기만
쐬면 기침을 하는 나는 공연 시작 전에 항상 사탕을 한 움큼 쥐어
주머니에 넣곤 했다. 레몬민트, 혹은 크랜베리. 입안의 사탕이 다
녹을 때마다 혹시나 기침이 나올까 두려워하면서, 정직과 음악
사이에서 혹여 사탕 껍질 까는 소리가 불거질까봐 천천히, 공들여서
소리 죽여 껍질을 까 사탕을 입에 넣곤 했다.

1891년 5월 5일 개관한 뉴욕 카네기홀은 전 세계 연주자들이
한 번쯤 서보고 싶어하는 '꿈의 무대'다. 미국의 철강왕 앤드루
카네기가 지휘자 월터 댐로시의 제안으로 지은 공연장으로 개관
기념 연주회에서는 차이콥스키가 자신의 작품을 연주하는 뉴욕

필하모닉을 지휘했다고 한다. 메릴 스트리프와 휴 그랜트가 주연한 영화 「플로렌스」에서 자기가 음치인 줄 모르는 아마추어 소프라노 플로렌스가 노래를 잘한다는 착각 속에서 회심의 무대를 펼치는 장소도 바로 카네기홀이다.

　뉴욕에 있는 동안 카네기홀 공연에 네 번 갔다. '바이올린의 여제' 아네조피 무터 협주회를 카네기홀에서 관람했다. 중학생 때 피겨스케이팅을 소재로 한 소설 『사랑의 아랑훼스』에서 주인공이 스케이팅 배경음악으로 즐겨 썼던 「치고이네르바이젠」이 어떤 곡인지 궁금해 시내 레코드점에서 무작정 카세트테이프를 산 적이 있다. 클래식 문외한인 중학생에게 레코드점 주인이 건네준 테이프가 아네조피 무터의 것이었다. 학교 박스오피스에 저렴한 티켓이 나온 것을 보고 '어, 아는 이름인데' 하고 예매한 공연이었는데, 노란 드레스를 입은 아네조피 무터를 실제로 보았다는 기쁨과 함께 모차르트와 생상스의 음색이 귀에 감기듯 들어와서 굉장히 만족스러웠다. 도쿄에서 인터뷰한 적이 있는 '피아노의 교과서' 언드라시 시프 독주회가 열렸을 때는 반가운 마음에 달려갔다. 도쿄에서, 이후 서울에서, 그리고 뉴욕에서 다시 그의 연주를 듣게 되다니 그와 나는 전생에 무슨 인연이었을까 싶었다. 쇼팽의 권위자 마우리치오 폴리니 독주회는 학생티켓이 나오길 기다렸지만 그전에 매진되었고, 주변 사람들이 평생 다시없을 기회라고 해서 100달러나 주고 의무감으로 갔는데 솔직히 좀 지루했다.

밤의 카네기홀은
음악의 무도회가 펼쳐지는
성스러운 전당처럼
이 삭막한 도시에
휘황찬란한 불을 밝히곤 한다.

그리고 2017년 2월 22일의 카네기홀. 좌석은 일찌감치 매진되었다. 공연장 입구에 'Sold Out'이라는 안내문이 붙어 있었다. 뉴욕의 한국 사람들이 다 모인 듯했다. 피아니스트 조성진의 카네기홀 데뷔 독주회가 있는 날이었기 때문이다.

카네기홀에서 조성진 독주회가 있다고 알려준 사람은 메트 오페라에서 학생 회원들을 대상으로 연 파티에서 만난 NYU 로스쿨생이었다. 클래식 애호가라는 그는 내게 여러 가지 정보를 주었는데 그중에서도 특히 유용했던 것이 학생티켓을 구입하면 카네기홀과 뉴욕 필하모닉 공연을 저렴하게 관람할 수 있다는 팁이었다. 카네기홀 학생티켓은 10달러, 뉴욕 필하모닉 학생티켓은 18달러. 티켓값이 저렴한데다 조성진이라고 하니까 '한 번쯤 가볼까' 싶었다. 클래식 음악에 무관심하고 무지한 내가 조성진 독주회를 비롯해 카네기홀의 몇몇 연주회에 가게 된 데는 그런 배경이 있었다.

공연에 가기 전 프로그램을 살펴보니 베르크와 슈베르트, 그리고 쇼팽을 연주한다고 했다. 베르크라는 이름의 작곡가는 난생처음 들어봤다. 클래식을 잘 아는 친구에게 프로그램을 보여주었더니 "베르크는 나도 어려워하는 작곡가야. 그렇지만 꾹 참고 들어봐. 첫 곡만 넘기면 그뒤부터 괜찮을 거야"라고 했다. 그녀는 덧붙였다.

"쇼팽 콩쿠르에서 우승했는데 쇼팽으로만 프로그램을 짜지 않고 베르크를 연주하다니 도전 정신이 대단하네."

첫 곡인 베르크는 예상대로 어렵고 지루했다. 두번째 곡인
슈베르트도 크게 인상적이지 않았다. 역시 후반부의 쇼팽, 「24개의
프렐류드」가 좋았다. 쇼팽의 그 프렐류드는 장조와 단조를
번갈아가며 열두 번씩 연주한다. 20대 초반의 청년이 밝은 감정과
어두운 감정을 전등 스위치를 켜고 끄듯 바꿔가며 표현할 수 있다는
게 놀라웠다. 그렇지만 그 어둠은 아직 삶의 비의를 모르는 청년의
애상적인 슬픔이었고, 그 밝음은 계산속 없이 활기찬 즐거움이었다.
    젊고 건강한 쇼팽……. 항상 시류에 영합하는 나는 조성진의
쇼팽 콩쿠르 우승 이후 그의 쇼팽 음반이 불타나게 팔린다는 뉴스를
보고 당장 조성진 쇼팽 음반을 구입해 차에 놓아두고 운전할
때마다 들었다. 그래서 익숙한 곡이었는데 눈앞에서 연주를 들으니
「빗방울 전주곡」 부분이 특히 좋았다. 커다란 괘종시계가 엄숙히
울리는 듯한 프렐류드 24번의 맨 마지막 파트가 피아니스트가
온몸을 움직여, 오른팔을 번쩍 휘둘러 엇갈려 놓은 채, 왼 주먹으로
모루질하듯 건반을 내리쳐 만들어내는 소리라는 것도 공연장에서
자세히 지켜보지 않으면 알 수 없는 일이었다.
    카네기홀의 학생티켓은 맨 꼭대기 층 발코니석이라 피아니스트의
얼굴은 당연히 보이지 않았지만 단돈 10달러에 전체적인 움직임을
그려볼 수 있었으니 그것으로 만족하기로 했다. 공연장의 높은
좌석에 앉을 때마다 나는 항상 관객 중 누군가가 아래로 뛰어내리면

붉은 옷을 입은 공연장 안내원이
앙코르 직후 연주자에게
열렬한 박수를 보내는 모습이
인상적이었다.

어떡하나 걱정하곤 하는데 이번에도 다행히 그런 일은 일어나지 않았다. 공연이 끝나자 청중은 기립해 박수쳤고 아마도 카네기홀 데뷔 무대의 대성공이 감격스러웠을 청년 피아니스트는 세 곡의 앙코르를 선보였다.

공연도 공연이지만 주변을 구경하는 것 또한 즐거웠다. 앞자리에 초등학교 저학년으로 보이는 남자아이 둘이 앉았는데 시종일관 조용히 몰두해 연주를 듣는 모습이 신기했다. 어린아이들에게서는 보기 드문 절제된 태도였다. 음악을 하는 아이들일까. 그중 하나는 조성진의 연주에 맞춰 난간을 건반 삼아 손가락을 움직였는데 손가락과 난간이 닿는 소리가 나자 형인 듯한 옆자리 소년이 손으로 제지하며 주의를 주었다. 같이 공연을 보러 간 룸메이트 희주가 아이들의 대화를 들어보니 러시아 소년들인 것 같다고 귀띔해주었다.

그리고 처음부터 끝까지 진지하게 연주를 감상하던 붉은 제복의 공연장 안내원. 공연이 진행되는 내내 선 채로 무대를 내려다보고 있던 그녀의 모습에서 에드워드 호퍼의 「뉴욕 영화관」이 떠올랐다. 영화관에 불이 꺼지고 스크린에 영상이 떠오르면 푸른 제복의 안내원만 홀로 조명을 받는다. 진짜 영화는 그림 왼쪽 구석에서 상영되고 있는데, 스크린이 보이는 자리로부터 소외된 안내원이 정작 영화 속 주인공처럼 스포트라이트를 받도록 그려진 그림이다. 영화관 입구에 서서 고개를 약간 갸우뚱한 채 오른손으로 턱을 괸 안내원의 모습에서 많은 사람들이 고독과 단절, 지루함과 쓸쓸함을

에드워드 호퍼, 「뉴욕 영화관」, 캔버스에 유채, 81.9×101.9cm, 1939년,
현대미술관, 뉴욕.

읽어냈다. '현대인의 만성적 고독'이라는 어구는 호퍼의 그림을 해석하는 데 사용되는 단골 키워드다. 나 역시 호퍼의 그림을 볼 때면 습관적으로 고독을 이야기하곤 했다. 타성에 젖은 게으른 감상일 수도 있겠지만 '호퍼'라고 하면 자연스레 외로움이 연상되는 건 어쩔 수 없었다.

그날 카네기홀에서 「뉴욕 영화관」을 생각하며 계속해서 안내원을 지켜보았다. 공연 때마다 관객들에게 프로그램을 나눠주고, 자리를 안내하고, 관객들의 돌발 행동을 감시해야만 하는 직업이 지루하면서 외로우리라 섣불리 넘겨짚었다. 그러나 아니었다. 그녀는 공연에 몰두해 있었다. 관객들의 일거수일투족에 촉각을 세우고 있으면서도 피아니스트의 움직임 하나하나를 놓치지 않았다. 박자가 빨라질 때는 발을 까딱였고, 흥겨운 가락이 나올 때는 어깨를 들썩였다. 그리고 연주가 끝나자 그 누구보다도 뜨겁게 박수쳤다.

나는 그림 밖에서 그림을 볼 때와는 다른 시선으로 다시 「뉴욕 영화관」을 찬찬히 보았다. 안내원과 함께 그림 속 한 장면이 되고 나니 그녀도 관객들과 함께 공연을 즐기고 있다 싶어 전혀 외롭게 느껴지지 않았다. 언제나 고독하다 여겼던 호퍼의 그림 속 인물에게 청년 쇼팽의 선율과 더불어 다정한 위로가 될 것 같은 장면이었다.

여자들을
위한
테이블

쓸쓸하거나 고요하지 않았다. 명랑하고 우렁찬 그림이었다. 메트의
전시실을 배회하다가 에드워드 호퍼의 「여자들을 위한 테이블」
앞에 발길을 멈춘 것은 그 의외성 때문이었다. 이 그림이 호퍼
작품이라고? 약간의 놀라움과 감탄이 솟아올랐다.

　그림을 쾌활하다 느낀 건 색조 때문이었던 것 같다. 캔버스 우측
아래 그려진 과일 바구니와 먹거리의 밝고 따스하며 생기 넘치는
색채. 상체를 기울여 일하고 있는 금발 웨이트리스의 흰옷과 풍만한
몸집, 건강한 팔뚝이 그림에 활기를 더했다. 나는 단박에 그림을
좋아하게 되었다.

　메트에서 다시 이 그림을 보았던 날, 그림 사진을 소셜 미디어에
올리고 "언제 보아도 좋은 호퍼"라고 썼더니 한 친구가 말했다.
"등장인물이 네 명이나!" 호퍼의 대표작 「밤을 지새우는 사람들」만

해도 등장인물이 네 명이고, 「햇볕을 쬐는 사람들」에는 다섯 명이 등장하지만 아무래도 대중의 인식 속 호퍼는 인물을 하나, 아니면 둘 정도 그리는 화가인 것 같다. 그것도 아주 외롭고, 고립된 방식으로. 이를테면 「자동판매기 식당」이나 「뉴욕의 방」에서처럼.

「여자들을 위한 테이블」도 사실은 도시인의 고독을 이야기하는 작품이라고 해석하는 시각이 있기는 하다. 메트 홈페이지에서도 이 작품에 대해 이렇게 설명한 글을 찾아볼 수 있다. "밝은 조명, 따뜻하고 심지어 현란한 색채에도 불구하고 특별히 즐거운 분위기는 아닙니다. 두 손님은 서로 대화를 나누고 있지만 계산원과 웨이트리스는 각자의 생각과 일에 정신이 팔려 있습니다. 호퍼의 회화에서 많이 보이는 무표정한 사실주의는 인간의 조건과 장소의 환경과 상관없이 항상 고립감과 소외감을 불러일으킵니다."

글쎄, 과연 그런가? 그림 속 웨이트리스는 무표정하고 계산대 앞 점원은 권태로운가? 두 사람이 교류하고 있지 않은 것이 '단절'의 상징인가? 한창 바쁜 시간에 웨이트리스와 계산원이 서로 활기차게 대화를 나누고 있다면 그게 더 이상하지 않은가? 직장인이 일터에서 각자 자기 일에 골몰하고 있는 것이 '고립'이고 '소외'일까? 우리는 호퍼의 작품을 외로움과 인간소외라는 키워드로 읽어내야 한다는 강박에 사로잡혀 있는 것이 아닐까, 라고 나는 생각해본다. 처음부터 활기찬 그림이라 인지했기 때문인지 오히려 나는 일에 몰두한 웨이트리스에게서 열심히 일하는 사람 특유의 에너지를 느꼈다.

작품이 좋았던 건 제목 때문이기도 했다. '여자들을 위한

에드워드 호퍼, 「여자들을 위한 테이블」, 캔버스에 유채, 122.6×153.4cm, 1930년, 메트로폴리탄미술관, 뉴욕

식탁이라니, 낭만적이잖아!' 나는 생각했다. 우아하고 아름다운,

혹은 아기자기하고 달콤한 것들이 잔뜩 차려진 식탁을 상상했던
것이다. 이를테면 애프터눈 티 같은.

✳

혼자라 외로울지 모른다고 우려했던 뉴욕 생활이 다채로웠던 것은
'여자들을 위한 테이블'에 함께한 친구들 덕이었다. 씩씩한 제이미,
로맨틱한 리즈, 시크한 보나. 늠름하고 다정한 나의 뉴욕 친구들.
그들은 나보다 네댓 살쯤 어렸고, 미국에서 태어나거나 어릴 때
이민 온 재미 교포였다. 내 사촌 언니의 이종사촌인 제이미를 먼저
알게 되었고, 이윽고 제이미의 친구인 리즈, 보나와도 친해졌다.
한국에서였다면 나이 차이 꽤 나는 동생들을 친구로 사귀기 쉽지
않겠지만, 미국에서는 가능했다. 그들이 있어 나는 뉴욕이라는
도시를 시쳇말로 '여자여자하게' 즐길 수 있었다. 주말의 브런치,
전시회 관람, 밤의 클럽, 인근 도시로의 여행…… 혼자 해도 좋지만
여자들 여럿이 수다 떨면서 같이하면 더 즐거운 일들. 그들과 함께한
쾌활한 나날을 떠올리자면 지금도 입가에 절로 미소가 떠오른다.
　코리아타운 술집에서 소맥 폭탄주도 마시고, 노래방도 가고,
한국인 역술가의 전문용어(?)를 통역해달라는 그들의 요청으로
한인 밀집 지역인 플러싱에 사주를 보러 가기도 하며 여러 재미있는
일을 함께했다. 그중 '여자들을 위한 테이블'에 가장 어울리는

경험은 그들과 함께 즐겼던 애프터눈 티였던 것 같다. 뭐든 혼자서 잘하는 나도 애프터눈 티를 혼자 먹으러 가기는 쉽지 않았는데 일단 티와 함께 나오는 디저트 양이 만만치 않게 많기 때문이다. 무릇 애프터눈 티란 여럿이 저마다의 티포트를 놓고 서로의 차를 맛봐가며 오밀조밀하고 아름다운 장식의 달콤한 디저트를 조각내 조금씩 나눠먹을 때 진가를 발휘한다. '찻잔 너무 예쁘다!' '정말 맛있어!' 따위의 감탄사와 함께 차의 향과 맛을 음미하고, 혀끝에서 녹아내리는 초콜릿과 과자의 감촉을 즐기는 것. 그러는 사이 테이블에 둘러앉은 이들의 내적 친밀감은 깊어진다.

콜럼버스 서클 인근에 위치한 만다린 오리엔탈 호텔 35층 로비 라운지에서 제이미, 리즈, 보나와 넷이 애프터눈 티를 마셨던 기억이 난다. 오전에 제이미, 리즈와 함께 모건라이브러리에서 에밀리 디킨슨에 관한 전시를 보고, 오후에는 차를 마시러 갔다. 3월이었고 서울보다 봄이 늦은 뉴욕은 아직 겨울의 끝자락을 붙들고 있었다. 창밖으로 맨해튼의 스카이라인이 성처럼 서 있었고, 눈이 채 녹지 않은 센트럴파크가 내려다보였다. 그날 보나를 소개받았다. 처음 만난 자리였지만 스스럼없이 친구가 되었다.

그날의 애프터눈 티는 정말 근사했다. 테이블에 장식된 수반에는 활짝 핀 심비디움 꽃송이가 놓여 있었다. 3단 트레이에 스콘과 슈크림, 마카롱과 초콜릿이 가득 쌓여 있었고 흰 도자기 티포트에는 향이 그윽한 차가 담겨 있었다. 끊임없이 차를 따라 마시고, 단 것들을 먹으며 친구들과 이 이야기 저 이야기 나누면서 깔깔 웃고 있자니 외국인이 아니라 진짜 뉴요커가 된 것 같았다. 나는 뉴욕의 이방인이었지만, 그들은 미국 시민권자였고, 이곳에서 일하고 공부하며 뉴욕이라는 도시에 소속되어 있었다. '깍두기'처럼 그들의 일원이 되면서 나는 비로소 조금 당당해졌다. 브런치 테이블의 한 변씩을 점유해 완벽한 사각형을 만들었던 「섹스 앤드 더 시티」의 네 여자처럼, 우리는 자주 만나 한 테이블에서 먹고 마시며 이야기를 나눴다.

뉴욕의 유명한 티 살롱인 레이디 멘들스에도 그들과 함께 갔다. 그래머시파크에 위치한 곳으로, 19세기에 지어진 고풍스러운 브라운스톤 건물 안에 있었다. 만다린 오리엔탈의 애프터눈 티가 모던하고 세련됐다면, 레이디 멘들스는 애프터눈 티에 대한 여자들의 로망을 실현시켜주는 곳이다. 금빛 바탕에 구불구불한 줄기에서 환하게 피어난 각종 꽃들이 잔뜩 그려진 벽은 유럽의 어느 저택처럼 화려했다. 시누아즈리풍의 가림막과 램프는 고풍스러웠으며, 정교한 커틀러리와 함께 놓인 꽃무늬 티포트와 찻잔, 접시는 우아하고 기품 있었다. 잼과 클로티드크림을 곁들인 스콘과 케이크, 자그마한 샌드위치와 카나페 등을 집어먹으며 충동적으로 아카디아국립공원 여행 계획을 짰던 날. 우리는 금빛 벽을 배경으로 함께 사진을 찍었다. 어딘지 모르게 영화 「아가씨」의 한 장면을 연상시키는 그 사진이 뉴욕에서의 나날 중 가장 인상적인 한 컷으로 남았다.

뉴욕의 유명 티 살롱,
레이디 멘들스.
미드 속 여자 주인공들처럼,
우리는 자주 만나
한 테이블에서 먹고 마시며
이야기를 나눴다.

중화요릿집에서 식탁을 사이에 두고 마주앉은 두 여성을 그린 「촙 수이」에서처럼, 호퍼는 「여자들을 위한 테이블」에서도 가정에 머무르기를 거부하고 일자리를 찾아 집밖으로 나오는 여성들이 늘어나던 당시 뉴욕의 분위기를 감지하려 시도했다. 대공황으로 경기가 침체되고 여성 대부분이 비정규직에 평균임금도 남성의 절반 수준이었지만, 여자들은 당당하게 남자들처럼 공공장소에서 식사했고, 이들을 위한 식당도 문을 열기 시작했다. 나의 뉴욕 친구들처럼 독립적이고 당찬 여성들.

'미국 여자들은 좀 다르구나'라고 느낀 에피소드가 있다. 그들 중 한 명이 피임약을 상용하는 걸 봤을 때다. "피임약을 매일 먹어? 한국 여자들은 몸에 나쁘다고 잘 안 먹는데" 했더니 그들은 "파트너가 있으면 매일 먹어야죠. 안 그러면 '버스 컨트롤birth control, 임신 제어' 어떻게 해요?"라며 의아해했다. "콘돔 쓰면 되지. 그게 여자 몸에도 좋고" 했더니 이런 답이 돌아왔다.

"그건 남자한테 버스 컨트롤을 맡기는 거잖아요. 그걸 어떻게 믿어요? 여성이 주체적으로 버스 컨트롤할 수 있어야 해요. 그걸 못하니 한국 연예인들이 맨날 혼전 임신해서 결혼하는 거 아니에요? 솔직히 이해가 안 가요. 미국에서는 약국에서 피임약 무료로 나눠줘요."

"호르몬 성분이라 몸에 나쁘지 않아?" 했더니 의사인 제이미가

"그렇지 않다"며 고개를 저었다. 엄청난 문화 차이였다. 남녀
성관계시 임신 가능성을 줄이는 것을 '피임', 즉 '아이 배는 것을
피한다'라고 할 때의 수동성과 '버스 컨트롤', 즉 '아이 낳는 것을
통제한다'고 할 때의 능동성 간의 차이. 그건 각 문화에서 여성이
어떻게 자리하고 있는가와 깊은 연관이 있었다. '피임'이라 할 때
여성은 자기 몸의 주체가 아니지만, '버스 컨트롤'이라 말할 때는
자기 몸의 주체가 된다. 꽤나 주체적인 척했지만 나도 어쩔 수 없이
'순종적인' 한국 여성인 건가, 생각하며 쓴웃음을 지었다.

　우리의 공용어는 한국어가 아니라 대체로 영어였지만, 그
와중에도 그들은 나를 꼬박꼬박 '언니'라고 불렀다. '언니'라는
말은 그들이 나를 부르는 이름이자, 자기들끼리 말할 때 나를
지칭하는 대명사였다. 영어로 말할 때 그들은 단호하고 씩씩했지만,
'언니'라는 단어를 발음할 때만은 애프터눈 티의 디저트처럼
달콤하고 상냥해졌다. '언니'라는 말이 참 예쁜 단어라는 사실을
나는 그들 덕에 처음으로 깨달았다.

　이제는 그들 모두가 뉴욕에 없다. 결혼하거나 새로운 일자리를
얻어 뉴욕을 떠났다. 그렇지만 그들은 언제나 내게는 뉴욕의 친구들.
언젠가, 아주 먼 훗날에라도 다시 뉴욕의 어느 테이블에 함께 앉아
애프터눈 티를 마시며 그들이 서툴지만 어여쁜 한국어로 "언니"라고
부르는 소리를 듣고 싶다.

물러서지
않아

피프스 애비뉴는 내게 어느 정도 '꿈의 거리'였다. 뉴욕에서 살기
전 읽은 여러 소설에서 맨해튼 피프스 애비뉴는 종종 패션의
중심지이자 유행의 최첨단으로 묘사되었다. 청담동풍의 화려한
거리일까, 나는 상상하곤 했다.

   실제로 와서 본 그곳은 화려하면서 사치스러운 거리였다. 걷기
좋은 날이면 42번가 서쪽 끝의 집 앞에서 맨해튼을 횡단하는
크로스타운 버스를 타고 피프스 애비뉴에서 내려 북쪽으로 걸었다.
코스와 앤드 아더 스토리, 반스 앤드 노블 서점과 삭스피프스애비뉴
백화점, 성패트릭대성당 등을 지나쳐 위로 계속 걸어가면
트럼프타워 옆에 명품 주얼리 브랜드 티파니가 마치 '사치의 전당'
상징이라도 된 듯 하늘색으로 반짝이며 서 있었다. 딱히 살 것이
없더라도 이 가게 저 가게의 쇼윈도를 기웃대다보면 시간은 잘도

플로린 슈테트하이머, 「피프스 애비뉴의 대성당」, 캔버스에 유채,
152.4×127cm, 1931년, 메트로폴리탄미술관, 뉴욕.

흘러갔다.

플로린 슈테트하이머의 1931년 작품 「피프스 애비뉴의 대성당」은 맨해튼 피프스 애비뉴에 대한 환상을 압축해 그린 그림이다. 갓 결혼한 부부가 행진하며 성당을 나선다. 피프스 애비뉴의 성패트릭대성당이리라 짐작해본다. 19세기에 지어진 성패트릭대성당은 고정 신도보다 관광객이 더 많이 찾는 곳이라 미사 시작 30분 전에는 가야만 괜찮은 자리에 앉을 수 있다. 상류층 신도들이 많은 이 성당에서 식을 올리는 부부라면 아마도 그 거리의 값비싼 상점에서 결혼 준비를 했으리라.

부부의 왼쪽 위에서 'Tiffany's'라는 글자가 보석으로 장식되어 반짝인다. 그 아래 적힌 'Altman's'는 지금은 피프스 애비뉴에서 철수하고 없는 고급 가구점 이름. 화면 오른쪽 중간에는 피프스 애비뉴의 대표 공공조각인 셔먼 장군 기념비가 표현되어 있다. 기념비 앞의 세 여인은 화가와 그녀의 자매들로 당장이라도 사치와 소비의 전당에 합류할 기세다. '뉴욕의 상징' 기마경찰이 화면 왼쪽에 있다. 화려한 결혼식에 압도당한 듯 혼인성사 집전자들에게 손을 흔들어 보인다.

피프스 애비뉴…… 그곳은 내가 뉴욕에 살고 있다는 사실을 가장 실감나게 하면서 한편으로는 금방 깰 꿈처럼 느껴지게 했던 장소다. 그리고 자그마한 투쟁의 장으로 기억되는 곳이기도 하다.

미국 최대의 세일 잔치인 블랙프라이데이를 한 주 앞둔 11월의 어느
날 피프스 애비뉴의 한 가방 매장에 쇼핑을 하러 갔다. 갈색 가방을
사고 싶었는데 갈색은 신상품이라 세일하지 않고 봄 시즌 상품인
회색과 뱀피무늬만 세일중이라고 했다. 고민을 하다가 50퍼센트
세일이라는 말에 혹해 회색 가방을 샀다. 쇼핑 후 길 건너 삭스
백화점에 들렀더니 백화점 가방 매장에서 내가 사고 싶었던 그 갈색
가방이 떡하니 세일중이었다.

　바로 백화점을 나와 다시 가방 매장에 갔다. 가방을 판매한
점원에게 환불하고 싶다고 했다. 이유가 뭐냐고 묻기에 솔직하게
말했다. 갈색을 사려고 했는데 세일을 하지 않아 대신 세일중인
다른 상품을 샀다고. 그런데 바로 길 건너 백화점에서 갈색 가방을
세일하고 있더라고. 점원이 매장 매니저를 불렀다. 매니저가 말했다.
　"네가 산 제품은 파이널 세일 상품이라 환불이 안 돼."
　"왜 내게 마지막 세일 상품이 환불이 안 된다는 걸 말해주지
않았냐"라고 물었더니 그녀는 "영수증 뒤에 적혀 있잖아"라고
당당하게 말했다. 영수증 뒤에 깨알 같은 글씨로 적힌 약관을
이야기하는 거였다. "그러면 왜 내게 이 상품이 파이널 세일
상품이라는 걸 얘기해주지 않았느냐"고 했더니 이번에는 "우리
브랜드는 모든 세일이 파이널 세일이다. 아마 널 담당한 직원이
바빠서 너한테 이야기해주는 걸 잊어버렸을 것"이라고 했다.

그러면서 짐짓 선심이라도 쓰듯 "이 가방이 마음에 안 들면 다른 가방으로 교환은 해줄 수 있다"고 제안했다. 상대가 너무 당당하니 뭔가 내가 잘못한 것 같아서 일단 문제의 회색 가방을 들고 매장을 나왔다.

집에 돌아와 미국에서 오래 산 대학 친구들에게 상담했더니 일제히 분노해 열변을 토했다. 파이널 세일 상품이 환불이 안 된다는 건 맞지만 쇼핑할 때 "파이널 세일 상품이라 환불이 되지 않는다"고 설명해준 후 영수증에 'final sale'이라는 도장을 찍어줘야 한다는 것이다. 판매중인 상품이 파이널 세일 상품이라는 걸 고지하지 않는 건 말이 되지 않는다고 했다. 그들의 응원에 힘입어 해당 브랜드 소비자센터에 항의 메일을 보냈다.

브랜드 홈페이지에는 "소비자센터에 이메일로 접수를 하면 24시간 내에 답변을 준다"고 적혀 있었지만 24시간이 지나도 감감무소식이었다. 고민 끝에 다시 매장을 찾아갔다. 이번에는 다른 매니저가 "영수증에 판매 정책이 적혀 있다"는 말을 되풀이했다. "영수증이란 판매 후에 받는 거라서 영수증에 판매 정책을 고지했다는 건 말이 되지 않는다"고 따져보았으나 그녀는 생글생글 웃으며 "나도 알아. 그렇지만 본사 방침이야"라고 했다.

다시 길 건너 삭스 백화점 가방 매장에 가봤다. 지난번 가방을 보러 갔을 때 상담한 남자 직원이 나를 발견하곤 물어보았다.

"가방은 환불받았니?"

"아니. 파이널 세일 아이템이라 안 된다고 하던데."

"걔들 너 물건 살 때 그 가방이 파이널 세일 상품이라고
얘기해줬어?"

"아니. 얘기 안 해줬어."

"말도 안 돼. 그거 얘기해줬어야 해. 다시 가서 그 얘기 안 했으니
환불해달라고 해."

"이미 말했는데 소용없어."

"나이스하게 굴면 절대 안 돼. 싸가지 없이 굴어야 해. 다른 말
필요 없어. 카운터에 가방 던져놓고 'I don't want this bag. Give my
money back(이 가방 필요 없어. 내 돈 내놔)'이라고 해. 자, 빨리
다시 가."

백화점 직원으로부터 '진상 고객 되기'를 전수받다니 우스웠지만
그의 격려에 힘입어 또다시 매장으로 가서 당당하게 항의해봤다.
그러나 이번에도 소용없기는 마찬가지였다.

'최선을 다했으니 포기할까'도 생각해봤다. 하지만 아무리
생각해도 억울했다. 브랜드 소비자센터는 사흘째 이메일에 답도
없었다.

고민하다가 브랜드 페이스북을 찾아 항의 내용을 포스팅했다.
역시 소셜 미디어의 힘은 막강했다. 담당자가 "곧 연락하겠다"며
즉시 댓글을 달았다. 그렇게 해서 받은 답장이란 고객센터에 비치된
양식을 복사해 붙인 후 수신인 이름만 바꾼 것이 분명한 영혼
없는 내용이었다. 앵무새처럼 "우리 매장 정책이 세일 상품 환불을
허가하지 않는다"는 말만 되풀이할 뿐 환불 불가 정책을 미리

고지하지 않은 것에 대해서는 일언반구도 없었다.

여기서 물러서야 하나? 잠시 생각했지만 시간도 많은데 끝까지 가보자 싶었다. 미국 기업의 소비자 상담실 대응 방법 경험도 문화 체험의 하나라고 생각하면서 또 답장을 썼다. 내가 지적한 문제들에 대해서는 왜 답이 없나. 나는 이번 일을 단순한 돈 문제가 아니라 평등의 문제라고 생각한다. 내가 외국인이고 영어가 유창하지 않다고 차별한 것 아니냐. 영수증에 환불 정책이 적혀 있다는 핑계가 말이 되나. 영어 못하는 고객은 어떡하라는 말이냐 등등 조목조목 따졌더니 답장이 왔다. 매장 서비스와 매장 직원들 태도에 관련된 서식을 주면서 어느 매장에서 언제 어떤 일이 있었는지를 상세하게 기술하면 상부에 보고하겠다고 했다. 접수를 했다. 업무일 기준으로 5~7일 내에 답을 준다는 이메일이 왔다.

본사 답변을 기다리던 중에 추수감사절 다음날인 금요일, 블랙프라이데이가 왔다. 매장에 다시 한번 가봤다. 내게 물건을 판 점원이 내가 "블랙프라이데이 때 가격이 더 떨어지면 어떡하느냐"고 걱정하자 "걱정 마라. 구입 후 1주일 내에 물건값이 떨어지면 가격 조정(price adjustment)을 통해 환불해주니 괜찮다"라고 말했던 게 기억나서였다.

문제의 그 가방은 30퍼센트 더 떨어진 가격에 팔리고 있었다. 가격 조정을 문의하자 남자 매니저가 나오더니 "이 상품은 디자이너 컬렉션 상품이라 가격 조정 대상이 아니다"라고 한다. "나한테 물건 판 점원이 가격 조정 된다고 했는데" 했더니 매니저는 말했다. "그건 개가 뭘 몰라서 그랬겠지." 그리고 눈을 부릅뜨더니 소리지르다시피 말했다. "너 지난번에 환불하러 왔던 사람 아냐? 그때 환불 안 된다고 했는데 왜 또 왔어? 고객센터에 가서 이야기해. 우리는 아무것도 못해줘."

이대로 질 수 없다는 생각이 들었다. 집으로 돌아와 이번에는 고객센터에 가격 조정 건을 접수했다. "가격 조정이 되지 않는 상품을 가격 조정이 된다고 한 건 사기다. 아무래도 내가 외국인이니 관광객으로 착각하고 다시 오지 않을 거라고 생각해 판매고 올리려고 속인 것 같다"라고 썼다.

고객센터와 이야기하는 것만으로는 결론이 안 날 것 같았다. 미국에도 소비자보호원이 있을 것이라는 생각에 인터넷을 뒤져 BBB Better Business Bureau라는 곳을 찾아냈다. BBB에 마지막 세일 상품 미고지 건을 접수했더니 자기들이 발간하는 리뷰에 접수 내용을 포함시키겠다는 답이 왔다. 리뷰에 들어가면 내가 제기한 문제와 그 브랜드의 대응까지 인터넷 게시판에 공개되며 언론에도 정보가 제공된다. 동시에 뉴욕시 소비자보호국에도 신고했다. 소비자보호국 홈페이지에 '고객들이 주의할 사항'이라는 게시물이 있었다. 별도의 환불 정책이 없는 경우 구매 후 한 달간 환불이 가능하며, 각 판매자는 나름의 환불 정책을 정할 수 있지만 그 정책을 반드시 계산대 옆에 붙여놓아 소비자가 알 수 있도록 해야 한다는 거였다. 그 매장 계산대 옆에는 그런 정책이 붙어 있지 않았다. 규정 위반이었다.

이틀 후 점심을 먹고 있는데 전화벨이 울렸다. 문제의 그 브랜드
매장 매니저였다. 환불해줄 테니 가방과 영수증을 가지고 매장에
오라고 했다. 그리하여 나는 2주간 방구석에 방치되어 있던
골칫덩이 가방을 들고 피프스 애비뉴의 그 매장을 다시 찾았다. 내게
"영수증에 약관이 적혀 있으니 환불 운운 말라"고 했던 그 매니저는
180도 태도를 바꿔 "정말 미안하다. 당연히 환불해주겠다. 네가
외국인이나 뉴요커가 아니라서 우리가 널 무시한 게 아니다"라며
변명에 변명을 거듭했다. 나는 다시 물어보았다.

"대체 왜 내가 물건을 사기 전에 환불 정책을 얘기해주지 않은
거니?"

그녀는 답했다.

"바빠서 그랬지."

나는 서툰 영어로 그러나 또박또박 이야기했다.

"바쁜 건 이유가 되지 않아. 나도 너 못지않게 바쁘게 일하는
사람이야. 세상 대부분의 사람들은 아무리 바쁘더라도 자기 일을
제대로 해."

그녀는 아무 말도 하지 못하더니 제안했다.

"네가 원하지 않겠지만, 다음에 우리 제품을 살 때 50퍼센트
할인받을 수 있는 쿠폰을 줄게."

"아니. 괜찮아. 나는 다시는 너희 브랜드 제품을 사지 않을 거야."

잘라 말하고서는 환불받은 후 당당하게 매장을 나섰다.

그 자그마한 승리의 경험이 그동안 험난한 도시 뉴욕에서

외국인이라는 이유로 겪었던 크고 작은 차별과 불편함, 나도 모르게 작아지곤 했던 마음을 조금이나마 어루만져주었다. 여전히 나는 낯선 도시의 외국인으로서 팽팽한 긴장을 유지하고 있었지만 콧대 높은 피프스 애비뉴 매장의 점원들 앞에서 더이상 주눅들지 않았다. 어떤 부당한 대우를 받더라도 싸워 이길 수 있다는 자신감이 생겼다. 알고 보니 내가 핸드백을 산 그 브랜드는 불친절한 고객서비스 때문에 미국 내에서도 원성이 높은 곳이었다. '매스티지masstige, 대중적인 명품'로 분류되는 그 미국 핸드백 브랜드가 어디인지는 밝힐 수 없다. 코치, 토리버치, 마크제이콥스, 케이트스페이드는 아니다.

미국이라는
환상

뉴욕 생활 한 달이 채 되지 않았을 무렵의 어느 날 오후, 백화점에

가려고 버스를 탔다. 타임스퀘어 정류장에 도착하자 휠체어를 탄

장애인 여성이 버스를 기다리고 있었다. 버스 하단에서 경사로가

스르르 나와 설치되었고 노약자석에 앉아 있던 사람들은 자연스레

일어났으며 기사는 노약자석을 위로 젖히고 공간을 만든 후 그

자리에 휠체어가 안전하게 자리할 수 있도록 지지대에 휠체어를

고정시켜주었다.

　이윽고 바퀴 달린 지팡이에 의지한 노인이 타자 맞은편 경로석에

앉아 있던 사람들이 다들 자리를 양보했다. 그다음에는 여행 가방을

든 히스패닉 여성이 탔다. 영어를 전혀 못하는 모양으로 스페인어로

길을 묻자 기사가 "스페인어 하는 분 좀 도와달라" 하며 승객들에게

도움을 요청했다. 내 건너편 자리의 백인 남자가 흔쾌히 손을 들고

허드슨강을 오고 가는
배 위에서 바라본 맨해튼.
세련되고 완벽한 도시처럼
느껴진다.

앞으로 갔고, 경로석에 앉아 있던 백인 할머니도 손을 들었다. 알고 보니 할머니는 스페인 출신 이민자로 내 건너편 자리 남자보다 스페인어를 훨씬 잘했다. 할머니는 기사에게 "이분은 10번가에 가는 거기 때문에 반대 방향 버스를 타야 한다. 이 버스를 타면 안 된다"라고 말했다. 하지만 히스패닉 여성과는 의사소통이 잘되지 않아 버스 출발이 지연되었다. 나는 여기까지의 풍경을 '역시 선진국은 다르다' 하며 흐뭇하게 지켜보았다. 그러나…….

사람 사는 곳이란 다 똑같은 모양이었다. 이내 뒷자리 사람들이 짜증 섞인 목소리로 "빨리 갑시다(Let's go)!" 하며 항의하기 시작했다. 스페인 할머니는 그럼에도 불구하고 계속 기사에게 "이 여자는 이 버스를 타면 안 된다. 반대 방향 버스를 타야 한다"라고 했고, 승객들의 반응은 격해지기 시작했다. 할머니를 향해 "제발 그만 좀 하죠(Come on)" 하면서 난리가 난 것이다.

압권은 장애인 여성이었다. 큰 소리로 "기사 양반!" 하고 외치더니 히스패닉 여성을 가리키며 "이 여자가 슈트케이스를 가지고 와서 통로에 놓아 걸리적거린다"라며 불평을 늘어놓기 시작했다. 내 앞자리의 남자가 보다못해 히스패닉 여성의 가방을 번쩍 들어 짐칸에 놓아주었다. 버스는 히스패닉 여성을 그대로 실은 채 움직이기 시작했다. 그렇지만 장애인 여성은 그치지 않았다. 히스패닉 여성에게 "영어로 말하란 말야. 영어도 못하는 게!" 하면서 삿대질하기 시작했다. 참다못한 내 옆자리 흑인 여성이 그러지 말라고 한마디하자 장애인 여성은 흑인 여성에게 "너 남자친구

없어서 그렇게 히스테리부리는 거지?"라며 막말을 퍼부었다. 결국
둘은 크게 말싸움하기 시작했다.

그다음 정류장에서 내리던 스페인어 능력자 할머니는 기사에게
히스패닉 여성을 정확한 지점에 내려주라며 당부하더니 장애인
여성에게 "신의 은총 받으슈(God bless you)" 하며 싸늘한 한마디를
던졌다. 내 앞자리의 스페인어 가능한 남자도 내리면서 장애인
여성에게 잔뜩 비꼬는 말투로 "좋 — 은 하루되십셔(Have a good
day)" 했다. 약이 잔뜩 오른 장애인 여성은 애꿎은 히스패닉
여성에게 다시 "여긴 미국이야. 영어로 얘기해!" 하며 시비를 걸기
시작했다.

마침내 기사가 결단을 내렸다. 다음 정류장에서 차를 세우고
휠체어를 지지대에서 풀더니 장애인 여성에게 "당장 내리라"고
소리를 질렀다. 여자는 기사에게 "너를 뉴욕시에 고발할 거야"라며
난리쳤지만 그래도 기사는 굴하지 않고 "잘 가. 다신 볼 일 없을
거야(We don't miss you). 안녕. 사요나라" 하면서 결국은 쫓아내고
말았다. 그사이 누군가와 열심히 통화하던 히스패닉 여성은
기사에게 자기가 버스를 거꾸로 탔다고 이야기하며 그 정류장에서
내려 길을 건너갔다. 그 스페인 이민자 출신 할머니의 말이 맞았던
것이다.

그 일을 겪기 전까지 나는 미국은 선진국이고, 선진국 사람들은
의식 수준이 높아서 항상 약자를 배려하고 모든 일에 이상적으로
대처하는 줄 알았다. 대다수의 우리나라 사람들이 가지고 있는

미국에 대한 환상이 내게도 있었다. "미국에서는 안 그러는데"라는
말이 전범典範처럼 여겨지는 상황에도 거부감이 없었다. 그 환상
때문에 미국에는 투철한 시민정신이라도 있는 것으로 생각했었다.
그렇지만 버스에서의 그 작은 소동이 그런 선입관을 깨뜨리는
계기가 되었다. 결국 한 사회가 제대로 작동하는가의 여부는 거대한
시민정신이라기보다는 인간 개개인의 인격의 문제라는 것, 인간이란
어디서나 불완전한 존재이기 때문에 인격의 결함을 사회시스템으로
보완할 수밖에 없고, 그 시스템의 정교함이 한 사회의 수준을
결정한다는 것 등을 깨닫게 되었다. 사람이 다른 게 아니었다.
시스템의 수준이 다른 거였다.

*

미국에 대해 무조건적인 환상을 갖지 않게 된 것은 뉴욕, 그중에서도
맨해튼에 살았기 때문이기도 하다. 비슷한 시기에 미국에 있다가
비슷한 시기에 귀국했는데도 캘리포니아에 있었던 친구 J와 뉴욕에
있었던 나의 귀국 첫인상은 완전히 달랐다.
　　J는 서울이 불친절한 도시라고 했다. 커피숍 점원들은 손님과
눈을 마주치지 않고 등을 돌린 채 주문을 받으며, 사람들끼리 서로
부딪혀도 미안하다는 말도 안 한다고 했다. 캘리포니아는 연중
화창한 곳이다. 땅도 드넓어서 웬만하면 사람들끼리 부대낄 일이
없다. 그런 곳에서 살다가 복잡한 서울로 돌아오니 당연히 서울이

피곤하게 느껴질 수밖에.

한편 귀국 후 나는 서울이 다정한 도시라고 느꼈다. 공항 직원들은 친절했고 식당 종업원들은 깍듯했다. 지하철은 절대 늦지 않았고 깨끗하며 쾌적했다. 뉴욕에서의 삶은 거칠었다. 매일매일 긴장해야만 했다. 꼭 내가 외국인이기 때문만은 아니었다. 뉴욕은 모든 외지인에게 거친 도시였다.

뉴욕에 온 지 얼마 안 됐을 때 버스를 탔다가 난감한 일을 겪은 적이 있다. 버스카드 잔액이 없어서 현금으로 요금을 내려 했는데 알고 보니 맨해튼의 버스는 지폐를 받지 않았다. 버스 요금 2.75달러를 현금으로 내려면 '쿼터quarter'라고 부르는 25센트짜리 동전 11개를 내야만 했다. 외국인인 내가 그걸 알 리가 없었다. 거스름돈을 줄 줄 알고 1달러짜리를 내밀었더니 버스 안 사람들이 일제히 "동전을 내야 한다"며 윽박지르기 시작했다. 버스에 타고 있던 동양인 여자에게 도움을 청하는 눈길을 보내보았지만 그녀는 오히려 경멸어린 눈빛으로 나를 쳐다보더니 싸늘하게 "쿼터를 내라" 하고 한마디 내뱉을 뿐이었다. 아시아 사람들이 같은 아시아 사람의 실수에 더 야박한 경향이 있다는 걸 알게 된 건 미국 생활이 좀더 진행된 후였다. 미국 사회에는 아무래도 인종차별이 있기 때문에 '같은 아시아 사람이지만 나는 실수나 일삼는 저들과 다르다. 나는 미국 시민이다'라는 걸 보여줄 필요가 있으리라. 어쨌든 그날 나를 구해준 건 버스 기사였다. 그는 무뚝뚝한 목소리로 "목적지까지 그냥 태워주겠다"라고 했다. 카드 잔액이 모자란 채 버스를 타는 건 뉴요커들도 종종 하는 실수고, 대부분의 버스 기사들이 가지고 있는 동전만 다 내라고 하거나, 공짜로 태워주는 방식으로 융통성을 발휘한다는 걸 그때는 몰랐다. 잔뜩 풀죽은 채로 친구에게 그날 겪은 일을 얘기했더니 친구가 혀를 쯧쯧 차며 말했다.

"아아, 뉴요커란."

"뉴요커라니? 뉴요커는 뭐 달라?"

"응. 자기들이 옳다고 생각하는 걸 남이 실행하지 않으면 쫓아와서 가르치려드는 게 뉴요커의 특징이야. 원래 그런 걸로 유명해. 딱 봐도 네가 외지인처럼 보이니까 텃세하는 거야."

뉴욕은 그런 곳이었다. 슈퍼마켓에서 장을 보다 실수로 옆 사람 카트에라도 살짝 부딪히면 어김없이 따가운 눈총과 훈계가 날아온다. 앞사람이 문을 오래 잡은 채 열고 있기에 계속 잡을 줄 알고 무심코 지나갔다가 뒷사람이 "왜 문을 안 잡아주냐. 매너 없다"며 고래고래 소리를 질러서 등줄기에 식은땀이 흐른 적도 있었다. 코스모폴리턴 도시라 여러 인종들이 사는 뉴욕에서 외국인에게 베푸는 관용 따위는 기대할 수도 없었다. 좋은 말로 해도 알아들을 텐데 왜 그렇게들 화를 내는지 도무지 이해할 수 없었다.

많은 사람들이 "미국에서는……" 하며 운을 떼는 이야기를 즐겨 한다. 그렇지만 그 '미국'은 대부분 자신이 경험한 미국이고, 그건 미국이라는 넓은 나라의 극히 일부에 지나지 않는다. 뉴욕 아닌 다른 도시에서, 그것도 유학했던 사람들의 미국에 대한 경험은 대체로 긍정적이다. 우리나라 시골이 친절하듯 미국 소도시도

친절하다. 그리고 학교라는 사회는 특수하다. 지성인들이 모인
공간은 상식적이고 합리적이다. 그래서 그들은 미국 사회가 대단히
합리적이고 이상적이라 추억한다.

위스콘신에서 유학한 사촌 동생은 "미국 사람들은 모르는
사람이랑도 눈 마주치면 인사해요"라고 했다. 맨해튼에서는 아니다.
아파트 엘리베이터에서도 사람들끼리 인사 나누는 경우가 거의
없었다. 한번은 엘리베이터에 함께 탄 노부부가 환하게 웃으며
인사하기에 '왜 이렇게 친절하지?'라고 속으로 생각했는데, 아니나
다를까 찰스턴에서 뉴욕 친척 집에 놀러온 분들이었다.

샌프란시스코에 사는 친구는 "한국 사람들은 식당에서 바쁘다며
종업원을 불러대며 재촉하지만 미국 사람들은 식사가 늦게 나와도
불평 한마디 없다"라고 했다. 바쁘고 복잡한 맨해튼 식당에서는
사정이 다르다. 출퇴근길 만원 지하철이나 버스에서는 자주
고성이 오갔다. "왜 여길 만져!" "내가 언제 널 만졌다고 그래!"
옥신각신하다가 어느 한쪽이 "엿이나 먹어(F*ck you)" 하고 내리는
건 예사였다.

자가용을 가지고 다니는 사람이 드문 맨해튼의 특성상
지하철에서, 버스에서, 그리고 거리에서 가지각색 인간 군상들과
맞닥뜨리게 된다. 차를 가지고 필요한 지점만 왕래하면 되는 미국
여타 도시와는 판이한 생활이다. 아마도 그래서 맨해튼에 살면 유독
미국의 민낯을 많이 보게 되는지도 모르겠다. 선배 언니가 미국인
동료에게서 들은 얘기는 이랬다. "뉴욕에서는 사람들에게 '지금

몇 시냐'고 물어보면 '지금이 네가 시계를 사야 할 시간이다'라고
답한다는 우스갯소리가 있다더라. 뉴욕이 오래된 도시라서,
오래된 도시 특유의 외지인에 대한 태도가 있대. '너 온 지 얼마 안
됐구나? 어디 한번 두고 보자' 하는. 그렇지만 오래 두고 사귀면
뉴요커들만큼 진국인 사람들이 없대. 겉은 쌀쌀맞아도 속은
핑크핑크라고."

　뉴요커들의 그 핑크빛 속살을 나는 거의 느끼지 못하고
돌아왔으니 아마도 진짜 뉴요커는 되지 못한 것이리라.

*

차일드 하삼의 「비 오는 거리」는 미국이라는 나라를 생각할 때마다
떠오르는 그림이다. 화면을 지배하고 있는 건 성조기의 행렬이다.
거리는 비에 젖고, 성조기도 비에 젖고, 푸르스름한 대기 속에 갈색
건물들이 서 있고, 빗물 고인 바닥에 빨강과 파랑의 성조기와 검정
우산을 쓴 인물들의 실루엣이 비쳐 보인다. 나는 그림 속 거리가
맨해튼이라는 걸 한눈에 알아볼 수 있었다. 배수 시설이 미비한
맨해튼 거리는 비가 내리면 늘 물웅덩이가 생겼고, 뉴요커들은
필수품인 고무장화를 신고 첨벙대며 거리를 지나다니곤 했다.
어스름 무렵이면 물웅덩이 위에 자동차 헤드라이트가, 건물의
불빛이, 거리의 가로등이 반사되곤 했는데, 그림에서는 대신
성조기가 비친다.

차일드 하삼, 「비 오는 거리」, 캔버스에 유채, 106.7×56.5cm, 1917년, 백악관,
위싱턴 D.C.

화가는 뉴욕 시민들이 고립정책을 고수하던 미국 정부에
제1차세계대전 참전을 요구하면서 피프스 애비뉴에서 벌인 시위
행렬을 그렸다. 차일드 하삼은 유럽의 인상주의를 미국식으로
소화한 미국 인상주의 화가의 대표 주자로 꼽힌다. 미국의 상징
성조기는 그가 특히 심취한 주제로, 그는 1916년에서 1919년까지
3년간 성조기로 장식된 거리 풍경을 30점가량 그린다. 1963년
사업가 토머스 멜런 에번스가 이 그림을 백악관에 기증하면서
그림은 존 F. 케네디의 침실과 백악관 대통령 식당에 수년간 걸려
있었다. 그리고 버락 오바마가 처음 대통령에 취임한 2009년에
이 그림을 백악관 집무실인 오벌 오피스 책상 옆벽에 걸며 언론의
스포트라이트를 받았다.

미국이라는 위대한 나라의 정신이 집약되어 있는 것 같은 그림.
미국인이라는 자랑스러움과 뿌듯함을 온몸으로 외치는 듯한 그림.
이 그림을 볼 때마다 나는 '미국이 과연 그렇게 위대한 나라인가'
갸우뚱하게 된다. 기념일이면 성조기 물결치던 피프스 애비뉴, 그
거리의 민낯을 떠올리면서.

차이나타운
프리덤

차이나타운을 내게 알려준 사람은 K 선생이었다. 그는 뉴욕에
거주하는 한인 예술가로 30여 년 전 맨해튼 차이나타운에 처음
작업실을 얻었다. 내가 뉴욕 생활 초기 집을 얻는다고 고군분투할 때
그는 "차이나타운은 어때요? 아주 싼데"라고 했는데, 차이나타운의
집들에는 쥐가 우글거린다는 이야기를 들었던지라 아무리 싸도
쥐를 감당할 자신은 없어서 손사래를 쳤다.

K 선생은 내게 차이나타운의 저렴한 만둣집과 스펀지케이크
가게, 딤섬집 등을 알려주었다. 뉴욕이니만큼 관광객들에게
잘 알려진 중국 식당들이 많았지만, 그는 "비싸고 맛없다. 교포
2세들이나 가는 곳"이라며 쳐주지 않았다.

호주머니 빠듯한 연수생에게 차이나타운은 사막의 오아시스
같은 곳이었다. 코리아타운은 비쌌지만 차이나타운에서는 뭐든지

쌌다. 흥정에 자신만 있다면 과일도, 식재료도 싼 값에 살 수 있었다. 친구의 친구가 차이나타운에서 마를 사서 갈아먹는다는 이야기를 들었는데 나는 그렇게까지는 하지 못했다.

차이나타운의 식당 중에서 가장 자주 간 곳은 람저우 핸드메이드 누들蘭州拉麵이었다('蘭州'의 외래어 표기는 '란저우'가 맞겠으나, 간판에는 'Lam Zhou'라고 적혀 있었다). 손으로 뽑은 국수가 대표 요리였고, 초이삼菜心을 얹어주는 중국식 자장면도 맛있었지만 나는 냉동 만두를 주로 샀다. 돼지고기 넣은 냉동 만두는 50개 이상만 팔았는데 50개에 단돈 11달러였다. 귀가하는 동안 만두가 녹지 않을 만큼 서늘한 날에, 만두를 잔뜩 사들고 와 룸메이트들에게도 나눠주고 냉동실에 쟁여놓고 비상식량 삼아 먹었다. 물만두도 해먹고 구워먹기도 하고, K 선생의 조언에 따라 밥할 때 솥에 같이 넣어 쪄먹기도 했다. 만두피는 얇고 육즙은 풍부했다. 아직도 가끔씩 람저우의 만두가 생각난다.

차이나타운은 또한 해방구였다. 서울에 '이태원 프리덤'이 있었다면, 뉴욕에서는 '차이나타운 프리덤'이 있었다. K 선생이 알려준 차이나타운 빵집에 중국식 호떡을 사러 간 날, 계산대 앞에서는 아무도 줄을 서지 않았다. 손님들은 무질서하게 우글우글 몰려 있었고, 카운터의 점원은 돈을 먼저 내미는 사람의 물건을 우선 계산해줬다.

'아아, 그동안 숨 막힐 것 같았어!' 답답하던 가슴이 뻥 뚫리는 기분을 느끼며 나는 숨을 크게 내쉬었다. 그간 질식할 것처럼 나를

옭아매고 있던 압박감의 정체를 비로소 깨달았다. 뉴요커들은
공항에서 입국 심사를 할 때처럼 마트 계산대 앞에서 엄격하게 줄을
섰다. 계산대 직원이 "다음!"을 외치기 전까지 꼼짝 않고 기다려야만
했다. 앞 손님 계산이 끝난 것 같아 한 발짝이라도 내디디려고 하면
어김없이 "내가 부를 때까지 기다리라"는 면박이 주어졌다. 차례를
지키는 일에 서구인들이 우리보다 엄격하다는 건 익히 알고 있었다.
그렇지만 새치기를 하려 한 것도 아니었는데 룰을 어기는 것처럼
보였을 때 가해지는 무언의 압박은 백인에게보다 아시안에게 더
가혹했다. 문명국의 질서를 익히지 못한 무식한 동양 여자처럼
보일까 두려워 나는 여러 번 움츠러들었다.

　그래서, 갑갑한 날이면 차이나타운에 갔다. 검은 머리의 사람들이
물결을 이루고 있는 거리가 좋았다. 그곳에서 나는 외국인이었지만
외국인이 아니었다. 입만 다물고 있으면 그 동네 거주민들과
이질감이 없었다. 만두를 먹고, 아이스크림도 사 먹고, 발 마사지도
받았다. "차이나타운에 오면 제가 이방인이라는 느낌이 들지 않아
좋아요"라고 했더니 K 선생은 "맨해튼의 차이나타운이 홍콩이라면,
한국인들이 많이 모여 사는 플러싱의 차이나타운은 대만이고,
브루클린의 차이나타운은 중국 본토"라는 이야기를 해주었다.
브루클린 차이나타운은 맨해튼과 비교되지 않게 광대해서,
"그곳에 가면 존재가 사라져버린다"라고 그는 말했다. 그곳은 그냥
중국이기에, 내가 동양인이라는 의식이 휘발해버린다는 것이다.

　에드워드 호퍼의 「촙 수이」는 뉴욕의 중국 음식점에 앉아

에드워드 호퍼, 「춥 수이」, 캔버스에 유채, 81.3×96.5cm, 1929년, 개인 소장

찻주전자를 앞에 놓고 음식이 나오기를 기다리고 있는 두 여성을
그렸다. 1920년대 신여성답게 과감하게 보브 커트를 한 머리에 종
모양의 클로슈 모자를 쓴 여자들. 창을 통해 들어온 햇빛이 정면을
향한 여자의 얼굴과 연두색 상의, 관람객들에게 등을 돌리고 앉은
또다른 여자의 청회색 등에 그림자를 드리운다.

그림 속 식당 이름이기도 한 '촙 수이雜荽'란 갖가지 채소에
고기나 해산물 등을 넣고 볶은 미국식 중화요리를 말한다. 1920년대
미국에는 촙 수이를 파는 식당이 유행했는데, 값싸고 후딱 먹을 수
있어 젊은 노동자들에게 인기를 끌었다고 한다. 여성해방운동이
활기를 띠던 제1차세계대전 직후의 미국, 여성들은 더이상 집에만
머무르지 않았고 적극적으로 일터로 나섰다. 이전에는 홍등가
여성들이나 자기들끼리 외식을 하는 걸로 여겨졌지만, '모던 걸'들은
남자들처럼 공공연하게 식당에서 식사하며 도시의 풍경을 바꿨다.
뉴욕 시절의 내가 차이나타운에서 자유를 느꼈던 것처럼, 그림 속
여성들은 촙 수이 식당에 앉아 시대의 변화를 감지하며 해방감을
느꼈으리라.

변화무쌍한 뉴욕을 화폭에 담기를 즐겼던 호퍼는, 즐겨 가던
맨해튼 콜럼버스 서클의 촙 수이 식당과 1927년 여름을 보낸 메인주
포틀랜드의 중식당에서 모티프를 얻어 이 그림을 그렸다. 이 작품은
2018년 11월 뉴욕 크리스티 경매에서 9187만 5000달러(당시
환율로 약 1040억 원)에 팔리며 호퍼 작품 경매가 중 최고를
기록했다.

✳

춥 수이는 아니지만 친구들과 자주 중국 음식점에 갔다. 꼭
차이나타운이 아니더라도 중국집은 뉴욕 곳곳에 있었다. 미국
음식에 질릴 때는 한식보다 중식을 먹는 것이 편하고 값도 쌌다.
혼자보다 여럿이 가서 이것저것 시켜놓고 떠들썩하게 먹는 것이
좋았다. 집 근처 차이나샹에서 후난식 쌀국수와 쿵파오 치킨을,
타임스퀘어 인근의 중국집 올리스 쓰촨에서 쓰촨식 가지 요리를
먹곤 했다. 엄마가 다니러 왔을 때는 플러싱까지 가 유명한 만둣집
난샹 샤오롱바오에서 샤오롱바오를 사 먹었다.
　중국 식당에는 보통 팁이 없었다. 현금으로 계산하면 10퍼센트
할인해주는 곳도 많았다. 그래서 더 싸게 느껴졌다. 미국에 있으면서
끝내 익숙해지지 못한 게 팁 문화였다. 종업원들이 따로 월급을 받지
않기 때문에 팁으로 생계를 유지한다는 걸 머리로는 알고 있었지만
친절하지도 않은데 음식값의 18퍼센트 이상이 불문율인 팁을
선뜻 내기란 쉽지 않았다. 이럴 거면 차라리 음식값에 포함시키지,
왜 선택권을 고객에게 맡겨 부담을 지우는지. 재촉하는 점원의
눈치를 보며 우물쭈물 느린 손길로 팁을 세고 있자면, 내가 이곳의
이방인이라는 사실이 더욱 선명해지는 것 같아 서글프기도 했다.
　가끔씩 한국식 중화요리가 그리울 때면 코리아타운의 동천홍에
가서 라조기 덮밥과 탕수육을 먹기도 했지만, 가격의 압박 때문에

차이나타운을 더 자주 찾았다. 감기에 걸렸을 때는 뜨거운 산라탕을 먹고, 불맛이 당길 때는 각종 볶음밥을 먹었다. 음력설에는 룸메이트와 함께 차이나타운의 가장행렬을 구경하며 명절 분위기를 만끽했다.

차이나타운은 엄격한 백인들의 규칙에서 잠시나마 벗어날 수 있는 융통성을 허용하는 곳이었고, 아시아다움의 총체였으며, 시끌벅적한 즐거움의 공간이었다. '시끌벅적한'이라는 단어를 적으면서 호퍼의 그림이 리얼리즘과는 거리가 멀다는 사실을 나는 새삼스레 깨닫는다. 여자들이 앉은 식탁은 지나치게 하얗고 깨끗하며, 식당의 분위기는 차분하고 고요하다. 왁자지껄하지 않은 중식당이 뉴욕에 있었던가. 정지된 것만 같은 화면. 도기 인형처럼 하얗고 잔잔한 여자의 얼굴, 붓으로 그린 듯한 눈썹과 눈, 그리고 도드라지는 붉은 입술. 호퍼의 「촙 수이」는 작품을 위해 화가가 머릿속에서 조합해 내놓은 하나의 무대였을 뿐, 생동감 넘치는 현실의 중식당은 아니었던 것이다. 그렇지만, 그렇기 때문에, 그림은 내 기억 속 어느 순간에서 영원히 멈춰버린 뉴욕의 이미지들과 맞물려, 상상 속에서 기묘한 현실감을 얻는다.

프로
놀러

전화벨이 울린다. 흠칫 놀라 핸드백을 뒤져 휴대전화를 꺼낸다.
아무도 전화하지 않았다. 뉴욕에 온 지 한 달여. 매일 줄기차게
울리던 휴대전화가 종일 고요했다. 나는 환청에 시달리고 있었다.
전화벨소리가 종일 귓가에 맴돌았다.

한국에서 사 가지고 온 선불폰은 걸핏하면 수신 불량이었다.
지하철에서는 물론이고 지하 상점으로 들어가거나 건물 고층으로
올라가면 신호를 못 잡기 일쑤였다. 걸려오는 전화에 즉각
응답하는 것이 미덕으로 여겨지는 직업군에 속한 나는 불안해서
안절부절못했다. 종일 아무도 나를 찾지 않는 상황에 익숙해지는
데는 시간이 꽤 걸렸다.

14년 차 회사원에게는 낯선 상황이었다. 1년간 출근하지 않아도
되고, 내 시간을 내가 자유롭게 써도 된다는 사실이 믿기지 않았다.

갑자기 누군가 나타나 "다 거짓말이었어. 내일부터 당장 출근해!"
할 것만 같았다. 하릴없이 뉴욕 거리를 돌아다니고 있노라면 무언가
뒤통수를 잡아당기고 있는 것 같은 착각이 들었다. 회사에서 나를
찾지 않는다는 게 불안하기까지 했다. 연수 초기에 다들 회사와의
분리불안을 겪는다더니, 내가 딱 그 짝이었다. 갑자기 주어진 자유
속에서 나는 어쩔 줄 몰라 하며 허덕이고 있었다. '어떻게 살고
싶은가'를 숙고한 후 마음을 다잡는 것이 필요했다.

　돌이켜보면 욕망보다 당위에 따르며 살아온 인생이었다. '하고
싶은 것'을 '해야 하는 것'보다 우선순위에 둔 적이 거의 없었다.
학창시절에는 성실한 학생이었다. 휴학 한번 하지 않고 대학을
최우등으로 졸업하자마자 취직했다. 그리고 성실한 회사원이
되었다. 학교에서는 성실함이 성과를 낳았지만, 사회에서는
성실함과 성과는 딱히 상관관계가 없었다. 나는 성실하나 평범한
직장인이 되었다.

　인생 전체를 계산해보자면 나쁜 성적표는 아니었지만 앞날이
막막했다. 마흔이 코앞이었다. 100세 시대라는데 인생 후반부를
어떻게 살 것인가에 대해서는 어떤 답도 주어지지 않았다. 신문
산업은 내가 입사했던 2000년대 초부터 이미 가라앉고 있었고, 침몰
속도는 가속화되고 있었다. 오래 다닐 수 있는 회사이냐 하면 그것도
아니었다. 뛰어난 극소수만 정년까지 근무할 터였다. 일정 연차가
되면 자동 승진하는 차장대우까지는 어찌어찌 되겠지만 그 이상은
무리였다. 나는 나 자신을 잘 알았다. 유능한 회사원과는 거리가

멀었다. 지금까지는 운이 좋아 어떻게든 버텼다. 그러나 앞으로는?
게다가 비혼이었다. 자발적이라기보다는 어찌어찌하다보니 그렇게
됐다. 평생 혼자 살게 될 가능성이 높았다. 늙어서도 경제적 안정을
유지하려면 더더욱 미래에 대비해야 한다. 1년간 주어진 이 자유를
인생 후반부를 위해 가치 있게 써야 한다고 생각했다.

  그렇지만 또다시 아등바등 살고 싶지는 않았다. 회사에서의
미래에 자신이 없었기 때문에 나는 늘 미래를 대비하는 방향으로
살아왔다. 4년 차 때 휴직하고 대학원을 다녔다. 복직해서는
주말마다 책을 썼다. 책을 쓰지 않을 때는 석사학위 논문을 썼다.
그리고 또 박사과정에 등록했다. 박사과정을 수료하고 뉴욕에 왔기
때문에 뉴욕에 있는 1년간 박사학위 논문을 쓰라고 권하는 사람들이
있었다. 합리적인 충고였다. 하지만 나는 그러고 싶지 않았다. 한
번쯤은 '해야 하는 것'이 아니라 '하고 싶은 것'을 하며 살아보고
싶었다. 언제나 미래를 대비하며 살다보니 내 인생에 '지금'이
없었다. 하고 싶은 것은 언제나 '다음'으로 미루게 되었다. '다음에
하자'라고 결심한 것들은 영원히 못하게 되는 경우가 많았다.
아니야. 이제는 그렇게 살고 싶지 않아. 하고 싶은 것은 미루지 말고
다 해보자. '지금, 여기'를 누려보자. 뉴욕에 있었던 1년간 내가 세운
목표였다.

9월의 어느 일요일, 피프스 애비뉴의 성패트릭대성당에서
미사를 보고 모건라이브러리에 갔다. 모건라이브러리는 은행가
J. P. 모건의 저택을 박물관으로 개조한 곳으로 구텐베르크 성경
초판본을 비롯한 희귀 고서적과 각종 미술품을 소장하고 있다.
미술뿐 아니라 문학 관련 전시도 종종 열어서 뉴욕 생활을 마칠
때쯤 메트로폴리탄미술관과 함께 내가 가장 사랑한 전시장이 된
곳이었지만 뉴욕 생활 초기 때만 해도 내게는 낯선 곳이었다.
  이날은 샬럿 브론테 특별전을 보러 갔다. 한국의 친구가 "네가
좋아할 것 같다"며 『뉴욕타임스』에 실린 전시회 기사 링크를
보내주었다. 문학 작가 한 사람으로만 꾸민 전시라니, 대체 어떤
것일까? 궁금해졌다.
  〈샬럿 브론테 — 독립 의지Charlotte Brontë: An Independent Will〉. 전시의
제목이었다. 대표작 『제인 에어』에서 주인공 제인 에어는 스스로를
'독립 의지를 가진 자유로운 인간'이라 선언한다.
  전시는 기대 이상이었다. 출생부터 사망까지, 만 38년 11개월의
짧은 생애를 살다간 샬럿 브론테의 생을 훑으면서 독립된 의지를
가진 자유로운 인간이고자 했던 이 작가의 특성을 남김없이
보여주었다. 어머니와 두 명의 언니가 일찍 죽은 후 샬럿과 동생
에밀리, 브랜웰, 앤은 읽고 쓰는 자신들만의 공동체를 만든다. 이
놀이 공동체 안에서 상상력이 자라나고 『제인 에어』와 『폭풍의

모건라이브러리에서 열린
샬럿 브론테의 전시.
그녀의 삶의 궤적을 따라가면서 나는
뉴욕에서의 생활을 어떻게 일궈나가면 좋을지
다시금 생각하게 됐다.

언덕』이라는 명저의 싹이 움튼 것이다.

샬럿이 육필로 쓴『제인 에어』의 원고가 남아 있었다. 그녀의 출생증명서, 그리고 결혼증명서도. 그녀는 38세에 결혼했고 결혼 9개월 만에 사망했다. 임신 초기였다고 전해진다. 그녀가 그린 드로잉도 여러 점 있었다. 샬럿 브론테가 그림 그리기를 좋아했다는 사실을 처음 알았다. 그림 그리기를 좋아하는 고아 소녀 제인 에어는 아마도 작가 자신을 모델로 한 것이리라.

목사였던 그녀의 아버지는 아내와 여섯 자녀들보다 오래 살아남았다. 딸들의 유명세 덕에 마을을 찾는 사람이 많아지자 동네 기념품 가게 주인이 권해서 찍은 그의 사진이 전시실에 걸려 있었다. 전시의 마지막에는 샬럿이 입었던 드레스가 놓여 있었다. 4피트9인치(약 145센티미터)라는 생각보다 훨씬 작은 키. 18.5인치의 허리. 그 자그마한 옷 안에 담겨 있었던 위대한 정신의 결정체가 아스라하게나마 잡힐 것 같았다.

젊은 날 그녀는 친척 아주머니로부터 지원을 받아 동생 에밀리와 함께 공부하러 브뤼셀로 떠난다. 견문을 넓히기 위해 떠난 여행. 나의 뉴욕 생활과 어쩐지 닮은 것만 같아 깊은 동질감을 느꼈다.

To you I am neither Man nor Woman ── I come before you as an Author only-it is the sole standard by which you have a right to judge me-the sole ground on which I accept your judgement.

여러분에게 저는 남자도 여자도 아닙니다. 저는 오직 저자로서만

여러분 앞에 서 있습니다. 이것이 여러분이 저를 판단할 권리가
있는 유일한 기준이며, 제가 여러분의 판단을 수락하는 유일한
근거입니다.

나는 샬럿의 드레스 옆, 벽에 적힌 문구를 소리 내어 읽어보았다.
내게 주어진 뉴욕에서의 1년간의 자유 시간을 어떻게 보내야 할
것인지에 대해 가닥이 잡힐 것 같았다. 독립 의지를 가진 자유로운
인간으로 살겠다. 당위가 아닌 욕망을 좇으면서 최대한 많은 경험을
하겠다. 그리고 그 경험을 바탕으로 좋은 글을 쓰겠다. 괴테처럼
되겠다고 떠나온 여정이 샬럿 브론테를 통해 어느 정도 구체화되는
것 같았다.

*

뉴욕에서 생활하는 1년 동안 내 방 벽에는 딱 한 점의 그림이 붙어
있었다. 이날 전시를 본 후 모건라이브러리 기프트숍에서 산 샬럿
브론테의 초상화다.
 1850년 출판업자 조지 스미스는 초상화가 조지 리치먼드에게
샬럿의 초상화를 주문한다. 샬럿의 아버지에게 줄 선물이었다.
몇 시간이고 꼼짝 않고 화가 앞에 앉아 있는 건 자의식 강한
샬럿으로서는 끔찍한 일이었을 것이다. 이 그림은 그녀가 전 생애를
통틀어 남긴 유일한 공식 초상화다. 남동생 브랜웰이 자매들을 그린

샬럿 브론테의 초상화.
150센티미터도 안 되는 작은 체구의 그녀이지만
눈빛만은 열정으로 강렬하게 빛나고 있다.

조지 리치먼드, 「샬럿 브론테」, 종이에 분필, 60×47.6cm, 1850년, 국립초상화
박물관, 런던

그림 외에 유일하게 남아 있는 초상화이기도 하다. 그림은 아버지 패트릭 생전에 목사관 식당에 걸려 있었다. 이후 초상화를 판화로 제작했는데 그 그림이 영국 소설가 엘리자베스 개스켈이 1857년에 쓴 『샬럿 브론테의 생애』 권두 삽화가 되기도 했다.

내가 산 그림은 초상화 판화가 인쇄된 엽서였다. 부리부리하게 큰 눈에 우뚝한 코를 지닌 샬럿, 이글거리는 그녀의 눈빛에서 총명함과 동시에 예민함이 느껴진다. 이상한 일이었다. 나는 원래 작가의 초상화 같은 건 잘 사지 않았다. 『제인 에어』는 내가 딱히 좋아하는 소설도 아니었다. 나는 늘 제인 에어가 가엾은 아내를 버린 로체스터와 결혼하는 그 결말이 마음에 들지 않았다. 그렇지만 인생에서 중요한 일이란 대개 우연히 결정된다. 우연히 들른 샬럿 브론테 전시회가 내 뉴욕 생활의 나침반이 되었듯이 말이다. 미로 같은 뉴욕 생활에서 길을 잃지 않기 위해 나는 초상화를 스카치테이프로 벽에 붙여놓았다. 침대에 누워 고개를 왼쪽으로 돌리면 벽에 붙은 샬럿의 얼굴이 보였다. 나와 비슷한 나이에 죽은 그 여자가 자유롭게 네 맘대로 살아보라고 격려해주는 것 같았다.

하고 싶은 대로 살겠다는 그 맹세대로 뉴욕에 있는 동안 정말 열심히 놀았다. 단 하루도 허투루 보내지 않고 놀았다. 학교도 다니고 크리스티 수업도 들었지만 엄밀히 말하자면 그 시간들은 공부라기보다는 유희에 가까웠다. '생산 강박'에 사로잡혀 있었기 때문에 노는 것에 대해 때때로 죄책감이 들기도 했다. 하지만 그 마음을 버리려 노력했다. 나이가 들수록 필요한 것은 책을 통해 쌓는 지식이라기보다는 체험이었다. 몸으로 배운 건 세월이 흘러도 잊히지 않는다. 도서관에서 벗어나 최대한 많이 경험하고 견문을 넓히자고 생각했다. 일에서 완전히 벗어나는 것이 중요하다 생각해 뉴스는 전혀 보지 않았다. 나는 세상 돌아가는 걸 모르고도 살 수 있는 부류의 인간인데 하필이면 왜 기자가 되었는지 종종 회의가 찾아오기도 했다.

뉴욕에 있으면서 가장 감사했던 것이 내가 혼자 잘 노는 부류의 인간이라는 점이었다. 어릴 때부터 나는 혼자 잘 노는 아이였다. 일곱 살 무렵의 어느 날을 생생히 기억한다. 해질녘 놀이터에서 혼자 놀다가 우쭐해서 스스로에게 말했다. '봐. 난 지금 혼자 놀고 있어. 대단하지?' 혼자 잘 노는 아이는 혼자 잘 노는 어른이 되어 낯선 뉴욕에서도 거리낌없이 혼자 잘 놀았다.

11월의 어느 날, 나는 센트럴파크에서 혼자 자전거를 타고 있었다. 쌀쌀하나 매섭지 않은 가을바람이 얼굴을 스쳤고 단풍 곱게 물든 센트럴파크에 일몰 무렵의 햇살이 반짝였다. 원래는 중간에 출발지로 돌아가려 했는데 마음이 바뀌어서 그냥 자전거 도로를 따라 공원을 한 바퀴 돌았다. 연못과 호수, 저수지가 스쳤고 공원 밖에서는 메트로폴리탄미술관과 구겐하임미술관 등도 스쳐 지나갔다. 여러 대의 자전거가 나와 함께했고 롤러스케이트와 롤러블레이드도 함께 그 구역을 돌았다. 참으로 아름다운 가을날이었다.

자전거를 타면서 깨달았다. 나는 내가 이렇게 잘 놀 수 있고,

센트럴파크의
재클린 케네디 오나시스 저수지.
혼자 놀기에 센트럴파크만큼
좋은 곳이 또 있을까.
걷고 자전거 타고 일광욕하고.
나는 점점 더
프로 놀러가 되어갔다.

노는 걸 좋아하는 사람이라는 걸 그전까지 몰랐다는 사실을. 노는 걸 좋아하지 않는다고 여겼는데, 놀아본 적이 없어서 놀 줄 몰랐을 뿐이었던 것이다. 그렇지만 학습능력이 나쁘지 않은 덕에 노는 것도 금세 배워서 공부하듯 놀다보니 어느 정도 경지에 오르게 되었다. 뭔가 거창한 목표를 이룩하는 게 아니라 놀 만큼 놀아본 것만으로도 가치 있는 1년이었다. 눈만 뜨면 놀러나가는 내게 룸메이트 소진이 "언니처럼 열심히 노는 사람은 처음 봤다"라며 내게 별명을 붙여주었다. '프로 놀러'였다.

카리브의
자유 영혼

30대 후반 비혼 여성의 삶이란 녹록지 않다. 적어도 한국
사회에서는 그렇다. 목을 꼿꼿이 세우고 자신 있게 살아보려 해도
알게 모르게 주눅들 때가 있다. 결혼이라는 게 입시도 아닌데
대학에 떨어지거나 취업을 못한 것처럼 자신감이 없어진다.
이른바 '노처녀'에 대한 선입견을 떨치기 위해 명랑하고 씩씩하게
행동하면서 주말마다 즐겁게 보내면 사람들이 말한다. "네가 부족한
게 없어 보이기 때문에 남자가 안 붙는 거야." 나름 힘들다는 걸
보여주려고 외롭다고 하소연하면 또 사람들이 말한다. "도도하게
굴면서 자존심을 지켜. 자신감 없어 보이는 여자, 매력 없어." 대체
어쩌란 말인가.

혼자 산다는 건 어렵다. 오해받기 쉽다. 고영오연孤影傲然하게

살지 않으면 모욕을 당한다. 그러나 또한 어딘지 조금 애처로운
데가 없으면 얄밉게 보인다. 그러나 또한 너무 애처로운 티를 내면
색기가 있다는 말을 듣는다. 그 균형이 어렵다.

중앙일보 이영희 기자의 칼럼에서 이 인용구를 발견하고 무릎을
친 적이 있다. 다나베 세이코의 소설『서른 넘어 함박눈』중 한
구절이다. 뉴욕 시절, 친구들과 채팅을 하다가 이 구절에 대해
이야기했다. 친구들은 다른 것보다 애처로움과 색기의 상관관계에
주목했다. 결론은 애처로워 보여야 이성에게 어필할 수 있는데,
내가 싱글인 이유는 애처로워 보이지 않기 때문이라나. 그렇다면 그
'애처로움'이라는 건 대체 뭔가. 한 친구에 따르면 '무언가 부족해
보이고 상대가 도와주고 싶도록 보이는 느낌'이라고 한다. 그러나
실제로는 부족해서도, 불쌍해서도 안 되며, 어디까지나 '느낌'이
중요한 거라고. 나로 말할 것 같으면 저 인용구의 '고영오연'에
방점을 찍어 마음의 에너지 준위를 유지해왔다.
　……그래서 내가 안 되는 건가.
　뉴욕 시절 나의 '고영오연', 즉 외롭고 도도한 모습이 정점을 찍은
건 수차례 다녀온 카리브해 여행에서였다. 그전까지 여행이란 내게
그저 엄청난 과제였다. 나는 한 번도 직접 비행기표를 끊고 숙소까지
예약해 여행을 해본 적이 없었다. 여행을 준비할 만한 시간이 없었기
때문이다. 휴가 때는 여행사의 호텔 패키지를 이용했다. 언론사
특성상 휴가 날짜는 대개 직전에 결정되기 때문에 보통 가고 싶은

곳이 아니라 갈 수 있는 곳으로 갔다. 시간이 많아지니 여행 패턴도
달라졌다. 뉴욕에 있으면서 처음으로 항공사 사이트를 들락날락하며
항공권 가격을 비교하면서 비행기표를 예약해보았다. 호텔이며
에어비앤비를 뒤져 마음에 드는 숙소도 직접 골랐다. 더이상 여행을
두려워하지 않게 되었다.

내 또래 싱글들이라면 대개 그렇겠지만 혼자 하는 여행에는
익숙한 편이었다. 대신에 혼자 가도 외롭지 않을 만한 여행지를 주로
다녔다. 볼거리와 할거리 많은 대도시를 공략했다. 30대 초반까지만
해도 휴양지를 좋아하지 않았다. 해수욕을 딱히 즐기지 않았고
리조트나 해변에 멍하니 앉아 있는 일 자체가 게으르고 지루하게
느껴졌다. 휴가를 가서도 뭔가를 해야 한다는 강박에 빠져 있었기
때문에 휴양지에 쉬러 가는 사람들을 이해하지 못했다. 휴가 때조차
발이 부르트도록 낯선 도시를 돌아다니며 미술관이니 박물관이니
다양한 곳에 가보고 관람하는 '교양 있는' 내가, 수영하고
일광욕하며 해변에 널브러져 있는 다른 사람들보다 지적으로
우월하다는 교만한 착각에 빠져 있었는지도 모르겠다.

30대 중반이 되자 가치관이 바뀌었다. 일단 체력이 급격하게
떨어져서 아무것도 하지 않고 쉴 시간이 필요했다. 처음으로 가본
휴양지는 괌이었고, 그다음에는 코타키나발루와 발리를 다녀왔다.
코타키나발루는 친구와 함께 갔지만 괌과 발리는 혼자 다녀왔는데
발리에서 휴가를 즐기고 온 이후 내가 취재원들 사이에서 '발리
혼자 다녀온 미혼 여기자'로 알려져 있다는 사실을 알고는 깜짝

놀랐다. 휴양지에 여자 혼자 간다는 건 사람들 입에 오르내릴 만큼 특이한 일이었던 것이다.

✻

"거긴 신혼여행지 아니야?"
　내가 카리브해의 휴양지로 여행을 떠나겠다고 하자 친구들은 하나같이 이렇게 물었다. 괌과 발리에 갈 때도 같은 질문을 들었던 터라 새삼스럽지는 않았다. 싱글로 산다는 일에는 비슷한 제약이 숱하다. 일부러 그러는 게 아닌데도 사회의 고정관념이 만들어놓은 틀에 스스로를 가두게 된다. 기혼자의 삶이 독신자의 그것보다 완성된 것이라는 관념이 비혼의 삶을 결핍된 것으로 간주하면서 안정된 삶의 형태를 띠는 것을 가로막는다. 집을 살 때, 4인용 큰 식탁과 예쁜 그릇을 살 때, 심지어 샤워 가운을 살 때도 사람들은 이구동성으로 말했다. "결혼도 안 했는데 왜 그런 걸 사?" 비혼자는 평생 월세나 전셋집을 전전하고, 싸구려 가구를 쓰면서 아무 그릇에나 대충 밥 담아 먹고, 목욕 후에는 알몸으로 집 안을 돌아다녀야 한다는 말인가. 여행도 마찬가지다. 세계의 휴양지는 모두 신혼여행지로 유명한데, 결혼하지 않거나 애인이 없는 사람은 평생 휴양지를 누릴 수 없다는 말인가? 왜 한국 사회는 어떤 틀에 스스로를 가두면서 지금 여기에서 즐기고 누릴 수 있는 것들을 포기하라는 압력으로 가득차 있는 걸까.

사실 싱글족, 특히 싱글 여성에 대한 압력이 한국이나 일본 같은 동아시아권의 전유물만은 아니다. 미국의 사회심리학자 벨라 드파울로의 책 『싱글리즘』에 이런 구절이 있다.

책 한 권을 예로 들어보자. 『싱글이 집을 살 때』라는 책에서 '중요한 것은 위치, 위치, 위치'라는 부분을 읽어보면 작가는 싱글들이 많이 사는 곳이 좋다면서 '작은 원룸이나 방 하나짜리 아파트'를 알아보라고 제안한다. 이 책이 출판되었을 때는 싱글 여성 중 약 60퍼센트가 자기 집을 가지고 있었다.

『싱글이 집을 살 때』의 저자는 이 책을 남편과 아이에게 바친다고 앞머리에 적었다. 나는 별로 놀라지 않았다. 다만 싱글도, 그중에서도 성공한 싱글은 방이 달랑 하나인 집에는 살고 싶지는 않다는 것만 알아주었으면 한다.

드파울로 박사는 같은 책에서 이렇게도 말한다.

체조 선수들을 보면 기본동작은 잘해내지만 결정적으로 만점을 받기에는 부족한 선수들이 있다. 마찬가지로 싱글은 뛰어난 기술과 우아함으로 기본동작을 해내지만 심사위원들에게는 늘 뭔가 부족한 선수로 여겨질 뿐이다.

어쨌든 나는 혼자 카리브해에 가기로 했다. 카리브해는 내게

뭐랄까, 이국적인 휴가지의 로망 같은 곳이었다. 어린 시절 몰두하며 읽었던 애거서 크리스티의 소설 『카리브해의 비밀』에서 처음 알게 된 그 바다는 어딘지 비밀스럽고 수많은 이야기를 품고 있을 것만 같았다. 한국에서야 멀지만 뉴욕에서는 가까운 곳이기도 했다.

첫 목적지는 멕시코 칸쿤. 미국 대학생들이 3월 봄방학 때 일제히 몰려든다는 칸쿤에 나 역시 대학생이라도 된 양 3월 봄방학에 가보기로 했다.

"그런 휴양지를 혼자 다 다녀오면 신혼여행 때는 어디 갈래?" 주변 사람들의 호기심 섞인 물음에는 "세상에는 갈 곳 천지야"라고 대꾸해주었다.

*

3박 4일간 칸쿤에 있으면서 '이곳의 바다는 어찌 이리 맑은가' 하고 생각했다. 그만큼 맑은 바다를 본 적이 없었다. 굳이 스노클링 장비를 쓰지 않아도 바닥이 보일 만큼 맑다. 연안의 모래가 눈부시게 희어서, 해변에서 가까운 바다는 옥빛으로 보이는 거라고 했다. 매일 바닷가에 앉아서 시시각각 변하는 물색깔과 파도를 구경하고만 있어도 지루할 새가 없었다. 게다가 내가 묵었던 리조트의 바다는 수심이 무척 얕아 수영을 잘 못하더라도 겁먹지 않고 첨벙댈 수 있었다. 숙박비에 음식 비용이 모두 포함된 올인클루시브 프로그램을 선택한 덕에 하루종일 수영장 옆 선베드에 누워 피자와

칸쿤 해변에서 마주친 자유 영혼.
거리낌 없이 해변에 누워 바다와 태양을 만끽하고 있었다.
이전의 나였다면 '배우고 익히리' 하면서
미지의 뭔가를 찾아 떠났을 테지만,
이번에는 눈앞의 환상적인 바다에 집중하기로 했다.

감자튀김을 먹으며 칵테일을 끊임없이 들이켤 수 있었는데, 별
저항감 없이 그렇게 빈둥거리고 있는 나 자신이 참으로 신기했다.
마야 유적지 치첸이트사가 인근에 있었다. 이전의 나였다면 '배우고
익히리' 하면서 기를 쓰고 갔을 것이다. 그렇지만 칸쿤에서는 그렇게
하지 않았다. 왕복 6시간 버스를 타고 싶지 않았다. 미지의 뭔가를
찾아 떠나기보다는 눈앞의 환상적인 바다에 집중하기로 했다.

   호텔 벨보이가 가보라고 적극 권한 칸쿤의 대표적인 클럽
코코봉고에도 용기를 내어 가보았다. 생각 이상으로 흥겨운
곳이었다. 댄스 클래스에서 들었던 음악이 흘러나와서 혼자 있어도
신이 났다. 춤을 춘다기보다는 쇼를 관람하는 곳이어서 혼자라고
해서 딱히 어색할 일이 없었다.

   데이비드를 만난 건 클럽에 들어가기 전 바에 앉아 칵테일을
마시면서였다. 휴스턴에서 왔다는 그는 내게 합석해도 되냐고
하더니 이것저것 말을 걸기 시작했다. 여자 혼자 휴양지에 가면
말 거는 남자들이 있게 마련이다. 예전에는 잔뜩 경계했는데 이
여행에서는 나이 먹어 덜 까다로워진 건지, 회사를 나가지 않으니
마음에 여유가 생긴 건지 몰라도 적당히 응수해주면서 즐겁게
보내는 쪽을 택했다.

   대학 2학년생이라는 데이비드는 봄방학이라 형과 형 친구들과
함께 칸쿤에 왔다고 했다. 말하는 품이 대학생답게 귀여워서 웃음을
참으며 이야기를 들었다. 오픈 바라서 누구나 칵테일을 무제한 시킬
수 있는 곳인데 짐짓 남자답게 "뭐 마시고 싶은 거 없어? 내가 쏠게"

하는 것도 귀여웠고, 스웨덴이나 덴마크로 유학을 가고 싶다며
"세상이 얼마나 넓은 줄 알아? 나는 세상 모든 곳에 다 가고 싶어"
으쓱대는 것도 귀여웠다. 부모님이 멕시코 이민자라 그도 당연히
스페인어를 할 줄 아는데, 멕시코의 식당에서는 스페인어를 할 줄
알면 대접이 달라진다면서 은근히 스페인어 실력을 자랑하는 것도
내 눈에는 귀엽게만 보였다.

　그는 내게 "넌 한국이 그립지 않아?" 하더니 "나도 외국에
있으면 미국이 그리울 것 같아. 그리고 멕시코도. 멕시코 역시 내
나라니까"라고 했다. 트럼프 정부가 들어선 미국, 멕시코 국경에
장벽을 세우니 마느니 하는 참에 이 청년의 아버지 나라에 대한
애국심이 기특해 나는 그의 이야기를 계속해서 듣고 있었다.
"멕시코 음식이 세상에서 가장 맛있어. 그걸 네게 맛보여주고 싶어"
하면서 핫소스 뿌린 팝콘을 시켜주는 데이비드의 그 풋풋함이 내가
잃어버린 무엇 같아 예쁘게 느껴졌다. 나는 불현듯 나이든 남자들이
젊은 여자를 좋아하는 이유를 알 것만 같았다. 단지 성적인 끌림만은
아니리라. 젊음이란 아름다운 육체뿐 아니라 때 묻지 않은 정신까지
포함하는 거니까.

　대화가 끝날 때쯤 데이비드가 자기는 스무 살이라며 너는 몇
살이냐고 물었다. 어두운 조명과 동양인이 어려 보인다는 이점
덕에 내가 자기 또래라고 철석같이 믿고 있는 그에게 사실은
이모뻘이라고 밝힐 것인가, 잠시 고민했다. 어차피 다시 만나지도
않을 텐데 어린 마음에 상처 주지 말자 싶어 "스물다섯 살"이라고

최대한 낮춰 말했다. 그러나 그 나이도 이 대학 2학년생에게는 너무 많은 것이었던 듯. 데이비드는 이렇게 말했다.

"너 결혼했니(Are you married)?"

✳

뉴욕에서 살기 전에 알렉스 카츠는 관심 밖의 화가였다. 동시대 화가들에 무심한 탓도 있었고, 팝아트풍으로 경쾌하게 그린 그의 인물들이 가볍게 느껴졌다. 그러나 메트나 MoMA 같은 뉴욕의 미술관에 갈 때마다 나는 늘 카츠의 그림 앞에서 멈춰 서곤 했다. 빨간 코트를 입고 빨간 모자를 쓰고 빨간 립스틱을 바른 검은 머리, 검은 눈동자의 스타일리시한 여인을 그린 유화 「빨간 코트」라든가, 가로 2미터가 넘는 검정색 화면 오른쪽에 그려진 빨간 후드 재킷 차림의 갈색 머리 인물이 꼭 이은혜의 만화 『블루』의 등장인물을 연상시키는 「니콜」이라든가……. 뉴욕 생활에 익숙해지면서, 나는 왜 카츠가 나를 끌어당겼는지 알게 되었다. 그의 그림 속 인물들은 곧 내가 거리에서, 지하철에서, 혹은 식당이나 학교에서 매일 마주치는 뉴요커들의 얼굴이었다. 그리고 뉴욕 생활이 끝나갈 즈음, 나는 카츠의 그림에서 내 얼굴을 발견할 수 있었다.

카츠는 브루클린에서 태어나 뉴욕의 쿠퍼유니언 미술학교를 졸업하고 뉴욕에 살고 있는 뉴욕 토박이다. 젊은 날 자신만의 스타일을 확립하기 위해 수천 점의 그림을 그렸다 찢었다는 그는

1997년 영국의 미술평론가 데이비드 실베스터와의 인터뷰에서 "한때 유럽 미술에 빠지긴 했지만 실제로 유럽에서 작업하고 싶다는 생각은 전혀 해보지 않았죠?"라는 질문에 이렇게 답한다.

"전혀요. 유럽 사람들이 뉴욕에 대해 말하는 것과 마찬가지로 내게 유럽은 잠시 다니러 가기에는 훌륭한 곳이지만 거기 살고 싶지는 않아요. 네. 저는 뉴욕을 떠나 살고 싶었던 적이 한 번도 없어요. 뉴욕에서 작업하는 걸 좋아합니다. LA에서 작업할 계획을 세울 수도 있었겠죠. 파리에 있었던 적도 있어요. 한 3주쯤일 거예요. 그런데 그 기간이 내겐 지나치게 길었어요. 어떠한 작업도 하고 싶지 않았고, 나중에 그 시간들이 그립지도 않았어요. 내겐 흥미가 없었어요. 만약에 억지로 거기서 살아야 했다면 아마도 작업을 할 수는 있었겠죠. 그렇지만 거기는 내가 가서 그림 그리고 싶은 곳은 아니에요."

실베스터는 또 묻는다. "그건 당신이 뉴욕의 정신적·사회적인 분위기에 매우 공감하고 있거나, 아니면 또한, 혹은 그보다도 훨씬 당신 그림에 표현된 빛과 매우 상관관계가 깊은 것처럼 보이는 뉴욕의 믿을 수 없을 정도로 근사한 빛 때문이냐"라고. 카츠는 답한다. "빛 때문인지는 모르겠어요. 내 흥미를 끄는 건 그림의 주제라고 생각해요. 뉴욕의 사람들이 나를 자극하죠. 뉴요커들이 옷을 입는 방식, 그들의 제스처…… 그 특수함을 좋아한답니다."

'뼛속까지 뉴요커'인 카츠에게 뉴욕 이외에 영감을 주는 장소가 한 군데 더 있다. 그가 해마다 여름을 보내는 곳이며,

쿠퍼유니언 미술학교 졸업 후 고향 뉴욕을 떠나 진학한 스코히건
회화·조각학교가 있는 메인주다. 메인주의 바다 풍경을 그는
자주 그렸다. 실베스터와의 인터뷰에서 카츠는 말한다. "메인에서
작업하는 걸 좋아합니다. 빛이 아주 아름답기 때문이죠. 유럽의
빛과는 완전히 달라요. 그리고 메인에서는 유럽에서 느낄 수 없었던
사회적인 자유를 누릴 수 있어요. 메인주는 정말로 '누구나 남들이
뭐라든 자기 방식대로 살 수 있는(live and let live)' 곳이거든요.
굉장히 원시적이고, 여기저기에 맥주 캔이 널려 있어요. 사람들은
뭐든 자기들이 하고 싶은 걸 하죠. 전혀 사회화되지 않았어요."

✳

카츠의 「페놉스코트의 아침」은 내가 뉴욕 생활 중 카리브해에서
만끽한 자유를 떠올리게 하는 그림이다. 메인주 페놉스코트 바다의
아침 풍경을 그린 이 그림에는 다섯 명이 등장한다. 미술관에 걸린
뉴요커의 초상에서 내 얼굴을 찾아내었듯 나는 이 그림에서도
나를 찾아낼 수 있었다. 왼쪽에서 두번째, 비키니 톱과 반바지
차림의 뒷모습을 보이면서 아침의 수평선을 응시하는 여자. 아마도
혼자이리라.
　카리브해는 뉴욕과 가까운 휴양지라 뉴요커인 카츠는 옥색
카리브해 풍경도 몇 점 그렸다. 그렇지만 그 그림들보다 아침
햇살에 물들어 금빛으로 반짝이는 메인주의 바다를 그린 이 그림이

알렉스 카츠, 「페놉스코트의 아침」, 리넨에 유채, 366×609.5cm, 2000년,
작가 소장.

내 마음을 더 끌어당겼다. 휴양지에서 홀로 있음을 거리끼지 않는 여자의 당당함, 독일 낭만주의 화가 프리드리히의 「안개 바다 위의 방랑자」 속 인물처럼 온전한 자기 자신으로서 자연과 대면하고 있는 그 마음속에 가득할 달콤한 멜랑콜리, 그와 어우러진 자신감을 이해할 것만 같았기 때문이다.

서른아홉의 여름, 귀국 직전의 내 몸은 그림 속 여자처럼 까맣게 그을린 채 선명한 수영복 자국만 남겨두고 있었다. 자외선 알레르기를 무릅쓰고 그렇게 살갗을 태운 것은 성인이 된 후 처음이었다. 5월, 쿠바 트리니다드 앙콘 해변의 태양은 선크림을 잔뜩 발랐는데도 화상을 입을 정도로 피부를 할퀴었다. 쿠바 여행의 마지막은 휴양지 바라데로에서 해수욕을 하며 보냈다. 6월에는 서인도제도의 섬 세인트마틴의 바닷가에 앉아 종일 비행기가 머리 위를 스쳐 해변에 면한 공항에 착륙하는 광경을 바라보았다. 절반은 프랑스령이고 절반은 네덜란드령인 그 섬에서 '누드 비치'란 물만 바닷물인 공중탕과 매한가지이며, 벗은 육체보다 옷을 입어 체형의 결점을 가린 육체가 훨씬 아름답다는 깨달음을 얻기도 했다. 나는 그렇게 카리브해에 매혹되었다. 작열하는 태양과 옥빛 바다가 어우러져 빚어내는 꿈같은 풍경도 좋았지만 무엇보다도 그 바다에서 만끽한 자유가 좋았다.

바라데로호텔의 스포츠클럽에서 마주친 푸른 눈의 쿠바노가 내게 물었다.

"어디서 왔어요?"

"한국이요."

"한국? 참 이국적이네요(So exotic)."

'이그조틱'하기 그지없는 그 바닷가에서 가장 이그조틱한 존재가 바로 나였다. 한국인이라고는 거의 찾아볼 수 없는 그곳에서 나는 참으로 오래간만에 시선으로부터의 해방감을 느꼈다. 난생처음으로 비키니를, 그것도 카츠 그림 속 여자처럼 아쿠아그린으로 입어본 바다, 그 바다에서 나는 모델처럼 늘씬한 몸매가 아니라고 해서, 나이가 많다고 해서, 혼자라고 해서 주눅들지 않았다. 고영오연하였으나 애처롭기 위해 노력할 필요 없었던, 온전히 나다워도 거리낄 것 없었던 홀가분한 해변이었다.

A Woman Who Reads

뉴욕의 서점

11월 중순의 어느 월요일, 아침 수업이 끝난 후 지하철을 타고 59번가에서 내려 매디슨 애비뉴를 한참 걸었다. 센트럴파크 동쪽의 매디슨 애비뉴는 각종 명품 숍이 즐비한 곳인데, 전통적인 명품 거리인 피프스 애비뉴를 밀어내고 그곳보다 더 격조 있는 유행의 최첨단 거리로 자리잡아가는 중이었다. 지갑은 텅 비어 있더라도 이 상점 저 상점 들여다보며 구경하는 재미가 있고, 백화점에 들어가 점원들이 건네주는 시향지를 받아 이 향수 저 향수 냄새를 맡아보는 재미도 있어서 매디슨 애비뉴를 지날 때면 항상 여기저기를 기웃거리게 된다.

그날은 화려하고 번화한 거리를 한참 걷다가 매디슨 애비뉴에서 피프스 애비뉴로 넘어가는 지점에 접어들었는데 순간 오래되어 보이는 서점이 눈앞에 나타났다. 번잡한 거리 한복판에 이

고풍스러운 서점은 뭘까. 나는 무엇에라도 이끌리듯 안으로
들어가보았다. 그리고 눈앞에는 초록 불빛으로 가득찬 서점
풍경이 펼쳐졌다. 그냥 서점이 아니라 헌책방이었다. 통로를
따라 놓인 책꽂이 위에는 녹색 갓을 씌운 전등이 줄을 지어 불을
밝히고 있었다. 신비로운 녹색 불빛. 나는 얼핏 제임스 조이스를
떠올렸다. 조이스의 단편 「죽은 이들」에 이런 구절이 있다. 주인공
게이브리얼이 얼마나 까다로운지를 아내 그레타가 시이모에게
설명하는 부분이다.

  저 양반, 얼마나 성가신 사람인지 몰라요. 톰의 눈을 위한답시고
  밤에 푸른 등갓을 씌우지를 않나, 억지로 아령을 시키지를 않나,
  로티에게는 그토록 먹기 싫어하는 오트밀 죽을 강제로 먹이지를
  않나, 온갖 성가신 일은 다 골라서 하거든요.

  서점 한구석에 크리스마스 관련 책을 모아둔 탁자가 있었다.
성탄일이 다가오고 있었다. 익숙한 헌책 냄새가 서점 안에 가득했고,
세월 속에서 익어간 책들이 가지런히 진열되어 있었다. 설레는
마음을 안고 어린이책 코너로 가보았다. 『소공자』가 가장 먼저
눈에 띄었다. 뉴욕의 또다른 헌책방 스트랜드 북스토어에서도 눈에
띄었던 책이다. 『소공자』와 나 사이에는 특별한 인연이라도 있는
걸까, 생각하면서 계속해서 서가를 훑어보았다. 어린이책 서가
한쪽에 내가 좋아하는 루이자 메이 올컷의 책들이 꽂혀 있었다.

매디슨 애비뉴에서 피프스 애비뉴로 넘어가는
길목에서 마주한 독립서점, 아거시.
무엇에라도 이끌리듯 안으로 들어가니
초록 불빛으로 가득찬 서점 풍경이 펼쳐졌다.

『작은 아씨들』을 쓴 작가다. 내 어린 날, 지경사에서 『로즈의 계절』
『로즈의 행복』이라는 두 권의 책으로 번역되어 나온 『여덟 명의
사촌』과 『작은 아씨들』 후속편인 『조의 아이들』이 함께 있었다. 같은
책을 읽으며 자랐다는 것. 그 사실만으로 이 낯선 나라 사람들에게
따스한 동질감이 느껴지기 시작했다.

　서점 입구의 바구니에 손바닥 크기의 작은 책들이 쌓여 있었다.
대부분 세계 명작이었다. 가격은 7달러. 수동으로 조작되는
엘리베이터를 타고 2층으로 올라가자 고지도 코너가 눈앞에
펼쳐졌다. 옛 지도들과 책 삽화로 쓰인 판화들의 향연. 판화 값이
크게 비싸지 않아 한 장쯤 사고 싶다는 생각이 들었지만, 결국
이날 내가 산 건 서점 입구 바구니 속에 있던 손바닥만 한 책 중
엄마가 어린 시절 잠들기 전 즐겨 읽어주던 테니슨의 서사시 『이녁
아든』이었다.

　서점의 정체가 무엇인지는 서점 입구의 입간판이 알려주었다.
범선이 그려진 입간판에는 '아거시Argosy, 큰 상선'라는 이름의 이
서점이 뉴욕에서 가장 오래된 독립서점이라는 설명이 적혀 있었다.
인터넷을 뒤져보니 아거시는 1925년 루이스 코언이 설립한 곳으로
현재는 코언의 세 딸들이 함께 운영하고 있다고 했다. 서점 이름이
'Argosy'가 된 이유는 A로 시작해야만 전화번호부의 앞쪽을 차지할
수 있기 때문이라고. 프랭클린 루스벨트, 재클린 케네디, 빌 클린턴,
마이클 잭슨 등 미국의 저명인사들이 사랑한 서점이었는데, 2012년
허리케인 샌디 때 큰 피해를 입었다가 복구되었다고 했다.

모래밭에서 보물을 주운 듯한 기분으로 서점을 나서는 길,
시끄럽고 복잡한 이 도시가 한 뼘 가깝게 느껴졌다.

✳

뉴욕에 오기 한 달여 전 프랑스 출장을 갔었다. 1박 2일 파리에
있으면서 영어책 전문 서점 '셰익스피어 앤드 컴퍼니'에 두 번
들렀다. 사라질 뻔한 이 서점을 인수해 책의 한 챕터처럼 구성해
딸에게 물려준 조지 휘트먼은 문학과 현실의 경계에 살고 있는
사람이었다. 사진촬영이 금지되어 있던 그 서점의 문설주 위 벽에
적혀 있던 말이 아직까지 기억에 남아 있다.

BE NOT INHOSPITABLE TO STRANGERS
LEST THEY BE ANGELS IN DISGUISE
낯선 사람에게 불친절하게 대하지 말라.
그들이 변장한 천사일 수도 있으니까.

서점에 적혀 있는 글귀의 '천사'가 진짜 천사를 의미한다고는
생각하지 않는다. 그렇지만 살다보면 낯선 사람의 선의가 천사의
그것처럼 느껴지는 날들이 있다. 인간이란 모두 서로에게 천사이자,
악마인 셈이니까.
창으로 센강이 내다보이는 서점의 2층 도서실, 책상 위에는

브레히트와 네루다의 시집이 놓여 있었다. 사람들은 책을 읽으며 담소를 나눴다. 활짝 열린 창으로 들어오는 강바람을 쐬며 시집을 읽었던 그날의 경험이 셰익스피어 앤드 컴퍼니를 '내 인생의 책방'으로 만들어주었다.

뉴욕에서도 그런 책방을 만날 수 있을까, 우연히 아거시를 발견한 그날 나는 문득 궁금해졌다. 이후 나의 뉴욕 탐방에는 서점 순례가 끼어들었다. 시간이 날 때마다 틈틈이 뉴욕의 서점들을 돌아보았다. 『뉴욕의 책방』을 쓴 최한샘씨의 블로그가 큰 도움이 되었다. 추리소설만 파는 미스터리어스 북숍, 새책과 헌책을 같이 파는 스트랜드 북스토어, 인테리어가 아름다운 예술서적 전문 책방 리촐리 등 다양한 서점을 다녔다. 하지만 가장 기억에 남는 건 이스트빌리지의 요리책 전문 헌책방 '보니 슬로트닉 쿡북스Bonnie Slotnick Cookbooks'다.

이 서점을 처음 방문한 건 6월의 어느 화창한 날. 붉은 벽돌 건물, 반지하 상점 앞에 산뜻한 푸른 글씨로 'COOK BOOKS'라고 적힌 흰 간판이 단정하게 매달려 있었다. 요리를 나르는 아주머니의 실루엣을 그린 귀여운 로고가 간판 오른쪽에 다정하게 자리했다. 서점은 듣던 대로 아기자기하고 예쁜 곳이었다. 앞치마니 테이블보니 식탁 깔개니 접시니 하는 주방 소품들을 요리책들과 한데 어우러지도록 전시해놓았다. 마침 딸기 철이라 잼과 타르트 등 딸기를 주제로 한 요리책들을 한데 모아 탁자 위에 올려놓았다. 어느 소박한 가정에서 대대로 내려왔을 것 같은 오래된 레시피 상자가 두꺼운 요리책 옆에 놓여 있었다. 미국의 각 지역별 요리책을 모아놓은 서가가 특히 인상적이었다. 여행을 다녀왔던 뉴올리언스라든가 보스턴의 요리책을 들춰보며 여행의 추억을 미각으로 되새기기에 제격이었다. 나는 요리는 즐기지 않지만 요리책 읽는 걸 무척 좋아하는데, 아마도 책을 읽으면서 대리만족하기 위해서인 것 같다. 『바른 조리, 바른 식습관, 바른 생활Cook Right, Eat Right, Live Right』이라는 제목의 캐나다 요리책 서문을 펼쳤다가 이 문장에 그만 뭉클해지기도 했다.

뉴브런즈윅여성협회는 이 책을 머나먼 곳에서 캐나다에 시집온 여러분께 존경을 담아 드립니다.

내가 한참 서점을 구경하는 동안 책방 주인인 보니는 손님과 수다를 떨고 있었다. 나이 지긋한 중년 여성인 보니는 손님을 응대하는 사이 간간이 걸려오는 책 재고 문의 전화를 받기도 했다. 기념이 될 만한 책 한 권을 갖고 싶어서 뉴잉글랜드 지역 요리책을 사기로 했다. 밸런타인데이나 크리스마스 같은 특별한 날에 먹는 요리에 관한 책으로 일러스트가 예뻐서 마음에 들었다. 일러스트레이터가 유명한 어린이 그림책 작가에다 책을 쓴 이는 19세기 생활방식을 고집하며 살고 있는 것으로 유명하다고 보니가 설명해주었다. 책 표지 커버가 온전히 보존된 컬렉터스 아이템은 조금 비쌌고, 커버가 없는 것은 반값이었는데 나는 책 컬렉터니까,

붉은 벽돌 건물, 반지하 상점 앞에
산뜻한 푸른 글씨로 'COOK BOOKS'라고 적힌
흰 간판을 단 보니 쿡북을 만났다.

컬렉터답게 비싼 책을 사기로 결심했다.

계산을 하면서 보니와 이런저런 이야기를 했다. 서점은 원래 17년간 그리니치빌리지에 있었지만 치솟는 월세를 감당하지 못해 2년 전 이스트빌리지로 옮겨왔다고 했다. 낮은 독서율과 높은 물가 상승률 때문에 서점들이 문 닫는 건 한국도 마찬가지라고 했더니, 보니는 인근 서점주들이 이날 저녁 정부 대책 촉구를 위한 회의를 연다고 얘기해주면서 인근 독립서점 목록과 위치가 적힌 지도를 건네주며 꼭 한 번 들러보라고 했다. 맨해튼의 오래된 서점들도 이미 많이 문을 닫았다. 이러다간 스트랜드 북스토어 정도만 남을지도 모른다. 정말 슬픈 일이다.

보니가 말했다.

"사람들이 책을 필요로 하지 않으니까."

내가 답했다.

"인터넷과 스마트폰 때문이죠."

보니는 자신은 스마트폰을 쓰지 않는다며 충전중인 구식 휴대전화를 보여주었다. 내가 뉴욕을 떠나기 전에 꼭 다시 들르겠다고 하자 그녀는 다음에 오면 일요일에 개방하는 가게 뒤 묘지에도 한번 가보라며 이렇게 말했다.

"우리 뒷마당에 장미가 피었는데 한번 보지 그래. 맨해튼에 뒷마당 있는 집은 흔치 않거든."

청설모가 돌아다니는 장미 핀 마당을 구경하고, 서점을 나와 보니가 추천한 다른 서점에도 잠시 들렀다. 코리아타운으로 향해 여름 신발을 사고 한인 마트에서 김치와 비빔면을 사들고 집으로 가는 버스 안, 책방에서 산 요리책이 없는 걸 깨닫고 흠칫 놀랐다. 기억을 더듬어보니 신발가게에 놓아둔 것 같아 전화를 걸었다. 전화를 받은 점원이 가게에 보관중이니 편할 때 찾아가라고 안내해준다. 역시나 책은 아무도 훔쳐가지 않는군. 안도감과 씁쓸함이 동시에 찾아왔다.

＊

4월의 어느 날 나는 샌프란시스코 현대미술관(SF MoMA)에 있었다. 미술관이야 미국 서부보다 동부가 훨씬 좋지만 그래도 SF MoMA에는 꼭 가보고 싶었다. 그곳에 독일 화가 게르하르트 리히터의 그림이 있기 때문이었다. 나는 리히터의 구상화를 무척 좋아하는데 실물을 보고팠던 「책 읽는 사람」과 패션 브랜드 갭의 창업자이자 SF MoMA에 막대한 미술품을 기증한 도널드 피셔 부부가 가장 아꼈다는 「두 개의 촛불」을 볼 수 있다는 것만으로도 미술관을 방문한 보람이 있었다.

　나는 작가가 임신한 아내를 그렸다는 1904년 작품 「책 읽는 사람」을 오래 마주하고 있었다. 단발을 포니테일로 묶고 잡지를 읽고 있는 금발머리의 여자. 흰 피부의 단아한 옆모습이 갈색 드레스, 밤색조의 부드러운 배경 위에서 도드라진다. 리히터의 구상화는 종교화 같은 느낌을 준다고 항상 생각해왔다. 미술관에

게르하트르 리히터, 「책 읽는 사람」, 리넨에 유채, 72.39×101.92cm, 1994년, 샌프란시스코 현대미술관.

간 김에 그림 옆에 붙어 있는 설명을 읽어보니 작가는 이 그림을 그릴 때 수태고지를 염두에 두었다고 한다. 과연 책에 몰두한 임신한 아내의 모습이 15세기 플랑드르 화가 로베르 캉팽이 그린 「수태고지」 속 책 읽는 성모를 닮았다.

책을 읽는 성모란 흔히 아들에게 닥쳐올 수난을 예견하고 있는 것으로 해석된다. 부모란 자식을 삶이라는 고통의 바다에 던져놓는 존재이니 사실 모든 부모는 어떤 의미에서든 자식이 겪을 고난을 예견하고 있는 게 아닐까, 그런 생각을 하며 미술관을 둘러보았다.

자식의 고통스러운 삶을 예견하는 거창한 일과는 거리가 멀지만, 내게도 독서란 일종의 제의祭儀적 성격을 띠고 있다. 책읽기란 오래전부터 내게 또다른 세계와의 만남, 일종의 접신接神과도 같은 것이었다. 하지만 뉴욕에서의 1년간은 책을 거의 읽지 않았다. 그곳은 내게 이미 '다른 세계'여서 굳이 책읽기를 통해 또다른 세계를 꿈꿀 이유가 없었다. 대신 나는 뉴욕 구석구석을, 서점을, 낡은 책들로 가득한 헌책방을 탐험하며 내면의 성채를 쌓아올릴 때 든든한 버팀목이 되어준 책이라는 오래된 친구를 만나고 다녔다.

어릴 적 그 책,
메트에서

미국의 동화작가 E. L. 코닉스버그가 쓴 『클로디아의 비밀』을
무척 좋아한다. 어릴 때 큰집에 있던 에이브 전집에서 『집 나간
아이』라는 제목으로 이 책을 처음 접했는데, 가출한 남매가
메트로폴리탄미술관에 숨어 지낸다는 설정이 흥미로웠다. 메트라는
곳이 있다는 걸 알게 되고, 그곳에 직접 가보고 싶다고 생각하게
된 건 순전히 이 책 때문이었다. 절판 아동도서 수집기 『어릴 적 그
책』에 이 책을 소개하면서 메트에 처음 갔던 날의 경험을 이야기한
것은 그 때문이다. 『집 나간 아이』는 에이브 전집으로 출간되기 전
1970년대에 이미 계몽사에서 『클로디아의 비밀』이라는 제목으로
번역되어 나온 적이 있고, 이후 비룡소에서도 같은 제목으로 다시
소개됐다.

　이 책에 매료된 사람이 비단 나만은 아니다. 「뉴욕타임스 북리뷰」

편집장 패멀라 폴은 댄 브라운, 셰릴 샌드버그, 이언 매큐언 등
작가 55명에게 '당신에게 영향을 준 책'을 물은 인터뷰집『작가의
책』을 썼다. 그는 이 책에서 전직 어린이책 서평 담당 기자답게
"어린 시절에 동일시했던 문학 속 인물이 있나요? 당신의 문학
속 영웅은 누구입니까?"라고 묻는다. 이 질문에 줌파 라히리는
'빨강머리 앤',『초원의 집』의 로라,『작은 아씨들』의 조 등과
함께『클로디아의 비밀』에 나오는 오누이를 꼽는다. "그들은
집을 도망쳐나와서 아름다운 예술작품들 사이에서 고군분투하는
아이들이죠. 메트로폴리탄미술관에 갈 때마다 어김없이 그 오누이가
떠오릅니다."

　미야자키 하야오도 이 책에 빠졌다. 그는 자신에게 영감을
준 이와나미 소년문고 50권을 소개하는『책으로 가는 문』에서
"『클로디아의 비밀』을 읽고 한동안 무대를 메트로폴리탄미술관이
아니라 도쿄 우에노의 국립박물관으로 바꿔 애니메이션으로 만들면
어떨까, 생각해보았다가 우에노 국립박물관이 무덤처럼 무섭게
느껴져 그만두었다"고 밝혔다.

　귀국을 한 달가량 남겨둔 7월의 어느 날 메트 인스타그램에서
이 책의 출간 50주년을 기념해 책에 나오는 유물 투어 이벤트를
한다는 공지를 보았다. 투어에 참여할까 잠시 망설이다가 어린이용
투어인데다 투어 당일 다른 일정이 있기도 해서 그냥 나 홀로
투어를 해보기로 했다. 미술관에서 올린 공고에 각 유물과 그 위치가
나와 있었기 때문에 어렵지 않을 것 같았다.

어린 시절 『집 나간 아이』라는 책을 통해
메트로폴리탄미술관이라는 곳이 있다는 걸 알게 됐고,
그곳에 직접 가보고 싶다고 생각했다.
뉴욕에서 지내는 동안
메트는 내게 가장 위로가 되는 공간이었다.

일주일 후, 볼일을 보러 어퍼이스트까지 간 김에 미술관에 들러
'집 나간 아이 투어'를 해보았다. 맨 처음 본 것은 주인공 클로디아가
가출하며 옷가지를 넣어 간 바이올린 케이스를 숨긴 로마시대
대리석 관이었다. 측면 가운데 쾌락의 신 디오니소스가 표범을
탄 채로 군림하고 주변에 사계절을 상징하는 인물들이 날개 달린
젊은이의 형상으로 빽빽하게 조각되어 있었다. 섬세한 대리석
세공이 어딘가 모르게 사람의 뼈처럼 느껴져서 으스스하기도 했다.
책에서는 이렇게 묘사한다.

클로디아는 바이올린 케이스를 뚜껑이 없는 돌로 된 관 속에
감추었다. 그것은 눈높이보다 훨씬 위에 있었기 때문에 클로디아의
손이 닿도록 제이미가 안아올려주었다. 아름다운 조각을 한 로마식
대리석 관이었다.

박물관에서의 첫날 클로디아와 남동생 제이미는 호화로운 유럽식
침대에서 잠을 잔다. 그 침대를 찾아 두리번거리고 있는데 친절한
박물관 직원이 "뭘 찾느냐"고 물어왔다. 유럽 전시실의 침대를 찾고
있다고 하자 그는 아쉽다는 표정을 지으며 "그 전시실은 리노베이션
중"이라고 했다. 실망했지만 그래도 전시실 쪽으로 가보기로 하고
발걸음을 옮기자 눈앞에 그 침대가 나타났다. 아무래도 박물관
직원이 착각한 모양이었다. 천장까지 닿은 캐노피가 우아하기
그지없는데다 푸르스름한 실크가 물결치는 화려한 공작부인의

침대였다.

마침내 클로디아는 아주 호화로운 침대를 발견하고 오늘밤은
여기서 자라고 제이미에게 말했다. 그 침대에는 높다랗게 천개가
덮여 있었고 한쪽 끝은 화려한 조각을 새긴 널빤지였고, 다른 쪽은
두 개의 굵은 기둥으로 받쳐져 있다.

고단한 첫날을 마무리하고 침대에 누운 클로디아는 허기져
잠들지 못하며 생각한다.

이렇게 훌륭하고 멋진 침대에서 왜 이렇게 곰팡이 냄새가 날까?
클로디아는 이것저것 다 냄새 좋은 고급 가루비누 속에 넣어서
빨고 싶은 생각이 들었다.

두 아이가 유럽 귀족의 침대에서 잠을 자는 장면과 함께 내가
책에서 가장 좋아했던 부분은 아이들이 미술관 분수에서 목욕을
하는 장면이었다. 남매는 목욕을 하면서 관람객들이 분수에 던진
동전을 주워 가출 경비를 충당한다.
메트에서는 이번 투어를 준비하면서 덴두르신전 분수와
찰스엥글하드코트의 분수 두 군데를 소개해놓았는데 아무래도
내 생각에는 찰스엥글하드코트의 분수가 책에 나오는 분수에
더 가까운 것 같다. 책에서는 분수 옆에 레스토랑이 있다고 되어

미술관에서 홀로 '집 나간 아이 투어'를 하면서 책
속에 묘사된 공간들을 찾아다니는 일은
추억을 소환하고 어린 시절
친구들의 모험을 공유하는 특별한 경험이었다.

있는데 찰스엥글하드코트의 분수 곁에는 레스토랑이 있다.
돌고래에서 물이 뿜어져나온다는 책 속 설명과는 달리 물은 개구리
입에서 나오고 있었지만 약간의 상상력만 동원하면 그 분수 안에서
제이미와 클로디아가 목욕하는 장면을 그려내는 것쯤은 일도
아니었다.

   옷을 벗고 분수 안으로 들어갔다. 클로디아는 세면기에서
가루비누를 갖고 왔었다. 아침에 종이 타월에 발라두었었다. 몸이
얼어버릴 것만 같은 추위였으나 클로디아는 물을 끼얹고 즐겼다.

   뉴욕에 있는 동안 메트를 즐겨 찾았지만 제이미와 클로디아의
여정을 따라가는 이 투어는 유독 특별하게 느껴졌다. 책 속 유물을
찾아다니면서 나는 두 아이가 그리스·로마와 이집트, 중세
유물들이 집중된 메트의 1층만을 탐험했다는 걸 깨닫게 되었다.
2, 3층까지 돌아다니기에는 아마도 박물관이 지나치게 넓었으리라.
어릴 때부터 박물관을 좋아했던 나는 어느새 동심으로 돌아가
있었다. 심장이 두근대기 시작했다. 클로디아가 앉고 싶어했던
마리 앙투아네트의 의자를 발견했을 때, 아이들이 숨어 있었던
무덤 석실과 맞닥뜨렸을 때, 제이미가 좋아한 갑옷실의 갑옷들을
빠른 걸음으로 지나치거나 클로디아가 좋아한 이집트 고양이
미라 케이스와 이 소녀를 매혹시킨 목걸이를 보았을 때, 그리고
미켈란젤로의 천사를 보았을 때…….

책에서 두 아이는 최근 미술관이 구입한 자그마한 천사상에
대해 미켈란젤로의 초기 작품일지도 모른다는 논란이 일고 있다는
사실을 알고 도서관 자료를 뒤져가며 작품의 진위 여부를 밝히려
시도한다. 그 과정에서 천사상이 진짜 미켈란젤로의 작품임을
알게 되고, 그로부터 클로디아가 진한 감동을 받는 장면이 이 책의
클라이맥스이자 주제이기도 하다. 박물관의 존재 이유란 결국
관람객들에게 먼 옛날의 인간도 현대의 우리와 다를 바 없다는
사실을 느끼게 하는 것이니까.

클로디아가 천사상에 매혹되는 장면을 오래전부터 무척
좋아했다. 미술관에서 어떤 작품에 이상하게도 끌리는 일이 내게도
종종 있기 때문에.

클로디아는 조금 전에 본 아름다운 천사에 온통 마음이 빼앗겨
있었다. 왜 그 천사는 그렇게 거룩하게 보였을까? 왜 그렇게
다르게 보이는 것일까? 정말 그 천사는 아름답다. 우아하고
거룩하다. 하지만 그런 것은 미술관에 얼마든지 있다. 이를테면
내가 바이올린 케이스를 숨긴 석관 같은 것이다. 그런데 왜 그 천사
때문에 사람들은 그렇게 법석을 떠는 것일까?

그리고 클로디아가 그 석상을 만들기 전 미켈란젤로가 그린
드로잉과 맞닥뜨리는 장면.

213

클로디아는 그 스케치를 모양이 흐려질 때까지 뚫어지게 바라보았다. 클로디아는 울고 있었다. 클로디아는 아무 말도 하지 않았다. 멍하니 의자에 앉아 눈물이 주룩주룩 얼굴에 떨어질 때까지 그 사진틀을 안고 머리를 앞뒤로 흔들고 있었다. 겨우 말을 할 수 있게 되었을 때도 목소리는 낮게 눌려 마치 교회에서 기도를 하는 소리 같았다.

"생각해봐, 제이미. 미켈란젤로가 직접 이것을 만졌어. 470년이나 옛날에."

그 조각상이 실제로 있었다. 책에서와는 달리 천사가 아니라 큐피드였지만, 책에서와 마찬가지로 피프스 애비뉴의 한 저택에 장식되어 있다가 미켈란젤로의 작품이라는 것이 후대에 밝혀졌다고 한다. 조각상은 심하게 손상되어서 양팔은 떨어져나가 없었고 왼쪽 날개만 간신히 붙어 있었다. 나는 그 앞에 한참을 서 있었다. 클로디아와 마찬가지로 내게도 그 석상은 다른 유물들에 비해 특별하고 다르게 보였다. 그렇지만 그 이유는 클로디아와는 달랐다. 그것이 미켈란젤로의 작품이라서, 예술성이 뛰어나기 때문에 다르게 보인 것이 아니었다. 어릴 적 읽은 책에 등장했던 작품이 실재한다는 사실이 빚어낸 감동이었다. 어린 시절을 책에 빠져 보낸 사람들은 책 속 세계와 현실세계를 자주 혼동한다. 책 속 세계가 실재한다는 것을 발견하는 일은 그들에게 큰 기쁨인데, 그로 인해 이 세상이 조금은 안전하게 느껴지기 때문이다.

책에서 클로디아가
감동에 젖어 눈물을 흘리며 바라보던
미켈란젤로의 조각상.
책에서와 달리
천사가 아닌 큐피드상이었지만
클로디아와 마찬가지로
내게도 그 석상은 다른 유물들에 비해
특별하게 다가왔다.

메트에 갈 때마다 바이올린 가방을 손에 든 두 아이가 그리스 신전처럼 웅장한 미술관 계단 위에 서 있는 모습을 그린 영문판 책의 표지를 떠올렸다. 오랫동안 메트는 내게 책 속 세계에 불과했다. 이제 메트는 실체처럼 느껴진다. 뉴욕에 있는 동안 메트는 생활이었다. 매주 뒤러 수업을 들었던 곳, 건물 앞 계단에 앉아 햇볕을 쬐며 미술관 문이 열리기를 기다렸던 곳, 딱히 할 일이 없는 날이면 전시실을 어슬렁대며 마음에 드는 그림 앞에 무작정 앉아 있던 곳이다. 성탄절 무렵에는 중세 미술실에 장식된 크리스마스트리를 구경하며 어느새 좋아하게 된 성모자상 앞에서 기도를 드렸다. 국립중앙박물관 학예연구사로 메트에 파견 온 대학 선배와 르누아르의 「피아노 치는 소녀들」 앞에 앉아 한참 이야기를 나누기도 했다.

봄이라고 하기에는 지독하게 추웠던 3월의 어느 날, 리먼컬렉션의 우아한 중정에 기품 있게 내리쬐던 햇살과 그 햇살 너머 어두운 전시실에 아득하게 걸려 있던 조르주 쇠라의 「서커스 사이드쇼」가 기억난다. 밤, 조명 아래에서 음악을 연주하는 악사의 모습, 서커스의 여흥을 돋우기 위한 조연으로서의 서글픔이 캔버스에 찍힌 색색의 점처럼 아련하게 흩뿌려지는 것만 같아 묘한 우수를 자아내고 있었다.

그렇게 메트는 부지불식간에 일상에 스며들었다. 클로디아와 제이미가 살았던 도시 뉴욕, 남매에게 일상이었던 그 미술관이 클로디아와 제이미를 처음 만난 지 30년이 다 되어가는 시점에

조르주 쇠라, 「서커스 사이드쇼」, 캔버스에 유채, 99.7×149.9cm, 1887~88년,
메트로폴리탄미술관, 뉴욕.

내게도 일상이 되는 신비한 일이 일어난 것이다. 신일숙의 만화 『아르미안의 네 딸들』에 이런 대사가 있다. "운명이란 언제나 예측불허. 그리하여 생은 그 의미를 갖는다." 삶이란 어떤 면에서 동화 같은 것인지도 모른다.

PART 3

삶은
공부

이민자들의
나라

10월의 어느 날 밤, TV를 틀었더니 출국 직전 보고 온 영화
「브루클린」의 끝부분이 방영중이었다. 서울의 내 집에서 봤던
영화를 뉴욕의 내 방에서 다시 본다는 사실이 좀 뭉클했다.

고국을 떠나 낯선 뉴욕에서 분투하는 주인공의 모습에 나 자신이
겹쳐졌다. 고향 아일랜드에 다니러 갔다가 다시 미국으로 돌아가는
주인공이 배에서 만난 소녀로부터 "미국을 방문하는 거야(Are you
visiting)?"라는 질문을 받고 "아니, 난 이미 거기 살아(No, I already
live there)"라고 대답하는 장면. 그 장면이 남의 일 같지 않게
와닿았다. "어디 사느냐"는 질문을 받을 때마다 "뉴욕에 산다"라고
대답하는 스스로가 낯설면서도 새롭게 느껴지던 시점이었기
때문이다.

  그리고 내가 참 좋아하는 마지막 대사…… 주인공이 소녀에게

들려주는 이 말이 마치 향수병에 시달리던 나를 위한 격려처럼 들렸다.

"미국인처럼 생각해야 해. 지독한 향수병에 걸려서 죽고 싶어질 때도 있을 테지만 견뎌내는 것 외에는 방법이 없어. 그렇지만 너는 견뎌낼 거고, 죽지 않을 거야. 그리고 어느 날, 네가 금방 알아차리지 못할 정도로 희미하게 태양이 떠오를 거야. 그리고 넌 네 자신이 과거와는 아무런 상관없는 것이나 사람에 대해 생각하고 있다는 걸 알아채게 될 거야. 오직 너만의 것인 사람 말이야. 그리고 깨닫게 될 거야. 여기가 네 삶이 있는 곳이라는 걸."

단기 이민에 가까웠던 뉴욕 생활. 나는 묘한 동질감과 연대감을 느끼며 이민자들의 삶에 관심을 가지게 되었다. 미국은 노스탤지어의 용광로 같은 나라다. '아메리칸드림'이란 고향을 떠난 자들이 품은 꿈을 의미하니까. 네덜란드 이민자들이 세운 도시 뉴욕은 이민자들의 나라 미국에서도 가장 이민자들의 도시 같은 곳이었다. 이민의 역사가 뉴욕의 각 지역에 또렷했다. 유대인 밀집지구인 로어이스트사이드, 다운타운의 차이나타운, 그 옆에는 이탈리아인들의 동네 리틀이탈리아가 있었다. 브루클린에는 아일랜드 사람들이 많다고 했고, 퀸스의 아스토리아에는 그리스 사람들이, 플러싱에는 한국인과 중국인들이 모여 살았다.

한인 이민자들과 가장 처음 맞닥뜨린 건 뉴욕에 도착한 직후 떠난 캐나다 로키산맥 여행에서였다. 한인 여행사를 통해 간 패키지여행이었다. 시애틀공항에서 만난 우리 일행은 나까지 모두

"여기가
네 삶이 있는 곳이라는 걸
너도 언젠가는
깨닫게 될 거야."

열 명. 그중 일곱 명이 50~60대 재미교포였다. 오래전 고국을 떠난 이들을 보고 있자니 어딘지 모르게 짠했다. 내 입맛에는 지나치게 달기만 한 시애틀의 한식당 불고기를 그들이 "역시 한식당은 다 음식을 잘한다"라면서 감탄하며 먹을 때, 나는 고향을 잊은 그들의 혀가 안쓰럽다는 생각이 들었다. 선탠을 즐기는 그들은 흰 피부를 아끼는 고국 여자들을 이해하지 못했다. "한국 여자들은 워낙 햇볕을 안 봐서 비타민D 부족이라잖아"라는 교포 아주머니의 말에 나는 좀 당황해서 웃었다. 이 간극. 비슷한 또래의 우리 엄마라면 아마도 "서양 사람들은 그렇게 자외선을 쬐어서 피부가 빨리 늙잖니"라고 했을 것이다.

우리를 시애틀에서 밴쿠버까지 데리고 온 가이드는 캐나다로 이민 온 지 15년 된 여자분이었다. 본업은 운전수이며 50인승 버스까지 몬다고 했다. 가이드의 안내로 밴쿠버를 돌아보았다. 도시의 명소라는 스탠리파크의 바닷가 나무들이 여러 그루 쓰러지고 없었다. 가이드가 설명했다. "밴쿠버의 나무들은 쉽게 쑥쑥 자라고, 수령 100년을 넘겨요. 토양도 좋고 물도 풍부하니까요. 대신 환경이 좋다보니 뿌리가 깊지 않아요. 그래서 몇 년 전 거센 태풍이 왔을 때 쉽게 쓰러져버린 거죠. 좋은 환경이라는 것이 항상 좋은 것만은 아니에요." 그녀는 아마도 이 낯선 땅에서 깊게 뿌리내리기 위해 분투하고 있을 것이다. 동병상련을 느꼈는지 교포들이 모두 고개를 끄덕였다.

11월의 어느 날 소진과 함께 로어이스트사이드의 테너먼트박물관에
갔다. '테너먼트tenement'란 빈민가의 다세대 주택을 의미한다.
그럼 '테너먼트박물관'은 뭘까, 궁금했는데 유대인 거주 지역인
로어이스트사이드에 남아 있는 이민자들의 공동주택을 복원해
관람객들이 19세기 말~20세기 초의 시대 생활상을 엿볼 수 있도록
한 공간이었다.

박물관은 시간제 가이드 투어로만 관람이 가능하다. 그날 우리가
참여한 작업장sweatshop 투어는 공동주택에 살았던 두 가족의
삶을 살피는 식으로 진행되었다. 그 시기 이민자들의 공동주택은
그야말로 난민촌이었다. 주방, 거실, 방이 하나로 이루어진 좁아터진
집에 많게는 12명까지 살았고, 심지어 건물 뒤쪽 세대에는 창문조차
없었다고 한다. 1905년 수도시설이 들어오기 전까지 모든 가정이
공동화장실을 이용했다. 가이드는 여러 겹의 바닥, 여러 겹의 벽지가
남아 있는 집(아파트의 한 개 호실에 해당한다) 한 곳을 먼저
보여주며 이야기를 끌어나갔다.

그다음 19세기 말 거주했던 가족의 집으로 옮겨갔다.
'레빈'이라는 성을 가진 이 가족은 러시아에서 건너온 유대인
이민자로 남편이 이 동네에서 가내수공업으로 여성복 양장점을
운영했다. 이 시기 미국 여성복의 70퍼센트, 남성복의 40퍼센트가
이 동네에서 만들어졌다. 재봉틀을 다루는 것이 남자의 일로

여겨지던 시절, 남편의 재봉틀은 집 안에서 가장 환하고 좋은 곳에 놓여 있었다. 여성복을 만들던 이 가족의 사업은 20세기 초 위기를 겪는다. 고객들이 자기 옷이 쥐가 우글거리는 로어이스트사이드의 허름한 골방에서 만들어지는 걸 원치 않았기 때문이란다. 그럼에도 이 가족은 성공했고, 로어이스트사이드를 떠나 부유하게 살았다. 이 건물에 살았던 사람들의 인구조사서에 따르면 아내들은 대부분 문맹이다. 자녀들에 대한 기록을 보니 장녀와 장남은 대개 가업을 돕거나 공장에 다녔고 동생들은 로스쿨에 다니거나 간호학교에 다니며 전문성을 획득했다. "언니 오빠들이 돈을 벌어 동생 공부를 시켰기 때문"이라고 가이드는 설명했다.

1910년대에 이 건물에 살았던 또다른 가족의 집 안방에는 수술 도구가 잔뜩 놓여 있었다. 산파가 사용했던 출산 도구라고 했다. 아이들이 많은 집이라 세 아들은 소파에서 겹쳐 자고 두 딸은 부엌 침대에서 겹쳐 잤다. 딸 둘은 의류 공장에 다녔다. 고용주들은 남자가 아닌 젊은 여성을 원했는데 임금이 싸고, 파업을 하지 않을 거라고 여겼기 때문이다. 이 시기 이민자들은 주당 70시간씩 일했다. 유대인이지만 안식일도 지키지 못했다. 동네에 큰 화재가 났을 때 이들은 안식일을 지키지 못한 데 대한 신의 벌이라고 여겼다. 화재 이후 이들이 이디시어로 쓴 기도문이 전시되어 있었다.

투어에 참가한 사람들은 미국 전역에서 왔다. 부모가 이민자로, 엘리스아일랜드를 통해 뉴욕에 들어왔다는 할머니들이 꽤 있었다. 이민자들의 나라 미국. 그중 가장 성공한 집단이 유대인이라는 걸 그날 이 박물관은 여실히 보여주었다. 이 집들이 보존되고, 역사가 되고, 박물관이 될 수 있었던 배경에는 유대인 자본이 뒷받침되어 있다는 걸 짐작할 수 있었다. 로어이스트사이드에서 손수레를 밀고 다니며 베이글을 팔거나 가죽 장사를 하던 유대인 이민자들이 부를 쌓아 동네를 떠나면 그 자리를 아랍인이라든가 인도인 같은 후배 이민자들이 채웠다. 그렇게 어떤 이민자들은 주류이자 역사가 되는 반면 또다른 이민자들은 도널드 트럼프 같은 인종주의자 지도자에 의해 쫓겨날 위기에 처하게 된다. 이 불공평함은 무엇 때문인가, 수많은 생각이 들었다.

✳

귀국을 3주 앞둔 이듬해 7월, 나는 엘리스아일랜드에 가는 배 안에 있었다. 1892년부터 1924년까지 미국의 이민심사국 역할을 한 허드슨강의 섬 엘리스아일랜드는 1954년 이민심사국이 폐쇄되고 이후 재건을 거쳐 1990년에 이민박물관으로 재탄생한다.

미국이 역시 선진국이라 느끼는 건 박물관을 갈 때다. 자칫 어둡고 우울할 수 있는 이민자들의 역사를 어찌나 체계적으로 정리해놓았는지 지루할 틈 없이 흥미롭게 보았다. '희망의 섬, 눈물의 섬'이라는 30분짜리 다큐멘터리 영상을 틀어주었는데 상영이 끝날 무렵 관객들은 모두 울고 있었다. 유럽 각국에서 미국으로 오는 이민자들을 실은 배는 열악했고, 많은 사람들이

엘리스아일랜드
이민박물관을
둘러보는 동안
미국 이민의 역사에 대해
복잡한 감정을 느꼈다.

항해중 죽었다. 그렇게 미국에 도착해 「자유의여신상」을 보며
희망을 가진 것도 잠시, 엘리스아일랜드에서는 의사들의 검역이
기다리고 있었고 병에 걸렸거나 건강이 나쁘면 왔던 배에 태워
본국으로 돌려보냈다. 다큐멘터리에 출연한 한 이민자가 말한다.
"만일 돌아가게 된다면 나는 물에 뛰어내리려 했어요. 다시는
러시아로 돌아가고 싶지 않았습니다." 검역 결과에 따라 가족이
생이별하는 경우도 비일비재했다고 한다.

　박물관을 보면서 복잡한 마음이 들었는데 역시나 미국 이민의
역사는 백인의 역사이고 미국은 백인들의 나라라는 생각이 다시
한번 강하게 들어서였다. 중국인들이 19세기에 대거 이민했지만
미국은 이들을 차별해 특별세금을 물리고 나중에는 중국 이민
금지법까지 통과시켰다. 같은 이민자라도 인종이 다르면 2등 시민
대우를 받게 되는 것이다. 어쩐지 쓸쓸해진 채 다시 배를 타고
맨해튼으로 돌아와 나와 인종적으로 가장 가까운 이민자들의 동네,
차이나타운에서 짜장면과 만두를 먹고 발 마사지를 받은 후 집으로
돌아왔다.

　이민자들을 생각할 때면 늘 영국 화가 포드 매덕스 브라운의
「영국에서의 마지막」이 생각난다. 라파엘전파의 일원인 브라운은
라파엘 스타일의 원형 캔버스에 영국을 떠나 오스트레일리아로
이민 가는 한 쌍의 부부를 그렸다. 1850년대 중반 영국의
오스트레일리아 식민지가 번창하고 1851년 뉴사우스웨일스에
골드러시가 시작되면서 오스트레일리아는 영국인들에게 기회의

포드 매덕스 브라운, 「영국에서의 마지막」, 패널에 유채, 35.6×33cm, 1855년,
버밍엄뮤지엄 앤드 아트갤러리, 런던.

땅으로 여겨지곤 했다. 빈곤을 완화시키고 영국 본토의 인구를 억제하기 위해 영국 정부는 이민을 권장했다. 그림 속 주인공도 새 삶을 찾아 오스트레일리아로 떠났다.

브라운의 그림은 마냥 희망적이지 않다. 화가는 고국에서 쫓기듯 떠나와 넉 달간의 고된 항해에 나선 이 부부의 고난에 주목한다. 그림 뒤편의 구명보트에 적힌 '엘도라도'라는 배의 이름이 부부가 미지의 황금 땅, 신기루 같은 미래를 향해 가고 있음을 암시한다. 아내의 회색 망토 사이로 살짝 비어져나온 자그마한 손이 부부가 새 생명과 함께하고 있음을 짐작게 한다. 서양미술 전통에서 고향을 떠나는 부부와 신생아는 헤롯왕의 학살을 피해 베들레헴을 떠나 이집트로 피신하는 성가족을 상징한다. 화가는 자신과 아내 에마를 모델로 해 그림을 그렸다. 교육받을 만큼 받은 세련된 중산층이 이민 떠나는 배 안에서 각종 불편함과 모욕을 견디며 절망하다가 포기하기 직전까지 이르는 모습을 표현하고자 한 것이 화가의 의도였다. 우산에 의지한 채, 부부는 아비규환의 배 안에서 다른 사람들로부터 애써 등을 돌리고 있다. 검정 챙 모자 아래 남편의 눈빛은 심각하며, 진홍빛 보닛에 둘러싸인 아내의 얼굴은 무표정하다. 이들은 무사히 목적지에 도착할 수 있을 것인가. 우여곡절 끝에 도착하더라도 성가족에 못지않은 수난이 기다리고 있을 것이다.

익숙한 모든 것들에 작별을 고하고 갖은 어려움을 감수하면서, 완전히 낯선 곳으로 떠나는 사람들의 마음은 얼마나 절박한 것일까.

로스앤젤레스에 체류하며 이민자들을 위한 어덜트스쿨을 다닌 친구가 이런 이야기를 해줬다. 수업의 절반은 시민권 취득시험 문제 풀이에 할애되어 있는데 만일 시험에 "아메리칸드림이란 무엇인가"라는 문제가 나온다면 정답은 '더 나은 삶A better life'이라고. 급우들 중 어느 누구도 이 문제를 틀리지 않았다고 했다. 이민자들이란 결국 '더 나은 삶'을 찾아온 사람들이니까. 엘리스아일랜드 이민박물관의 설명문에서 발견한 문장 하나가 나를 뭉클하게 했다.

They sought a better life.

그들은 더 나은 삶을 추구했다.

그리니치빌리지

조용하면서 따사로운 가을날이었다. 나는 그리니치빌리지에 있었다. 세련된 동네였지만 어퍼이스트처럼 도도하지는 않았다. 나무의 초록 잎이 햇살에 반짝였고 현관 층계참이 높은 붉은 벽돌 건물들이 "여기가 바로 뉴욕"이라고 말하듯 줄지어 있었다. 그리고 거기, 캐리의 집이 있었다.

페리 스트리트 66번지. 드라마 「섹스 앤드 더 시티」에서 주인공 캐리의 집으로 나온 바로 그 집이다. 관광객 등쌀에 못 이겨 건물 소유주는 집 앞에 쇠사슬을 치고 계단에 올라가지 말라는 경고문을 붙였다. 사진을 찍었으면 동물보호단체에 기부해달라는 안내문과 기부금 통까지 놓아두었다. 평일이라 사람이 많지 않았지만 그래도 드문드문 관광객들이 보였다. 키 큰 금발 여자가 사진을 찍어달라고 부탁하기에 즐거운 마음으로 찍어주었고, 그녀 역시 내 사진을 찍어주었다. 나 홀로 여행객들은 원래 품앗이하는 법이다.

살짝 흥분되었다. 오랫동안 내게 뉴욕은 「섹스 앤드 더 시티」의 바로 그 '시티'였다. 'the city'라는 단어는 사실 뉴욕 전체라기보다는 맨해튼만을 뜻하는 것이지만 어쨌든 내게 뉴욕은 「섹스 앤드 더 시티」와 동의어였다. 뉴욕을 동경했던 적은 없다. 다만 소설의 배경을 궁금해하듯 호기심이 일었다. 그건 오로지 「섹스 앤드 더 시티」 때문이었다. 넷플릭스 시대가 오기 전에는 미드를 즐겨 보지 않았던 내가 유일하게 처음부터 끝까지 보고, DVD까지 소장한 드라마였다. 그 드라마에서 여자들의 우정, 타인과 관계 맺는 법 등을 배웠다. 뉴욕에 오기 몇 달 전부터 밤마다 다시 봤다. 드라마 속 주인공들과 더 깊은 동질감을 느끼고 싶었기 때문이다.

쇠사슬 때문에 층계참에 걸터앉을 수는 없었지만 나는 그 집 계단에 앉아 있던 캐리를 떠올렸다. 어디선가 캐리와, 그녀의 건실한 남자친구 에이든이 개를 데리고 나타날 것만 같았다. 캐리는 에이든과 헤어지고 결국은 바람둥이 빅과 결혼한다. 그런 캐리를 이해하지만, 나는 성실하고 다정한 에이든이 좋았다. 그 집에서 한 블록 떨어진 곳에 역시나 그 드라마 덕에 유명해진 컵케이크집 매그놀리아가 있었다. 매그놀리아는 맨해튼 곳곳에 있지만 드라마에서 캐리와 미란다가 컵케이크를 먹으며 수다를 떠는 곳으로 나온 본점은 그리니치빌리지에 있다. 그곳에 간 김에 계절 한정 메뉴인 햇사과 컵케이크를 먹어보고 싶었으나 품절. 하는 수 없이 몇 번 먹어본 레드벨벳 컵케이크 하나를 사들고 근처 공원에 앉아 먹었다. 공원 쓰레기통에 매그놀리아 박스가 수북했다.

　뉴욕에 온 지 두 달 반 정도가 된 시점이었다. 캐리네 집 근처
공원에서 매그놀리아 컵케이크를 먹는다는 그 상황이 초현실적으로
느껴졌다. 그날 낮에는 유대인 동네인 로어이스트사이드에 푸드
투어를 다녀왔다. 그 동네의 유대교회당은 캐리 역을 맡은 배우
세라 제시카 파커가 결혼식을 올린 곳이라고 했다. 「섹스 앤드
더 시티」에서는 갈색 머리 샬럿이 유대인 변호사와 결혼하려고
유대교로 개종하는데, 알고 보니 진짜 유대인은 캐리였던 것이다.

✳

맨해튼의 아래쪽, 워싱턴스퀘어파크 인근에 위치한
그리니치빌리지라는 동네를 처음 알게 된 것은 2011년 무렵,
우리 회사에서 개최한 〈이것이 미국 미술이다〉 전시에 나온
그림에서다. 뉴욕 풍경을 사실주의적 화풍으로 즐겨 그린 존 슬론은
1914년에 완성한 「뒷마당, 그리니치빌리지」에서 이 동네의 겨울
풍경을 경쾌하면서 따스한 필치로 그려낸다. 어느 집 뒷마당에
눈이 소복하게 쌓이고 그 위로 빨랫줄에 널린 빨래가 나부끼는
소박하면서도 다정한 풍경. 활짝 열린 창문으로 금갈색 단발머리에
푸른 리본을 단 귀여운 얼굴의 소녀가 희고 통통한 얼굴에 웃음을
가득 머금고 두 손을 모은 채 뒷마당을 내려다본다. 뒷마당에 쌓인
눈에는 벌써 누군가의 발자국이 새겨져 있다. 고양이 두 마리와

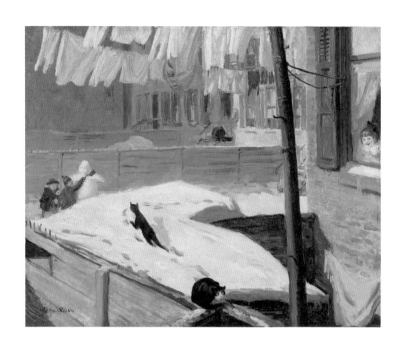

존 슬론, 「뒷마당, 그리니치빌리지」, 캔버스에 유채, 66×81.3cm, 1914년,
휘트니미술관, 뉴욕.

눈사람 만드는 아이 둘이 소녀의 눈길을 잡아당긴다. 가난한
사람들이 다닥다닥 붙어 사는 허름한 동네. 슬론이 이 그림을 그린
1914년 무렵 그리니치빌리지는 돈 없는 예술가들의 집합소였다.
필라델피아 출신의 슬론 역시 뉴욕에 정착하면서 이 동네에
작업실을 마련했다.

　뉴욕의 거리에서 관찰한 것들을 그림으로 표현하는 일에 혼신의
힘을 쏟은 슬론은 일상에서 아름다움을 찾고자 했다. 그는 "내
창가에서, 사람들의 생활 구석구석을 지켜보는 버릇에서 영감을
얻는다"라고 말했다. 이 그림의 스케치 역시 그리니치빌리지에 있던
그의 아파트 창에서 완성되었다. 그리니치빌리지가 내게 가난하면서
다정한 동네, 허름하면서도 어쩐지 정겨운 이미지로 자리잡은 건
순전히 이 그림 때문이었다.

　하지만 뉴욕 생활을 시작하면서 '소박하고 허름한'
그리니치빌리지에 대한 환상은 산산이 부서졌다. 그곳은 더이상
가난한 동네가 아니었다. 돈 없는 예술가들이 가꿔놓은 자연스러운
세련됨은 시대가 바뀌면서 자본의 가치로 치환되었다. 가난한
예술가들은 더이상 그 동네에 살지 못한다. 월세가 무지하게 비싸기
때문이다.

　그럼에도 불구하고 나는 여전히 그리니치빌리지가 좋았다.
뉴욕에서 가장 명랑하면서 분위기 있는 동네라고 생각했다. 내가
방문 연구원으로 있었던 NYU가 마침 그리니치빌리지에 위치해
있었다. 수업은 미술사학과가 있는 어퍼이스트에서 들었지만

도서관에서 책을 빌린다거나, 학교 티켓박스에서 주문한 공연표를 찾는다거나 하는 핑계로 일주일에 한 번 이상 그리니치빌리지를 찾았다.

NYU는 캠퍼스라는 개념이 없고 건물이 이곳저곳에 흩어져 있지만, 중앙도서관인 봅스트라이브러리 앞에 자리한 워싱턴스퀘어파크가 학생들에게 캠퍼스 역할을 해주었다. 계절마다 색색의 꽃이 피는 워싱턴스퀘어파크의 벤치에 앉아 분수의 물줄기를 보며 망중한에 잠기던 그 나날이 돌이켜보면 뉴욕에서 가장 풍요로운 시간 중 하나가 아니었을까 싶다.

뉴욕 최초로 카푸치노를 만들어 선보였다는 카페 레지오에 앉아 디카페인 카푸치노를 마시면서 창밖을 보고 있노라면, 루이자 메이 올컷의 친척 집으로, 올컷이 뉴욕에 올 때 머물며『작은 아씨들』을 썼다는 붉은 건물이 보였다. 에드워드 호퍼의 스튜디오도, 오 헨리가「마지막 잎새」를 썼던 집도, 에드거 앨런 포가「갈가마귀」를 쓴 집도 모두 인근에 있었다. 그리니치빌리지의 꼬불꼬불한 길을 걷고 있노라면 캐리뿐 아니라 내가 좋아하는 예술가들이 어느 모퉁이에선가 고개를 내밀 것만 같은 착각에 빠지곤 했다. 과거와 현재가 뒤섞인 거리. 또한 역사가 살아 있는 아취 있는 거리였다.

내 기억 속에 남은 그리니치빌리지의 풍경은 존 슬론의 또다른 그림「젖은 밤, 워싱턴스퀘어」에 더 가깝다. 1920년대 후반 그리니치빌리지는 개발과 변화의 물결에 휩싸여 있었다. 살고 있던 워싱턴플레이스의 아파트가 지하철 건설과 도로 개축으로 철거되자

존 슬론, 「젖은 밤, 워싱턴스퀘어」, 패널에 유채, 66×50.8cm, 1928년,
델라웨어미술관, 윌밍턴.

슬론은 1927년 3월 워싱턴스퀘어 사우스 53번지의 아파트로 이사한다. 새로 옮긴 작업실에는 빛이 잘 드는 커다란 창이 있었고, 그 창이 워싱턴스퀘어파크를 바로 마주하고 있었다. 슬론은 친구 윌 슈스터에게 보낸 편지에 이렇게 썼다. "우리집 앞 워싱턴스퀘어가 내게 많은 아이디어를 줬으면 좋겠군." '뉴욕의 기록자'라는 임무를 스스로에게 부과한 슬론은 워싱턴스퀘어파크의 사진을 많이 찍었다. 「젖은 밤, 워싱턴 스퀘어」 역시 사진을 보고 그린 것으로 추정된다. 조지 워싱턴의 대통령 취임을 기념하기 위해 파리의 개선문을 본떠 만든 워싱턴스퀘어아치와 그 앞의 분수, 그리고 아치 뒤에 늠름하게 서 있는 아르데코양식의 빌딩 원피프스애비뉴……. 비 오는 밤, 가로등 빛에 비친 젖은 거리의 모습은 우아하면서도 격조 있는 도회적 애상을 불러일으킨다. 그림 속 풍경은 지금으로부터 90여 년 전 모습이지만 현재의 워싱턴스퀘어파크와 크게 다르지 않아서 짧은 뉴요커 시절 나는 워싱턴스퀘어파크에 갈 때마다 사진을 찍어 '오늘의 워싱턴스퀘어파크'라는 제목으로 인스타그램에 올리곤 했다. 그리고 그 공원의 아름다운 순간을 그림으로 기록하고자 했던 슬론에게 동류의식을 느꼈다.

　　그 시절 워싱턴스퀘어파크를 사이에 두고 남쪽에는 슬론의 작업실이, 북쪽에는 에드워드 호퍼의 작업실이 있었다. 도시의 모습을 풍속화처럼 기록한 슬론과, 도시의 이미지를 자신이 느낀 대로 변주해 내면의 풍경으로 그려낸 호퍼. 뉴욕을 그린 두 화가의 작업실 창이 같은 공원을 정반대 방향에서 보도록 나 있다는 사실이

의미심장했다. 슬론은 분수와 아치가 어우러진 공원의 안쪽을
보았지만, 호퍼는 아치에 의해 분수가 가려진 바깥쪽을 보고 있었다.
워싱턴스퀘어파크 기념엽서에 실릴 법한 구도의 안쪽 풍경에서
시선을 빼앗는 건 공원의 건축적 아름다움이겠지만, 좀더 상상의
여지가 있는 풍경인 공원 바깥쪽에서 화가의 관심을 끄는 건
오히려 공원을 거니는 인물이었으리라. 나는 호퍼에 이끌리면서도
슬론을 좋아했다. 호퍼의 작품이 우수에 가득찬 매력을 풍겨서 연애
상대로는 좋을 것 같으나 결혼하기에는 어쩐지 버거운 나쁜 남자
스타일이라면, 슬론에게서는 세련미는 다소 떨어지지만 건강한
생활인으로서의 에너지가 느껴졌다.

　그리니치빌리지는 또한 내게 외로움을 견디는 동네였다. 몸이
아픈데 타향살이의 설움마저 북받칠 때 종종 찾곤 했던 베트남
음식점이 맥두걸 스트리트에 있었다. 규모는 작지만 음식이
맛있어서 늘 긴 줄이 늘어서 있던 집. 나는 대개 혼자 바에 앉아
쌀국수를 먹었다.

　심한 몸살감기에 시달렸던 어느 날이 기억난다. 언제나처럼
가게는 인산인해였다. 가게 입구에 서 있던 나를 주인아주머니가
"미스!" 하고 부르며 자리로 안내했다. '아가씨'라는 뜻의 그 말이
내게는 마치 '그리워하라'라는 동음이의의 명령어로 들리면서
지독한 향수가 몰려왔다. 많이 아프니까 특별히 소고기 완자와
차돌박이가 추가된 비싼 쌀국수를 먹기로 했다. 숙주와 향초,
고추를 몽땅 붓고 라임즙을 뿌린 다음 국물부터 한 숟갈 떠 입에

워싱턴스퀘어파크를
사이에 두고
슬론과 호퍼는 정반대 방향에
작업실을 갖고 있었다.
같은 곳을 바라보나
전혀 다른 감정을 담아낸
두 명의 화가.
내게 워싱턴스퀘어파크가
있는 그리니치빌리지는
외로운 타향살이를
견디게 해주는
따뜻한 동네였다.

넣었다. 매콤하면서 시원한 국물이 목구멍을 넘어가는데, 옆자리에 앉은 한국 여자가 "응. 늦을 것 같아. 집에서 봐" 같은 말을 전화로 속삭인다. 고깃국물이 은근하게 맵다. 감기 때문인지 뜨끈한 국물 때문인지 이마가 뜨거워진다. 아파서인지 갑자기 더운 국물이 들어가서인지 어지러워 눈앞이 핑 돈다. 고추가 매워서인지 아픈 게 서러워서인지 눈물이 맺힌다. 오래전 읽었던 방현석의 소설, 『랍스터를 먹는 시간』속 한 구절이 스쳐지나간다.

건석은 야채와 고추를 넉넉히 집어넣고 나무젓가락으로 국수를 말아 올렸다. 하지만 국수는 매끄럽고 둥근 나무젓가락 사이로 빠져나가버리고 매운 고추를 머금고 올라온 더운 김이 먼저 얼굴을 덮쳤다. 이마의 땀구멍이 일제히 열리며 눈물이 핑 돌았다. (……) 매운 국물을 마시는 사이 땀과 눈물이 함께 쏟아졌다. 대접의 바닥이 보일 때까지 건석은 고개를 들지 않았다. 고추의 매운맛에는 슬픔과 외로움을 견디게 하는 힘 같은 것이 있었다. 지난 5년간 그의 국수에 들어가는 저민 고추의 양은 점점 늘어만 왔다.

월 스트리트
트리니티교회
그리고
9.11

가이 칼턴 위긴스의 1938년 작품 「월 스트리트 트리니티교회」는
내게 처음으로 뉴욕 월 스트리트의 풍경을 궁금하게 만든 그림이다.
미술 담당 기자였던 2012년 회사에서 개최한 〈미국 인상주의
특별전〉에 이 그림이 나왔다. 뱅크오브아메리카 소장품으로 눈이
펑펑 내리는 월 스트리트를 사람들이 종종대며 걸어가고, 지붕에
눈을 가득 인 자동차도 지나가는데, 성조기의 파랑과 빨강이 흰
눈보라를 뚫고 선명하게 도드라지는 풍경을 담고 있다. 그림 속 풍경
멀리 길 끄트머리에 트리니티교회의 첨탑도 보인다. 그때만 해도 한
번도 뉴욕에 가보지 못한 나는 월 스트리트란 비정하고 삭막한 곳일
거라 여겼다. 하지만 상상과 달리 칼턴 위긴스의 그림 속 거리에서는
지극히 서정적인 풍정이 느껴졌고, 그런 분위기가 마음에 들어서
전시 소개 기사에 그림 사진을 크게 썼었다. 나만 그 그림이 마음에

들었던 것은 아니었던 모양이다. 그 그림이 마음에 들어 신문에서 오려놓고 마침내 전시회에 가보았다고 전한 독자도 있었으니 말이다.

　엄마의 뉴욕 방문을 2주 앞둔 가을 어느 날, 브루클린 이케아에 가서 그릇을 샀다. 집에 비치된 그릇을 룸메이트들과 같이 쓰고 있었는데 아무래도 엄마가 오면 그릇이 모자랄 것 같아 식기를 대충이라도 장만해놓는 게 좋겠다 싶었기 때문이다. 그릇을 사고, 곧 부족해질 것 같은 옷걸이도 사고, 타월 및 식기 건조대, 도마 등도 사고 나니 짐이 한층 불어났다. 사고 싶었던 서랍장은 도저히 들고 올 엄두가 나지 않아 못 샀다. 아…… 차가 있다면 얼마나 좋을까! 운전을 두려워하기 때문에, 뉴욕에서는 운전 안 해도 되니 좋다고 생각했는데 막상 뉴욕 생활을 하면서 제일 그리운 건 아이러니하게도 운전자로서의 자아였다.

　어쨌든 워터택시를 타고 일단 강을 건너 맨해튼으로 왔다. 다운타운의 부두에 내려 짐도 많은데 택시나 우버를 잡아타고 집으로 갈 것인가 고민하다가, 푼돈 아끼고 엉뚱한 데서 큰돈 잃는 평소의 기질이 발휘된 바, 다시 끙끙대며 짐을 들고 지하철역을 향해 갔다. 구글맵을 켜고 여기가 과연 지하철역이 맞나 살피며 월 스트리트역에 도달한 순간, 눈앞에 풍경이 펼쳐졌다. 다른 사람들 눈에는 아닐 수도 있겠지만 내게는 그림 같았던 풍경. 칼턴 위긴스의 그림에서 보았던 바로 그 풍경이었다. 눈만 내리지 않았다 뿐이지 딱 그 모습이었다.

가이 칼턴 위긴스, 「월 스트리트 트리니티교회」, 캔버스에 유채, 96×83cm,
1938년, 뱅크오브아메리카컬렉션, 뉴욕.

나는 길가에 짐을 아무렇게나 던져놓고 달려가 사진을
찍었다. 무거운 짐을 드느라 욱신대던 팔과 어깨의 통증도, 집
현관문을 잠그지 않고 외출한 띠동갑 룸메이트에게 한마디했다가
반말지거리를 듣고 괴로웠던 전날의 악몽도, 순간 모두 사라졌다.

그림이란 결국 현실의 간난함과 고통스러움을 거르고 가려주는
장치가 아닐까, 이런 순간이면 그런 생각을 한다. 그렇게 월
스트리트는 내게 한 폭의 그림이 되었다.

하지만 월 스트리트가 아름다운 그림으로만 남아 있는 것은
아니다. 실은 지독히 비통한 그림이기도 하다. 9.11테러는 월
스트리트 인근의 월드트레이드센터를 덮쳤다. 그래서 그 동네는
내게 슬픔의 거리로도 기억된다. 9.11 희생자들을 기리는
추모공간인 '9.11 메모리얼'에 처음 가본 건 뉴욕에 도착한 지 얼마
안 됐을 때였다. 거대한 사각형 풀 안으로 끊임없이 물이 흐르고,
풀을 둘러싼 대리석 상판에는 희생자들의 이름이 새겨져 있다.
자그마한 성조기가 애처롭게 놓여 있고 누군가 바친 흰 장미꽃이
뜨거운 여름 태양 아래 시들어가는데 파리 한 마리가 윙윙대며
달려들고 있었다. 그날의 모든 아비규환과 거대한 슬픔이 녹아 있는
것만 같은 공간이었다.

이듬해 7월, 나는 다시 그곳에 갔다. 울려고 간 건 아니었다.
그렇지만 울고 말았다. 바로 옆 추모공간에는 자주 들렀지만
9.11메모리얼뮤지엄에는 좀처럼 발길이 향하지 않았다. 항상
줄이 길었고 사람이 많았고 무엇보다도 어둡고 우울하며

지루할 것 같았다. 박물관이라면 넘치도록 있는 도시 뉴욕에서 9.11메모리얼뮤지엄은 항상 순위에서 밀렸다. 굳게 마음먹고 다녀온 이유는 귀국이 얼마 남지 않았기 때문이었다.

기대 이상의 뮤지엄이었고 예상을 뛰어넘는 슬픔이 있었다. 뮤지엄의 상설전은 일상의 평범성과 '그날'의 비극성을 극적으로 대조시켜 '그날'이 얼마나 참혹했는지, 얼마나 무자비하고 고통스러웠는지를 점증적으로 부각하는 방식으로 구성되었다.

'그날'의 나는 대학생이었고 등교 준비를 하며 TV를 틀었다가 월드트레이드센터가 무너지는 영상을 보았다. 처음에는 영화인 줄 알았다. 그러나 실제 상황이었다. 큰 충격이었다. 그러나 한편으로 남의 나라 일이었다. TV에 나온 부시 대통령이 "미국에 신의 가호가 함께하기를(God bless America)"이라고 말하는 걸 보면서 '이건 결국 종교전쟁이구나' 하고 생각했던 기억이 난다. 어느 정도는 세계의 제국으로 군림한 미국의 독선과 오만함에 대한 업보라는 생각도 있었다.

이날 뮤지엄에서 나는 울었다. 다른 것이 아니라 희생자들을 구조하다 숨진 소방관들의 집 전화 자동응답기에 '그날' 온종일 친지들이 남긴 걱정 섞인 음성 메시지를 들으며 울었다. "괜찮은 거지? 이 메시지 들으면 연락줘." 가벼운 걱정은 시간이 흐를수록 공포로 바뀌었다. "전화 좀 해. 널 위해 기도하고 있어."

월드트레이드센터가 침공당했다는 보고를 하던 전화 속 여자는 "하느님, 맙소사(Oh my God)"를 연발한다. 그 비명이 단순한

테러로 붕괴된
월드트레이드센터 자리에
마련된 추모공간.
그 바로 옆,
9.11 메모리얼뮤지엄이
그날의 희생자들을 기리고 있다.

관용어를 넘어 실제로 신을 향한 부르짖음이 되어버리는 상황이 끔찍하게 슬펐다. 그리고 그 슬픔의 기저에는 내가 뉴욕의 관광객이 아니라 거주자라는 사실이 있었다. 브루클린에서 태어나 뉴욕에서 살면서 겨울의 뉴욕을 즐겨 그렸던 칼턴 위긴스처럼, 나 역시 어느새 이 도시에 감정적으로 동화되어 있었기 때문에, 내가 아는 거리가, 내가 아는 도시가, 내가 사는 곳이 습격당했다는 사실을 견딜 수 없었던 것이다.

슬프고 무거운 마음으로 뮤지엄을 나와 지하철을 타고 차이나타운에 갔다. 복잡하고 지저분한 동네. 그렇지만 입만 다물고 있으면 이방인이라는 사실을 감출 수 있어 보호색이라도 띤 듯 묘한 안정감을 주는 그 동네에서 저녁을 먹고 스펀지케이크와 냉동 만두를 사서 집으로 돌아왔다.

그림 속 그 교회 안에서 비통한 표정의 뉴요커들이 심장을 쥐어짜는 듯한 슬픔으로 기도를 올리고 있을 것만 같은 기분이 들었다.

＊

내가 뉴욕에 도착한 그해 9월 11일의 풍경이 또다른 그림으로 기억에 남아 있다. 그날 아침 나는 피프스 애비뉴의 성패트릭대성당에 있었다. 일요일이었고, 미사가 있었다. 주교는 녹색 제의를 입고, 부제와 복사들을 거느리고 입장했다. 9.11 추모 미사라 뉴욕시 소방공무원들과 그 가족이 특별히 초대되었다.

영어로 된 기도문과 성가는 낯설었지만 의례의 순서를 알기 때문에 따라갈 수는 있었다. 다만 그 기도문과 성가를 듣는 동안 나는 우리말로 된 기도문이 얼마나 곡진하고 아름다운가를 생각했다. 많은 이들이 순교로 지켜낸 한국 천주교에는 절박함과 비장함에서 오는 핏빛 아름다움이 있다.

장엄한 미사였다. 부제가 퇴마라도 하듯 향을 계속 뿌려서 맨 앞자리에 앉은 나는 미사 내내 몽롱했다. 늙은 주교의 발음은 또렷했다. 미국 생활 한 달째. 그간 들은 각종 공적인 말들, 그러니까 지하철 안내 방송이라든가 요가 수업 등을 포함해서 가장 알아듣기 쉬웠던 것이 이날 복음에 대한 그의 강론이었다.

이날의 복음은 돌아온 탕아에 관한 것이었다. 주교는 이 복음에는 두 가지의 회오리치는 마음이 있다고 설명했다. 하나는 아버지에게 "나는 더이상 당신의 아들이 아니에요"라고 선언하고 집을 떠나 거리로 뛰쳐나가는 아들의 감정적 변화다. 다른 하나는 그 아들에 대한 아버지의 마음이다. 아버지는 슬프지만 아들을 저지하지 않는다. 그렇지만 아들이 돌아올 거라는 희망을 버리지 않고 끊임없이 기도한다.

"이 아름다운 이미지를 머릿속에 그려보세요." 주교는 말했다. "아버지가 자기 집 옥상에서 매일 거리를 내려다보며 희망을 버리지 않고, 아들이 돌아오게 해달라고 기도하는 장면을. 그리고 어느 날, 아버지는 그 거리에 아들이 들어서는 모습을 발견하고 달려가서

추모 미사가 열린 성패트릭대성당.
나는 참사의 희생자와
앞으로의 평화를 위해 기도했다.

그를 끌어안게 됩니다. 복음 속 아버지는 아버지 하느님이지요. 그리고 아들은 여러분과 나입니다. 아버지의 마음은 어떤 것보다 더 강했지요. 그것이 바로 자비, 사랑, 그리고 연민입니다."

돌아온 탕아의 이야기를 들으며 끝내 집으로 돌아오지 못한 이들에 대해 생각했다. 그리고 그들의 귀환을 전력을 다해 빌었을 가족들의 심정을, 천국에서나마 다시 만나길 기도하고 있을 유족들의 마음을.

이날의 퇴장 성가는 「아름다운 아메리카America the Beautiful」였다. 비공식적인 국가國歌라 불릴 만큼 미국인들에게 사랑받고, 9.11 이후 특히 더 많이 불린다는 노래다.

Oh beautiful for spacious skies,

For amber waves of grain,

For purple mountain majesties

Above the fruited plain!

America!

America!

God shed his grace on thee,

And crown thy good with brotherhood

From sea to shining sea.

오 아름다워라. 광대한 하늘

곡식의 호박색 물결

열매 맺은 평원 위의

웅대한 자줏빛 산

아메리카!

아메리카!

신이 네게 은혜를 뿌리시고

너의 선의 바다에서

빛나는 바다로 맺어진 형제애로 왕관을 씌우신다.

이국의 가톨릭교도인 나는 끔찍한 참사를 겪어낸 이 나라의
평화를 기원하며 힘차게 '아메리카!'를 불렀다. 정복 차림의
소방공무원들이 주교와 함께 퇴장했고 사람들은 뜨거운 박수로
그들의 노고에 감사를 표했다.

공연
공부

드보르작의 〈루살카〉는 내가 뉴욕에 와서 본 아홉번째 오페라이고, 뉴욕에서 본 열두 편의 오페라 중 가장 좋았다. 우리가 익히 아는 인어공주 이야기를 가곡으로 꾸민 것인데, 무대미술도, 음악도, 내용도 모두 훌륭해서 4시간의 공연이 지루할 틈이 없었다.

이웃나라 공주에게 왕자를 빼앗기고 괴로워하는 루살카에게 마녀 예지바바는 말한다. "완전한 인간이 되려면 손에 인간의 피를 묻혀야 해. 이 칼로 왕자를 찔러." 그러게…… 인간이 된다는 것, 영혼을 갖는다는 건 결국 손을 더럽히는 일이라는 것일까.

루살카를 구하러 온 아버지 물의 신이 왕자의 성에서 딸을 데리고 나갈 때 문밖에서 물이 쏟아지는 장면, 이웃나라 공주가 루살카에 대한 사랑으로 괴로워하는 왕자에게 "당신의 이름 없는 신부를 좇아 지옥으로 가버리라"고 소리치는 장면으로 끝나는 2막 끝부분이 특히 좋았다.

오페라의 마지막인 3막에서 달의 정기를 받은 창백하고 차가운 물의 님프 루살카는 왕자를 향해 노래한다. 당신은 내게서 열정을 바랐지만 나는 그걸 줄 수 없었노라고. 내가 당신에게 입을 맞추면 당신은 죽기 때문이라고. 왕자는 답한다. 죽어도 좋으니 내게 키스하라고. 그리하여 왕자는 죽고, 루살카는 그의 영혼이 천국에 가게 해달라고 기도한다.

이 오페라의 제작자 메리 치머만은 『뉴욕타임스』와의 인터뷰에서 "〈루살카〉는 제 목소리와 자기 자신을 잃는 건 진정한 사랑이 아니라는 의미를 담고 있다"라는 여성주의적 해석을 내놓았다. 이는 인어공주가 목소리를 내놓다못해 공기의 정령이 되고 마는 헌신적 사랑 이야기를 담은 안데르센의 원작과 대비된다. 〈루살카〉에서 주인공은 아버지의 힘을 빌려 배신한 왕자를 단죄하고 목소리를 되찾으며, 왕자가 죽은 후 자기 세계로 돌아간다.

결혼이란 결국 인어와 인간처럼 다른 세계에 속한 종족들이 결합하는 일인데, 그 가운데서 일어나는 어떤 희생과 헌신 등을 '사랑'이라는 이름으로 당연시하는 분위기가 뿌리깊었다. 그리고 대개 그런 종류의 희생과 헌신은 루살카가 목소리를 버리고 물을 떠나 뭍으로 온 것처럼, 여성에게 부과되어왔다. 〈루살카〉의 스토리를 곱씹고 있자니 그런 생각들이 들었지만 안데르센 버전의 인어공주 이야기도 아름답다는 걸 부정할 수는 없었다.

뉴욕에 가기 전까지 나는 공연을 1년에 한 번 볼까 말까 한
사람이었다. 공연장이나 영화관을 좋아하지 않았다. 공연은 시간의
예술이라 한 작품을 온전히 감상하려면 제작자가 제시한 시간
동안 거기에 묶여 있어야 한다. 내가 시간을 컨트롤할 수 없다는
그 속성이 싫었다. 게다가 비쌌다. 그다지 좋아하지도 않는 공연에
큰돈을 들이느니 차라리 그 돈으로 다른 걸 하는 편이 낫겠다
싶었다.

　　뉴욕에서는 틈만 나면 공연을 보러 다녔다. 지금까지와는
다르게 살겠다고 결심했기 때문에, 좋아하지 않더라도 공연장과
친해지자 마음먹었다. 뉴욕은 공연을 보기에 최적의 도시다. 뉴욕
생활 후반부에야 알게 된 사실이지만, 당시 학생에게는 메트오페라
오케스트라석 티켓이 35달러, 뉴욕 필하모닉 오케스트라석은
18달러, 카네기홀 4층 좌석은 10달러에 구할 수 있는 기회가
주어졌다. 게다가 학교 티켓박스에는 종종 뮤지컬 티켓이 저렴한
가격으로 나왔다. 이 기회를 놓칠 수 없다고 생각했다. 어차피 1년간
뉴욕에서 스스로를 재교육시키겠다고 결심했으니, 공부한다고
생각하고 의무감으로 봤다. 주변에서 "넌 내세에 볼 공연까지 다
보러 다니느냐"라고 할 정도로 열심히 봤는데, 고백하자면 그렇게
많이 보았는데도 공연 관람이 썩 좋아지지는 않았다. 사람의
취향이란 쉽게 바뀌지 않는 모양이다.

소진과 함께 센트럴파크에서 열린 뉴욕 필하모닉의 야외 콘서트에 갔던 6월의 밤이 기억난다. 해마다 열리는 이 무료 콘서트는 뉴욕의 대표적인 여름밤 이벤트다. 첫 곡이 드보르작의 신세계 교향곡 중 라르고 부분에 가사를 붙인 「집으로Going Home」였다. 성악가의 선창과 앨런 길버트의 지휘 아래 관객들이 모두 함께 불렀는데 부르다보니 뭉클해지면서 눈물이 났다. 특히 "어머니가 그곳에서 내가 오길 고대하시고, 아버지도 기다리시지" 하는 부분에서. 소진과 나는 귀국해서 '집'에 가면 정말 하고 싶은 것들에 대해 이야기했는데, 나는 밤늦게까지 거실에서 음악 틀어놓고 TV보기, 설거지 미루기, 그리고 욕실 물청소하기를 꼽았고, 거실을 룸메이트와 나눠 쓰는 소진은 귀마개 안 끼고 잠들어 열 몇 시간을 내리 자고 싶다고 했다. 귀국을 두 달쯤 앞둔 시점이었다. 나는 마음속으로 되뇌었다. 진짜로, 집에 가자, 이제는 정말 집에 가자.

✻

오페라는 공연 중에서도 가장 가까이하기 힘든 장르였다. 비싸고 고급스러워 진입 장벽이 높았다. 뉴욕에 가기 전까지 내가 본 오페라는 어릴 때 경남문화예술회관에서 본 〈춘향〉과 대학 때 캠퍼스에서 음대생들이 공연하는 걸 본 〈라 보엠〉이 전부였다.

　뉴욕에 온 지 두 달 넘게 공연장 근처에도 가지 않고 있던 나를

한국에서는 공연을 1년에 한 번 볼까 말까 한 사람이었는데,
뉴욕에서 생활하는 동안에는 저렴한 학생티켓으로
틈이 날 때마다 오페라며 발레며,
클래식 공연을 자주 보러 다녔다.

오페라로 인도한 사람은 H 선배였다. 선배는 당시 다니던 직장의 뉴욕 지사에 파견 와 있었는데, 10월의 어느 날 〈알제리의 이탈리아 여인〉을 보러 가자고 했다. 그전까지 링컨센터가 어디에 있는지, 대체 뭐하는 곳인지, 메트오페라가 뭔지도 몰랐던 나는 그렇게 선배 덕에 처음으로 공연복합문화공간 링컨센터의 메트오페라에 발을 내딛게 된다. 오페라 마니아인 선배는 내게 메트오페라의 복도에 샤갈이 그린 벽화 「음악의 승리」와 「음악의 근원」이 걸려 있다는 이야기를 해주었고, 코스 요리를 주문한 사람들에게 오페라 시작 전과 인터미션 때 식사가 제공된다는 것 등 내가 모르는 오페라극장의 이모저모를 알려주었다.

르누아르의 그림 「오페라극장의 박스석」에 등장하는 여인처럼 검정색 세로 스트라이프의 흰색 시폰 원피스 차림으로 2층 박스석에 앉아 선배의 오페라글라스를 빌려 공연을 보았던 그날이 생생하다. 〈알제리의 이탈리아 여인〉은 로시니의 오페라다. 아내 엘비라에게 싫증난 알제리 왕 무스타파는 이탈리아 여자에 대한 환상을 품고 이탈리아 여인 이사벨라를 납치해온다. 그러나 담대한 이사벨라는 왕을 쥐락펴락해 왕의 노예로 있던 애인과 함께 탈출하고, 왕은 결국 아내에게 돌아간다는 줄거리다. 오리엔탈리즘과 유럽 우월주의가 담긴 전형적인 작품. 대중에게 친숙한 작품은 아니었지만 인터넷을 검색해 대강의 줄거리만 읽고 갔는데도 무대가 아름답고 무척 흥겨웠다. 선배와 나는 같은 회사에 다니던 시절, 같은 출입처를 맡으며 친해졌다. 일 때문에 무척이나 힘들었던 그때, 영등포

모처에서 서로 붙들고 하소연하던 우리가 함께 뉴욕에서 오페라를 볼 날이 올 줄은 몰랐다. 역시 인생이란 살아봐야 아는 것이다.

그후로 나는 오페라에 재미를 붙였다. 〈알제리의 이탈리아 여인〉과 〈루살카〉 외에 〈아이다〉〈돈 조반니〉〈빌헬름 텔〉〈예누파〉 〈라 보엠〉〈세비야의 이발사〉〈리골레토〉〈살로메〉〈카르멘〉〈라 트라비아타〉 등을 봤다. 〈알제리의 이탈리아 여인〉과 〈루살카〉 〈아이다〉는 스토리와 배우들의 연기가 인상적이었고, 엄마와 함께 보았던 〈예누파〉는 지루하다는 면에서 또 달리 인상적이었으며 나머지 오페라들은 무난했다.

오페라의 내용보다는 오페라극장이라는 공간이 좋았다. 한껏 차려입고 싶은 날이면 서울에서는 입기 힘든 과감한 디자인의 드레스를 입고 오페라극장에 갔다. 벽도 바닥도 계단도 온통 붉은색인 그곳. 샹들리에가 반짝이는 그 공간에 있노라면 세상과 분리된 꿈의 나라에 와 있는 것만 같았다. 등이 파인 화려한 드레스 차림으로 턱시도 차림의 남자와 함께 공연을 보러 온 여자들을 구경하는 것도 하나의 재미였다. 메트오페라에서 학생 대상으로 열린 프리쇼 파티도 재미가 쏠쏠했다. 공연 1시간 반 전 여는 이 파티에 참석하면 무료로 나눠주는 음료 쿠폰으로 와인을 마실 수 있고, 치즈, 과일, 비스킷 등 간단한 안주를 즐길 수도 있었다. 〈살로메〉 프리쇼에서는 세례 요한의 머리 모형과 사진을 찍을 수 있도록 했고, 〈카르멘〉 프리쇼에서는 집시 차림의 점쟁이들이 손금과 타로점을 봐주었으며, 〈라 트라비아타〉 프리쇼가 열린 날에는 오페라를 주제로 한 영화를 놓고 퀴즈대회가 열렸다.
뮤지컬에 비해 젊은 세대로부터 인기를 얻지 못하는 오페라에
새로운 '고객'을 유치하려는 포석으로 보였다.

화려한 장밋빛 시절들. 오페라극장에 갈 때마다 늘 메리 커샛의
그림 「관람석의 진주 목걸이를 한 여인」이 된 것 같은 기분이었다.
화가는 성장盛裝한 채 파리의 오페라극장에 앉아 있는 자신의 언니
리디아를 인상주의자다운 경쾌한 붓질로 그려냈다. 오프숄더의
핑크빛 드레스를 입고, 우윳빛 목에는 은은한 광채가 도는 진주
목걸이를 하고, 장갑 낀 손에 부채를 든 채 앉은 금발머리 여인의
얼굴이 흥분으로 빛난다. 미국 펜실베이니아 출신으로 프랑스에서
주로 활동한 메리 커샛은 파리 오페라극장의 여인을 즐겨 그렸다.
아직 미국이 유럽을 동경하던 시절, 부계의 조상이 17세기
프랑스에서 건너왔던 커샛은 파리를 동경했다. 그녀에게 파리란
최첨단의 도시였고, 오페라극장에서 공연을 즐기는 교양 있는
여인들은 '모던 걸'의 표상이기도 했다. 아마도 그 시절의 커샛에게
파리란 지금의 내가 느끼는 뉴욕과 같았으리라. 세계 문화의 중심지,
갖가지 문화·예술을 향유할 수 있는 도시, 그리고 꿈의 세계와도
같은 오페라극장. 한껏 꾸미고 새침한 표정으로 오페라극장에
앉아 있을 때면, 늘 긴장하며 움츠린 뉴욕의 이방인이 아니라 품격
있는 '레이디'가 된 것만 같아 좋았다. 오페라 시즌에는 오페라를,
오페라 시즌이 끝난 후에는 서희가 주연한 〈오네긴〉을 비롯한
ABT발레단의 발레를 보았던 곳. 메트오페라는 내게 외적 허영의

메리 커샛, 「관람석의 진주 목걸이를 한 여인」, 캔버스에 유채, 81.3×59.7cm, 1879년, 필라델피아미술관.

공간인 동시에 지적 허영의 공간이었고, 단돈 35달러에 최상의 호사를 누릴 수 있는 가성비 최고의 장소였다.

공연이 끝나고 오페라극장을 나올 때면 밤이 깊었고, 나는 버스 타기를 포기하고 걸어서 집으로 가다가 헬스키친의 일본 라멘집에서 늦은 저녁을 먹곤 했다. 바에 앉아 라멘 한 그릇과 맥주 한 잔. 나도 혼자고, 옆의 사람들도 혼자고, 라멘은 뜨겁고 맥주는 차갑고, 공연의 여운이 맥주 거품 사이로 녹아내리는데 외로우면서도 외롭지 않은, 정말로 뉴욕다운 사치스러운 고독의 순간이었다.

할렘에서

맨해튼 북부의 할렘은 뉴욕에 살면서 가장 가게 될 것 같지 않은 곳이었다. 뉴욕의 대규모 흑인 거주지인 할렘은 우범지대로 악명이 높았다. 뉴욕에 처음 온 사람들에게 뉴요커들은 컬럼비아대학이 있는 120번가 위쪽으로는 웬만해서는 올라가지 말라고 주의를 주는데, 125번가부터가 바로 할렘이다.

뉴욕에 있으면서 프리 워킹 투어에 자주 참여했다. 도시 곳곳을 걸어서 돌아보는 프로그램으로, 투어 비용을 참가자 자율에 맡겨서 관광객들로부터 인기가 높았다. 뉴욕 생활 두 달쯤 된 어느 날 투어 홈페이지에서 할렘 투어 프로그램을 발견했다.

'할렘 투어'라는 단어를 보았을 때 처음 찾아온 감정은 거부감이었다. '할렘=빈민촌'이라는 편견이 여전했고, 따라서 '할렘 투어'라니 가난을 구경거리 삼아 상품화해도 되나 하는 저항감이 들었기 때문이다. 할렘에 사는 사람들에게 미안해서라도 그런 투어는 하면 안 될 것 같았다. 생각이 바뀐 건 학교 글로벌서비스조직(OGS)의 이벤트 홈페이지를 보고서였다. OGS에서도 할렘 투어를 운영하고 있었는데 아프리칸-아메리칸의 문화 체험이라는 취지였다. 기사를 검색해보니 1994년 루돌프 줄리아니가 뉴욕 시장으로 취임해 범죄와의 전쟁을 벌인 이후 할렘은 예전의 그 할렘이 아니라 관광지로 거듭나고 있다고 했다. 그렇다면 한 번쯤은 가볼 만한 것 같아서 예약을 했다.

빗방울이 떨어지고 하늘이 잔뜩 흐린 음침한 날이었다. 날이 나빠서 투어를 취소할까도 고민했지만 안 가면 왠지 후회할 것 같아 지하철을 타고 약속 장소로 나섰다. 컬럼비아대학 위쪽 동네로 올라가본 건 처음이었다. 지하철 안에서 노숙자로 보이는 흑인 아저씨가 나를 계속 흘끗거렸다. 어느새 지하철 안은 흑인 일색이었다. 동양인이라고는 나밖에 없었다. 뉴욕 지하철에서 흑인들에게 봉변당한 일본인 남성에 대한 기사를 읽고 왔기 때문일까. '과연 내가 지금 할렘으로 가는 게 잘하는 일일까?' 하는 생각이 들면서 두려움이 찾아왔다. 피부색이 대체 무엇이길래, 인간과 인간 사이에 이토록 깊은 골을 만드는 걸까. 약속 장소인 135번가에 지하철이 도착했을 때는 조금이라도 빨리 역에서 벗어나고 싶다는 생각에 밖으로 달려나갔다.

거리는 맨해튼답지 않게 넓고 휑했다. 나중에 가이드로부터 설명을 들으니 할렘지역은 18~19세기에 루스벨트 대통령의 선조를

267

비롯한 부자들이 사들인 땅덩어리라 맨해튼의 다른 지역과 달리
부지가 넓다고 한다. '레이디 알토비자'라는 예명의 테네시 출신
가이드는 흑인 여성으로, 뮤지컬배우처럼 에너지 넘치고 유쾌한
사람이었다. 어찌나 설명을 잘하는지 전문 강사로 나서도 되겠다
싶었다. 투어팀은 26명이었는데 할렘의 기원이 된 네덜란드(뉴욕은
네덜란드 식민지였고, 이 동네의 이름 역시 네덜란드의 도시
하를럼에서 유래했다. 단, 네덜란드의 'Haarlem'에는 a가 두 개다),
스웨덴, 핀란드, 미국, 이스라엘, 독일, 캐나다, 남아공, 포르투갈,
영국, 그리고 세네갈에서 온 부부가 있었다.

가이드는 "할렘 투어의 절반은 미국의 슬픈 역사"라고 운을
뗐다. 흑백차별이 법제화되었던 시절, 억압받던 흑인들의 고단한
세월이 그 거리에 있었다. 그 시절에 흑인들은 일반 출입문은
사용하지 못하고 채색된 문으로만 출입할 수 있었다고 했다.
할렘의 나이트클럽에 흑인들은 들어갈 수 없었다. 할렘의 유명
클럽인 코튼클럽에서는 흑인들을 채용했는데 단 '브라운 페이퍼백
테스트brown paper bag test'를 통과한 사람에 한해서였다. 즉, 샌드위치
포장지로 사용하는 갈색 봉투를 얼굴 옆에 대고, 그보다 피부색이
밝은 사람만 채용되었다는 것이다. 가이드는 말했다. "미셸 오바마는
그녀의 아름다운, 그러나 짙은 빛깔의 피부 때문에 그 클럽에
들어가지 못했을 겁니다."

가이드는 또 예전에 한 투어 참가자로부터 들었다는 이야기도
해주었다. 할렘의 흑인 소년들이 신문을 팔려고 시내로 나간 날,

할렘 투어를 신청해
미국 흑인의
슬픈 역사가
담긴 거리를
직접 걸어봤다.
이날 에너지 넘치는
가이드를 따라
할렘을 걷는 내내
많은 생각이
차올랐다 사라졌다.

신문이 모자라 소년들 간에 경쟁이 가열되자 신문을 공급하던
업주는 원을 그려 그 안에 소년들이 손을 집어넣게 하고, 피부가
상대적으로 밝은 아이들에게만 신문을 주었다는…… 가이드는 "그건
하나의 '이즘(ism)'이었어요. '컬러리즘(colorism)'이죠"라고 했다.

　우리는 다 함께 그 이야기를 들었다. 세네갈에서 온 아프리카
흑인 부부와, 런던과 미국의 다른 지역에서 왔다는 흑인 여성 둘과,
투어팀의 두 아시아인 중 하나였던 노란 피부의 나와, 그리고
나머지 백인들. 각자의 피부색에 따라 그 이야기에 대한 반응도
달랐으리라 생각한다.

　거리 곳곳에는 흑인 인권의 승리를 기념하기 위한 흔적들이
있었다. 아랫동네에서는 '애비뉴 오브 아메리카Avenue of America'라고
불리는 맬컴 엑스 대로와 흑인 최초로 스프링코트를 입은 인물을
기념하기 위한 집 같은 것이 자리했다. 어디에서도 환영받지 못했던
흑인들은 이 거리의 극장에서 춤추고 노래했고 그리하여 이 거리는
1920년대 '할렘르네상스'라는 말을 낳으며 빌리 홀리데이, 엘라
피츠제럴드, 마이클 잭슨 등 걸출한 뮤지션들을 배출한다.

　우리는 빌리 홀리데이가 데뷔한 카페의 입구에 서 있었다.
노래하듯 이어지는 가이드의 설명을 듣고 있자니 14세의 빌리
홀리데이가 이 거리, 스윙 스트리트를 걸어와 우리가 바라보고
있는 문으로 들어서는 장면이 손에 잡힐 듯 그려졌다. 최고의
가이드였다. 일요일이었다면 예배에 참여해 가스펠을 들을 수
있었겠지만 평일이라 그러지는 못했다. 할렘교회의 가스펠은

영화「시스터 액트」와 같은 장면을 기대하는 관람객들 덕에 항상
성황을 이룬다. 가이드는 유명한 가스펠 채플 앞에서 가스펠과
니그로 스피리추얼negro spiritual, 즉 흑인 영가의 차이에 대해 한참을
설명했다. 가스펠은 찬송가이지만 흑인 영가는 노예들이 주인에게
들키지 않기 위해 서로 주고받았던 일종의 암호 같은 노래였다고
한다. 내가 음악에 관심이 있었더라면 더 흥미로운 투어가
되었으리라.

날씨는 차가웠고, 나는 2시간 반가량의 투어가 끝난 후 이
거리에서 가장 유명한 소울 푸드 식당인 실비아스로 달려가 대표
메뉴인 할렘 스타일 프라이드치킨과 와플로 저녁을 먹으며 몸을
데웠다. 백인 주인들이 먹고 남은 식어빠진 닭다리 등을 튀긴
프라이드치킨, 다시 데운 와플 등이 미국 흑인들의 '소울 푸드'가
되었다는 가이드의 설명을 되새기면서.

식사를 마치고 나오자 거리는 어둑해졌고 나는 아무래도
무서워져서 다시 잽싸게 지하철에 몸을 실었다. 사회구조의
희생양으로 빈곤에 처한 흑인들의 범죄율이 높은 건 당연하다고
머리로는 이해하고 그들에 대해 안타까움을 느끼면서도 그들이
무서운 내 모순된 감정의 정체란 대체 무엇인가, 생각하면서.

*

미국에 오기 전까지 내게 인종차별이란 단지 개념이었다. 실제로

내가 그런 일을 당할 거라고 생각하지 않았다. 뉴욕에 살면서는 매일 내가 아시아인이라는 사실을 자각하게 되었다. 사소한 실수에도 뉴요커들로부터 호된 비난을 받았는데, 그 비난에서 인종적 편견이 감지되는 경우가 있었다. 예민하게 반응하는 거 아니냐고 말할 사람도 있겠지만, 겪어본 사람은 안다. 논리적으로 설명이 되지 않는다. 그냥 안다. 눈빛, 목소리 톤, 제스처 등으로 동양 여자라 무시당했다는 걸 알게 되는 것이다.

　인종차별이 무서운 것은 인종차별을 하지 않기 위해서는 개개인의 교양을 통한 의식적인 자기 교화가 끊임없이 필요하기 때문이다. 나만 해도 백인과 흑인과 히스패닉이 나와 같은 인간이라 느껴지지 않았다. 인종적 우열을 이야기하고자 하는 것이 아니다. 동종同種이 아니라는 이물감에 대한 것이다. 머리가 아닌 가슴으로 다른 인종에 익숙해지기까지는 시간이 필요했다. 그러니까 인종에 대한 편견을 갖지 않는다는 건 엄청난 노력이 필요한 일인 것이다.

　호러스 피핀은 미술시장의 총아 장미셸 바스키아를 제외하고 내가 처음으로 알게 된 흑인 화가다. 그의 그림을 나는 워싱턴 D.C.의 스미스소니언 아메리칸 아트 뮤지엄에서 보았다.

　호퍼와 차일드 하삼과 윈슬로 호머 같은 백인 작가들의 작품을 지나치던 중 우연히 피핀의 「올드 블랙 조」에 눈이 멎었다. 밭일을 하기에는 너무 늦은 흑인 노예가 앞마당에서 아기를 보고 있다. 그림 왼편 농장주의 집에서는 마음을 놓지 못한 아이 엄마가 노예를 감시한다. '올드 블랙 조'의 뒤로 펼쳐진 하얀 목화밭은 그곳에

호러스 피핀, 「올드 블랙 조」, 캔버스에 유채, 61.0×76.1cm, 1943년,
스미스소니언 아메리칸 아트 뮤지엄, 워싱턴 D.C.

지난날 그가 예속되어 있었다는 사실을 상기시킨다. 고된 목화
따기에서는 풀려났지만 늙은 노예에게 휴식은 주어지지 않는다.
죽음 외에 그에게 안식을 안겨줄 수 있는 것은 없으리라. 노예의
손자였던 피핀은 "그리운 날 옛날은 지나가고"로 시작하는 스티븐
포스터의 노래 「올드 블랙 조」에서 이 그림을 착안했다.

피핀은 그림을 독학했다. 그는 아픈 어머니를 돌보기 위해 15세
때 학교를 그만뒀다. 흑인과 백인이 같은 학교에 다닐 수 없던
시절이었다. 저탄장과 주철공장 일꾼, 호텔 짐꾼, 중고 의류 판매원
등으로 일했다. 제1차세계대전에서 부상을 입으면서 더이상 당시
흑인 남성들의 일로 여겨지던 육체노동을 할 수 없게 됐다. 그는
부상 입은 오른손으로 붓을 들고 왼손의 도움을 받아 수개월에
걸쳐 그림을 완성했다. 피핀은 말했다. "전쟁은 내 안의 예술을 모두
끌어냈다. 나는 마음속에 예술을 잔뜩 품은 채로 집으로 돌아왔다.
그 덕에 지금 나는 그림을 그린다."

그후 몇몇 흑인 예술가들의 그림을 더 만났다. 그들의 작품은
내 무의식에 자리하고 있던 인종에 대한 편견을 직시하게
해주었다. 주인공이 흑인인 그림에 나는 익숙하지 않았다. 그림의
주인공은 당연히 백인이거나 황인종이라고 생각해왔다는 사실이
부끄러우면서도 슬펐다.

귀국을 나흘 앞두고 다시 워싱턴 D.C.에 갔다. 워싱턴 지국의
회사 동료들에게 인사하기 위해서였는데, 간 김에 아프리칸-
아메리칸 뮤지엄에 들렀다. 2016년 9월에 문을 연 이 박물관은 당시

미국 전역을 통틀어 가장 인기 있는 박물관이었다. 오프라 윈프리 등 흑인 명사들이 이 박물관에 거액을 기부했다. 박물관 개관은 오바마 전 대통령 때였지만 설립을 승인한 건 부시 전 대통령이다.

지하 3층, 지상 4층 규모로 지어진 박물관은 생각 이상으로 컸다. 박물관의 핵심 전시인 아프리칸-아메리칸의 슬픈 역사는 지하 1~3층에 걸쳐 전시되어 있었다. 관람객 대부분이 흑인이었는데 그 사실이 어쩐지 서글펐다. 미국에 온 이래 이렇게 많은 흑인들이 한자리에 모인 걸 본 건 처음이었다. 전시는 충격적이었다. "모든 사람은 평등하게 만들어졌다(All men are created equal)"로 시작하는 미국 독립선언문의 초안을 만든 토머스 제퍼슨은 609명의 노예를 소유하고 있었다. 노예와의 사이에서 태어난 자신의 아이 역시 노예로 만들었다. 당시 법에 따르면 아이는 어머니의 신분을 따르도록 되어 있었기 때문이다. 성노예는 '팬시걸Fancy Girl'이라는 이름으로 불렸다. 피부색이 밝고 예쁜 이 여자 노예들은 들일하는 노예 값의 4~5배에 거래되었다고 했다. 물론 남자 성노예도 있었다. 비통한 내용으로 가득한 전시는 남북전쟁 이후에도 계속된 차별과 흑백 분리 등에 대한 내용으로 이어졌고 나는 복잡한 마음을 안고 박물관을 나왔다.

공교롭게도 나는 오바마의 미국과 트럼프의 미국을 다 겪었다. 그 둘은 확연히 다른 미국이었다. 트럼프가 대통령에 당선되던 날의 아침을 기억한다. "그가 이겼어(He Won)." 아파트 로비에서는 갈색과 검은 피부의 경비원들이 수군대고 있었다. 그날 이후 많은

것들이 달라졌다. "귀여운 베이비, 어디 가?" 하는 성희롱성 발언에
대꾸하지 않았다고 길거리에서 백인 남자에게 팔을 낚아채인 것도,
귓가에 대고 "차이나, 차이나" 하며 따라오던 흑인 남자를 만난 것도
그 이후였다. 옷가게에서 통로를 가로막고 선 백인 여자에게 길을
비켜달라고 했다가 멸시어린 눈초리와 함께 "돌아가면 되잖아,
아가야"라는 말을 들은 것도 트럼프 당선 이후다. 피부색이 대체
무엇이기에, 인간 사이의 골을 이렇게 깊게 하는 것일까. 할렘행
지하철에서 가졌던 그 의문을 끝내지 못한 숙제처럼 안고 나는
미국을 떠나왔다.

브루클린의
조지아
오키프

「섹스 앤드 더 시티」의 주인공 중 한 명인 변호사 미란다는
맨해튼의 살인적인 월세를 감당하지 못해 브루클린으로 이사간다.
아이도 커가고 집을 넓혀야 하는데 하버드로스쿨 출신의 변호사
월급으로도 맨해튼 집값은 무리였던 모양이다. 미란다의 이사
이야기를 들은 친구들은 비명을 지른다. "뭐? 브루클린? 거기는
택시도 안 가는 곳이라고!" 그 장면을 보면서 나는 맨해튼을 떠나
브루클린에서 산다는 것을 일종의 전락轉落으로 여기는 미란다와
친구들을 이해하지 못했다. '허영으로 가득찬 속물들이나 할 법한
생각이군.' 나는 속으로 중얼거렸다.
    브루클린에 대해서는 자그마한 환상을 가지고 있었다. 자유롭고
멋스러운 낭만이 넘치는 예술가 구역. 뉴욕에 오기 전에 읽고 본
책과 영화에 따르면 브루클린은 그런 곳이었다.

브루클린브리지를 걷는 것은 좋았다.
특히 브루클린에서 맨해튼 방향으로 건너오는 것이 좋았다.
강바람을 맞으며 다리를 건널 때면
맨해튼의 아름다운 스카이라인이 눈앞에 펼쳐지면서
'아, 나는 정말로 도시에 살고 있구나' 하고 실감했다.

이제 나는 「섹스 앤드 더 시티」의 주인공들을 이해한다. 그들이 특별히 허영덩어리인 것은 아니었다. 미술관과 유명 레스토랑,

이제 나는 「섹스 앤드 더 시티」의 주인공들을 이해한다. 그들이 278특별히 허영덩어리인 것은 아니었다. 미술관과 유명 레스토랑, 공연장과 백화점이 밀집한 맨해튼의 편리한 생활에 익숙해지면 브루클린의 널찍한 거리는 휑뎅그렁하고 삭막하게 느껴진다. 예술가의 시선으로 본다면 브루클린의 낡은 건물은 자유로운 창작혼을 펼칠 수 있는 멋스러운 장소겠지만 나 같은 평범한 사람에게는 감당 안 되는 드넓은 공간일 뿐이다. 그리하여 뉴욕에서 생활하는 동안 브루클린에는 좀처럼 정을 붙이지 못했다. 어쩌다 일이 있어 브루클린에 가더라도 황급히 온 길을 되짚어 맨해튼으로 돌아오곤 했다. 다만 브루클린브리지를 걷는 것만은 좋았다. 특히 브루클린에서 맨해튼 방향으로 건너오는 것이 좋았다. 강바람을 맞으며 다리를 건널 때면 맨해튼의 아름다운 스카이라인이 눈앞에 펼쳐지면서 '아, 나는 정말로 도시에 살고 있구나' 하는 감흥이 가슴을 뛰게 했다. 그러니까 나는 결국 브루클린보다는 맨해튼을 더 사랑했던 것이다.

*

끝내 정을 붙이지 못하고 귀국했지만 그래도 브루클린에 얽힌 몇 가지 추억이 있다. 몹시 우울했던 4월의 끝자락, 브루클린식물원의 흐드러지게 핀 벚꽃 그늘에 앉아 자연의 치유력에 감사하며 마음을 다독였던 기억이라든가. 매섭게 추웠던 2월, 한국에서 놀러온

친구와 함께 덤보 지역을 구경한 후 유명 피자집 그리말디에서 점심을 먹고 칼바람을 맞으며 브루클린브리지를 건너 맨해튼으로 돌아왔던 기억이 그렇다. 그런 추억들이 브루클린을 횡하면서도 다정한 공간으로 만들어주었다. 결국 사람이 어떤 장소를 사랑한다는 건 그 장소에 얽힌 추억을 사랑하는 것과 동의어가 아닐까.

그리고 조지아 오키프가 있다. 브루클린미술관에서 열린 〈조지아 오키프 ― 리빙 모던〉 전시에 가기 전까지 오키프를 좋아한 적이 없었다. 나는 그녀의 꽃 그림을 싫어했다. 발기한 여성 성기性器를 형상화했다는 그 꽃들이 외설스럽고 불편하게 느껴졌다. 지나치게 화사한 그녀의 색채도 싫었다. 오키프에게 뛰어난 예술성이라는 게 과연 있는 걸까. 나는 종종 의심했다. 여성성을 이용해 각종 이득을 차지하는 부류의 인간형을 좋아하지 않는다. 오키프는 스물세 살이나 많은 유명 사진작가 앨프리드 스티글리츠와 내연의 관계였다가 나중에 그를 이혼시키고 결혼한다. 그녀의 성공은 상당 부분 스티글리츠의 권력과 재력에 기반한 것이다. 나는 그런 그녀가 싫었다. 그럼에도 불구하고 오키프의 전시를 보기 위해 1시간가량 지하철을 타고 브루클린까지 간 건 뉴욕에 있는 동안 경험할 수 있는 건 다 해보자는 결심 때문이었다. 먼저 전시를 보고 온 친구가 "조지아 오키프의 옷장을 훔쳐본 것 같은 전시"라고 평했기 때문에 궁금증이 일기도 했다.

검정 페도라를 푹 눌러쓰고 검정 코트에 휩싸여 눈을 가늘게

뜬 오키프의 대형 사진이 전시장 입구에 걸려 있었다. 인산인해라 입장까지 30분 넘게 기다려야만 했다. 전시는 '옷 잘 입는 여자' 오키프에 대한 이야기를 다룬 것으로, 화가라기보다는 패션 아이콘으로서의 그녀가 어떻게 소비되었는지에 초점을 맞췄다.

흰 칼라가 달린 블랙 깅엄체크의 면직 원피스를 입고 의자에 앉은 오키프의 초상화가 전시장에 걸려 있었다. 그 초상에서 오키프는 치렁치렁한 치맛자락을 활짝 펼치고 앙칼진 고양이 같은 표정으로 곁눈질을 하고 있었다. 블랙과 화이트를 사랑한 오키프의 그 원피스를 보고 있노라니, 똑같은 무늬의 내 여름 원피스가 생각났다. 치마가 발목까지 내려오고 가슴이 깊게 파인 그 민소매 원피스를 입고 여행했던 발리와 니스의 바다 빛깔까지도.

오키프가 입었던 수없이 많은 검정 옷, 디자인과 재봉에도 재능이 있었던 그녀가 직접 만든 옷들, 페라가모 슈즈 덕후임에 분명한 그녀의 신발들이 가득 전시되어 있었다. 무채색 옷은 그다지 좋아하지 않는지라 그녀의 옷들을 건성으로 훑어보다가 흰색 바탕에 커다란 검정 나비가 날고 있는 것 같은 원피스 한 벌에 눈이 멎었다. 양쪽 소맷부리와 브이넥 칼라의 오른쪽 목깃이 검정 테두리로 마감되어 있었다. 목선에 자신이 있었던 오키프는 브이넥 칼라의 옷을 즐겨 입었다고 한다. 오키프의 옷 중 유일하게 입어보고 싶었던 그 원피스의 디자이너는 에밀리오 푸치다. 화려한 색채가 푸치의 트레이드마크라 생각했는데 흑백이라니 꽤나 의외였다.

연인이었다가 남편이 된 스티글리츠가 찍은 오키프의 사진이

브루클린미술관에서 열린
〈조지아 오키프 — 리빙 모던〉
전시 광경.
옷 잘 입는 화가로 유명했던
그녀의 사진이
전시장 입구에 걸려 있어
시선을 사로잡는다.

전시장에 여러 장 걸려 있었다. 스티글리츠는 오키프와의 관계 초기에 그녀의 누드를 비롯해 에로틱한 사진을 많이 찍었다. 이 사진작가의 눈에는 스물세 살 연하의 오키프의 젊은 육체가 얼마나 아름답게 보였을까. 그래서인지 반투명 기모노를 입고 찍은 사진 속 오키프의 몸은 빈약하지만 아름답게 보인다. 피사체에 대한 사진작가의 애정이 담겨 있기 때문이다. 수수한 생김새의 이 여자가 유명 사진작가 스티글리츠를 사로잡은 건 비단 그녀의 젊음 때문만은 아니리라. 역시 매력이란 외모보다 기질이나 눈빛에서 나오는 건가보다. 또 한편으로 그 사진들은 불편하다. 젊은 여자의 육체를 탐하는 늙은 남자의 시선이 날것으로 담긴 사진들. 나는 같은 여성으로서 자그마한 치욕을 느꼈다.

스티글리츠가 흑백으로 찍은 젊은 날의 오키프 사진들을 집중해 보다가, 남편이 죽고 그녀가 뉴멕시코로 이주한 후 다른 사진작가가 찍은 컬러사진으로 시선을 옮기고서 나는 그만 웃음을 터뜨렸다. 노년의 오키프가 입고 있는 청재킷이 그녀와 너무나 어울리지 않아서였다. 옷장에 색색의 옷을 넣어두고도 그녀가 공식적인 자리에서는 블랙과 화이트만을 고집한 이유를 알 것 같았다. 유채색 옷이 어울리지 않았기 때문이다. 색채에 대한 갈망을 그림으로 채운 모양이라고 생각했다.

오키프가 스티글리츠와 뉴욕에 살 때 그린 이스트강 그림이 전시에 나와 있었다. 그때까지 본 오키프 작품 중 그 그림이 가장 마음에 들었다. 뉴욕에 살아본 사람만이 알 수 있는 어떤

정서가 그림에 담겨 있어서다. 꽃만 그린 줄 알았는데 뉴욕
풍경도 그렸다니! 나는 집으로 돌아와 오키프의 뉴욕 그림을 더
찾아보았다.

✳

위스콘신 출신의 오키프는 1918년 재정적 지원을 해주겠다는
스티글리츠의 제안을 받아들여 그와 동거하면서 본격적인 뉴욕
생활을 시작한다. 1924년에 결혼한 이 커플은 1925년 11월,
당시 뉴욕에서 가장 큰 빌딩이었던 렉싱턴 애비뉴의 셸턴호텔
30층으로 이사한다. 고층 건물에서 발아래로 보이는 뉴욕 풍경이
예술가로서의 오키프에게 새로운 시야를 열어주었다. 그녀는
회고했다. "이전에는 그렇게 높은 곳에 살아본 적이 없었기 때문에
나는 무척 흥분해서 뉴욕을 그리기 시작했다."
  1925년 작품 「달이 있는 뉴욕 거리」는 오키프가 처음 그린
뉴욕이다. 고층 빌딩의 스카이라인에 의해 조각난 하늘 사이로
구름이 일고 그 구름을 비집고 달이 비죽 얼굴을 내민다. 하늘은
아직 푸르다. 노을의 잔영이 서쪽 하늘에 남아 있다. 교회의 첨탑이
붉은 하늘을 꿰뚫는다. 그리고 달보다 더 환한 도시의 빛, 가로등.
적막한 도시를 지키는 서글픈 외눈박이 괴물 같은 노란 가로등
불빛이 건물의 붉은 실루엣에 우수를 더한다. 맨해튼 47번가의
밤풍경을 그렸지만 뉴욕을 잘 아는 사람이라면 화려한 불빛의

전시장 같은 전형적인 뉴욕 야경과는 거리가 있음을 알아챌 것이다.
오키프는 언젠가 말했다. "있는 그대로 뉴욕을 그릴 수는 없어도
느끼는 대로 그릴 수는 있다."

나는 변화한 도시 뉴욕이 오키프의 눈에 왜 그렇게 쓸쓸하게
비쳤는지 이해할 수 있었다. 위스콘신의 드넓은 평원에서 나고
자란 오키프에게 뉴욕이라는 대도시는 매혹적이면서도 낯설고
때로는 삭막했으리라. 오키프와 마찬가지로 지방 소도시에서 자라
대도시 서울로 온 나는, 뉴욕에 올 때 생각했다. '나는 이제 세계의
서울로 가고 있어!' 그리고 '세계의 서울'은 서울 이상으로 고독했다.
고향을 떠난 자들이 자주 그러하듯 나는 밤이면 고향에서나
서울에서나, 고국에서나 미국에서나 변함없는 단 한 가지, 하늘의
달을 올려다보곤 했다. 안데르센의 『그림 없는 그림책』의 주인공인
가난한 화가가 고향을 그리며 달을 바라보듯이. 대학에서 시를
가르쳤던 내 아버지는 언젠가 이런 이야기를 해주었다. 시인은 대개
고향을 떠난 사람이라고. 그리움이 노래가 되는 거라고. 오키프는
어쩌면 타향살이를 한 뉴욕에서 캔버스에 화필로 시를 쓴 것인지도
모르겠다.

뉴욕을 그리겠다는 오키프의 시도는 그러나 주변의 환영을 받지
못했다. 남편도 평론가들도 그녀가 꽃 그림 외에 다른 걸 그릴
수 있을 거라고 믿지 않았다. 오키프는 「달이 있는 뉴욕 거리」가
1925년에 스티글리츠가 기획해 앤더슨갤러리에서 열린 전시 〈일곱
명의 아메리칸〉에 걸리기를 원했지만 스티글리츠는 "뉴욕의 고층

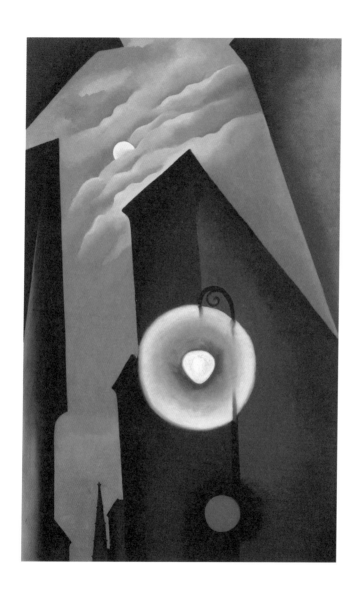

조지아 오키프, 「달이 있는 뉴욕 거리」, 캔버스에 유채, 122×77cm, 1925년,
티센보르네미차미술관, 마드리드.

빌딩들은 남자들도 그리기 힘들어하는 것"이라며 그 그림을 전시에
내놓는 걸 허락하지 않았다. 이듬해 인티메이트갤러리에서 열린
개인전에서 오키프는 스티글리츠를 설득해 그림을 걸었고, 그림은
전시 첫날 1200달러에 팔렸다. 그후로 아무도 오키프가 뉴욕을
그리는 것을 반대하지 않았다.

오키프가 뉴욕을 그렸던 1920년대, 하늘을 찌를 듯한 고층 빌딩은
모더니티와 진보의 상징으로 여겨졌다. 그렇지만 여자가 그리기에
적절한 주제로 여겨지지는 않았다. 남자들은 여자 예술가가 건물의
구조를 이해할 수 있으리라 생각하지 않았다. 여자들은 꽃이나
그리면 될 일이었다.

여성 화가들이 그리기에 적절하지 않은 주제가 있는 것과
마찬가지로, 여성 기자가 쓰기에 적절하지 않은 주제로 여겨지는
것들이 있다. 바둑기사 조훈현을 인터뷰했을 때, 여기자가 과연 그
주제를 소화해낼 수 있을까 하는 우려가 편집국 내에서 일었다는
이야기를 전해들었다. 무협소설에 대한 기사를 쓰겠다고 나섰을
때도 남자 선배가 걱정스러운 얼굴로 "남자들은 다 무협소설을 잘
아는데 네가 과연 그들에게 무시당하지 않을 만큼 쓰겠느냐"라고
말했다. 나는 어떤 부류의 인간이냐 하면, 불쾌해하며 얼굴
찡그리거나 주눅드는 대신 웃으며 마음속으로 보란듯이 이기겠다고
결심하는 쪽이다. 오키프도 그랬을 것이다. 그녀는 1925년부터
1929년 사이에 약 25점의 뉴욕 드로잉과 회화를 그린다. 주로
낮 풍경보다는 밤 풍경이었다. 오키프는 밤의 뉴욕이 빚어내는

신비로운 분위기에 심취했다. 그건 곧 그녀 마음속의 풍경이기도 했으니까.

오키프 역시 맨해튼을 사랑했지만 브루클린도 오키프와 인연이 있었다. 1927년 그녀의 회고전이 브루클린미술관에서 열린다. 내가 본 브루클린미술관의 오키프 전시는 아마도 1927년 회고전의 연장선상이리라. 전시장에 앤디 워홀이 그린 오키프의 초상이 걸려 있었다. 그녀는 모더니티의 아이콘이 되었고, 워홀은 그 아이콘을 기꺼이 화폭에 담았다. 페미니즘, 패션, 생활방식…… 그녀는 여러 방면에서 모던한 여자였다. 그러나 그중 가장 모던한 것은 그녀가 그려낸 뉴욕 그림이라고 말하고 싶다. 나이 많은 남자 예술가의 뮤즈였던 젊은 여자 예술가가 처음으로 뉴욕의 고층 빌딩이라는 남자들의 뮤즈를 제 것 삼아 그린 그림이기 때문이다.

뉴욕의
실내

방을 생각한다. 내가 뉴욕에서 살았던 방. 침대 머리맡의 창을 앞
건물이 가렸지만, 그 너머 허드슨강이 조각보처럼 자그맣게 보이고,
봄과 여름에는 강 너머 뉴저지 위호컨 강둑의 풀빛이 보이던 방.
방은 47층짜리 건물의 29층에 있었다. 미국에서 흔히들 '콘도'라고
부르는 아파트였다.

　네 명이 방 두 개짜리 아파트를 나눠 쓰고 있었지만 문을 잠그고
방에 틀어박혀 있으면 독립된 공간을 누릴 수 있었다. 창문 맞은편에
커다란 붙박이장과 수직 선반이 있고, 욕조 딸린 욕실이 있었다.
미국 집의 마스터룸은 한국보다 훨씬 넓다. 내가 썼던 방 크기도
한국의 웬만한 원룸과 맞먹었다. "나이 마흔 가까운 직장인이 왜
학생처럼 남들이랑 부엌 나눠 쓰면서 같이 사냐. 도저히 이해를
못하겠다" 혀를 차는 주변 사람들도 있었지만, 나는 최대한 주거

비용을 아끼고 싶었다. 내 예산 범위 내에서 맨해튼 중심가의 도어맨 있는 신축 아파트에서 안전과 (쥐 없는) 청결함 두 가지를 보장받으려면 그 방법밖에 없었다. 나는 품위보다는 실용을 택했다.

단출한 살림이었다. 원래 그 방에 있던 침대에 베드배스 앤드 비욘드에서 수진과 함께 산 커버를 씌우고 베개와 이불을 놓았다. 침대 맞은편 벽에 놓여 있던 두 개의 이케아 테이블 중 왼쪽의 흰색 테이블에는 화장품과 수진이 귀국하면서 주고 간 TV를 놓았고, 오른쪽 검정 테이블은 책상으로 썼다. 정리 정돈 잘 못하고 쌓아두는 성격 탓에 얼마 지나지 않아 두 테이블 모두 책과 종이, 각종 물건으로 뒤덮였다. 옷장 옆 협탁에는 브리타 정수기와 물컵, 전기 주전자 등을 올려놓았다.

곰팡이가 잔뜩 슬어 있던 욕실 커튼을 교체하고 세면대 위 수납장에는 타월을, 세면대 아래 수납장에는 청소용품을 넣어놓았다. 미국 가정에서 흔히 쓰는 물품이 아니라서 다른 상점에서는 도무지 구할 수 없었던 고무 슬리퍼와 물바가지를 코리아타운 H마트에서 사와 욕실에 비치하고 나니 비로소 마음의 안정이 찾아왔다. 가구를 사지 않았지만 이사 후 모든 살림을 온전히 내 손으로 장만한 것은 그때가 처음이었다. 혼자 산 지 오래되었지만 서울에서 집을 구하거나 세간살이를 구입할 때는 엄마라는 지원군이 있었다. 비로소 완전히 독립한 것 같은 느낌이 들었다.

안정된 주거는 아니었다. 열쇠를 잃어버린 룸메이트 A가 현관문을 잠그지 않고 외출한 일로 다퉜을 때, A는 내게 "그렇게

잘났으면 혼자 집 얻어 살지 왜 그 나이에 다른 사람들이랑 집 나눠

쓰며 이렇게 살고 있느냐"라고 퍼부었다. 나는 비로소 서울에서의
나를 모르는 사람들이 나를 어떻게 바라보고 있는지를 깨닫고
놀랐다. 번듯한 나만의 방을 마련했다 자부했지만, 남들 눈에 비친
나는 나이 먹을 만큼 먹고도 돈이 없어 남들과 함께 사는 그 도시의
뜨내기였다. A도, 예나도 나를 은근히 무시하고 있었던 것이다.

때때로 방 안에서 풀을 태우는 것 같은 퀴퀴한 냄새가 났다.
아침에 눈을 뜨면 냄새 때문에 목이 매캐했다. 마리화나 냄새라는
걸 희주가 말해줘 알았다. 다른 집에서 피우는 마리화나 냄새가
화장실 환기구를 타고 흘러들어오는 것 같았다. 지금은 아니지만
당시에는 뉴욕에서 마리화나를 피우는 것이 불법이었다. "이
집 사람들이 마리화나를 피운다는 신고가 들어왔다"며 아파트
관리인들이 들이닥쳐 내 방을 샅샅이 뒤졌을 때, '내가 재임차인이
아닌 집주인이었으면 이런 일을 겪었을까' '내가 아시아 여성 아닌
백인이었다면 그들이 나를 이렇게 대했을까' 서럽고 억울한 마음이
들었지만, 이내 곧 지나갔다.

1년간 살기로 하고 계약했지만 예나는 약속을 지키지 않았다.
나와의 계약 종료 한 달여 전에 말도 없이 집주인과의 임대차
계약을 해지했다. 나는 귀국 일주일 전에 방을 빼줘야 한다고
통보받았다. 새로운 임차인이 들어온다는 것이었다. 예나는 짐을
싸서 자기 집에 와 있으면 되지 않느냐고 했다. 그냥 이삿짐도
아니고 귀국 이삿짐을 갑자기 싸서 너희 집에 얹혀 있으라고? 그럴

순 없지. 이건 계약 위반이잖아. 그간 뉴욕에서의 경험을 통해 나는
법과 상식이 통하지 않는 사람에게 법과 상식을 이야기해보았자
소용없다는 걸 알고 있었다. 치사하고 모양 빠지지만 예나
눈높이에서 똑같은 수준으로 싸워야 했다. "좋을 대로 해. 그러면
네가 지금까지 여기 살지도 않으면서 사는 것처럼 거짓말하고
세입자 들여서 월세를 받았다는 사실을 집주인한테 얘기할거야.
나 집주인 전화번호 아는 거 알지?" 계약 위반이라고 할 때는 눈
하나 깜빡 않던 예나가 협박하자 비로소 겁을 먹었다. "제가 새로
들어오는 분들께 사정해서 언니 귀국할 때까지 그분들 입주를
미뤄볼게요" 하더니 실제로 그렇게 해왔다. 수완이 좋은 아이였다.

✼

휘트니미술관에 소장된 「뉴욕의 실내」는 호퍼가 1921년경
그린 그림이다. 바느질하고 있는 여자의 뒷모습이 창을 통해
들여다보인다. 에드가르 드가의 발레리나를 연상시키는
치맛자락 풍성한 여인의 흰색 드레스. 그녀가 바느질하고 있는 건
토슈즈일까? 궁금하지만 우리는 알 수 없다. 여인은 방문을 바라본
채 (아마도) 침대에 앉아 있고, 여자의 오른쪽 벽에는 풍채 좋은
벽난로가 자리를 차지하고 있다. 나이액의 호퍼하우스에서 그림
속 벽난로를 본 적이 있다. 그 벽난로 위에 「뉴욕의 실내」 복제본이
놓여 있었다. 호퍼는 고향집 어머니 방에 있던 벽난로를 이 그림에

그려넣었다. 왼쪽 벽에 걸린 액자는 그가 1905년경 그린 「예술가의
침실, 나이액」 속 액자와 동일하다. 살면서 마주친 여러 이미지를
마음속에 저장해놓고 자신만의 이데아로 변형시켜 화폭에 재현한
화가. 호퍼의 마음이란 갖가지 세상 정경을 비추는 하나의 창과 같지
않았을까, 나는 짐작해본다.

시카고미술관 큐레이터였던 캐서린 쿠의 책 『전설의 큐레이터,
예술가를 말하다』에 1950년대 후반 워싱턴스퀘어의 호퍼 자택에서
그를 만난 일화가 담겨 있다. "당신의 그림에서 색이 맡고 있는
역할은 무엇인가요?"라고 쿠가 묻자 호퍼는 이렇게 답했다. "나도
내가 색채주의자가 아니라는 건 알아요. 무슨 말이냐면 난 배색의
조화 같은 것에는 관심이 없다는 거지. 자연 속에서 찾을 수 있는
색의 하모니는 좋아하지만 말이죠. 난 색채보다는 빛에 관심이
많아요."

그림 속에서 빛은 어디에 있나? 광원을 쉬이 짐작할 수 없지만
그림에서 가장 환하게 빛나는 것은 여자의 무릎을 덮고 있는 치마다.
또 빛은 그녀의 드러난 목과 어깨에도 떨어지며 유독 하얗게 비추고,
견갑골과 팔 뒤쪽에 짙은 그림자를 드리운다. 길고 풍성한 적갈색
머리카락은 목 뒤에서 반으로 갈라 일부러 앞으로 넘긴 것처럼
한 오라기도 등을 가리지 않고 가슴 앞쪽으로 늘어뜨려져 있다.
가녀리다기보다는 풍만한 체구, 단단한 근육이 돋보이는 팔에도
불구하고 그림 속 여자가 어쩐지 처연한 느낌을 주는 것은 살짝
숙인 고개, 머리칼을 헤치고 드러난 목, 펄 파우더라도 뿌린 듯 빛을

에드워드 호퍼, 「뉴욕의 실내」, 캔버스에 유채, 61.8×74.6cm, 1921년경, 휘트니미술관, 뉴욕

반사하며 반짝이는 어깨 때문이다.

분명히 그녀는 쓸쓸해 보인다. 단순히 홀로 있기 때문만은 아니다. 문 왼쪽 벽에 걸린 액자 절반, 오른쪽 벽난로의 3분의 1가량을 잘라버린 화면 안에서 그녀 혼자, 자신이 이 세계의 전부라는 듯 밤의 빛에 온몸으로 대항하며 빛나고 있기 때문이다. 여자는 누구일까. 호퍼의 그림에 단골로 등장하는 아내 조지핀은 아니다. 호퍼가 결혼 전 만난 프랑스 여인 잔 셰리라고 미술사학자 게일 레빈은 추정한다.

✳

호퍼 그림 속 고풍스러운 풍경과는 달리 나의 '뉴욕 실내'에는 벽난로도, 액자도 없었다. 좋게 말하면 모던했고, 나쁘게 말하면 삭막했다. 메트로폴리스다운 풍경이었다. 그렇지만 들여다보고 있으면 이야기가 쏟아져나올 것만 같은 호퍼의 그림과 마찬가지로, 나의 방도 나 자신의 이야기를 채워놓기에 적합한 무대였다.

돈 아끼자고 멋모르고 한 계약 때문에 골치 아픈 문제들을 겪었지만 그 방에서 보낸 나날을 나는 대체로 사랑했다. 룸메이트들이 출근하고 등교하느라 집을 비운 낮 시간, 샤워를 하고 창문 옆 벽에 기대놓은 전신거울을 보며 머리를 말릴 때 방 안으로 가득 쏟아지던 햇살이 청량했다. 아마존에서 산 독서용 램프를 침대 머리맡에 설치해놓고 불빛 아래서 과제를 하거나 책을 읽던 밤

시간은 아늑했다.

그 방에서 잠을 자고, 옷을 갈아입고, 밥을 먹고, 차를 마시고, TV를 보고, 글을 썼다. 간간이 다녀간 친구들과 침대에 누워 밤새도록 이런저런 이야기를 나누기도 했고, 나를 보러 온 엄마가 2주간 머무른 곳도 그 방이었다. 왜 뉴욕까지 가서 '고급 난민' 생활을 하느냐고 했던 엄마가 내 방 침대에 벌렁 드러누워 "생각보다 넓고 좋네. 이 정도면 혼자 살 만하다, 야" 하며 안심하는 기색을 보였을 때, 비로소 당당한 성인으로 인정받은 것 같은 느낌이 들었다.

뉴욕을 떠나던 날 그 방에서 처음이자 마지막으로 사진을 찍었다. 나 역시 혼자였지만 목선이 애잔한 호퍼의 여인과는 거리가 멀었다. 햇볕에 잔뜩 그을린 건장하고 통통한 여자가 사진 속에 있었다. 사진을 찍어준 사람은 그렇게 으르렁대고 다퉜던 예나였다.

그 집에서의 마지막 사흘 동안 가구며 집기를 정리한다며 들어와 있던 예나와 함께 보냈다. 냉장고에 남아 있는 식재료를 먹어치우느라 부지런히 요리를 했는데, 발목을 다쳐 목발을 짚고 있는 예나를 두고 혼자 먹을 수는 없어서 같이 먹자고 권했다. 내가 끓여준 비빔면을 먹으며 애교 섞인 목소리로 "언니, 사는 건 참으로 힘든 일 같아요"라고 말하는 예나에게 "야! 나는 너 때문에 힘들어 죽겠거든!" 소리지르고 싶었지만 웃는 얼굴에 차마 침을 뱉을 수는 없었다.

뉴욕을 떠나기 전날 저녁에도 파스타를 만들고 트레이더 조의 대표적인 냉동식품인 만다린 오리엔탈 치킨을 데우고 와인을 따라 예나와 함께 먹었다. 다음날 예나는 절뚝거리면서도 아래층까지 짐 옮기는 걸 도와주었고, 마지막에는 서로 뜨겁게 포옹하고 헤어졌다. 예나 때문에 여러 가지로 속을 썩었지만 뉴욕이라는 거친 환경에서 20대 초반 유학생이 홀로 버티기 위해 택한 나름의 생존 전략이었으리라 이해해볼까, 하는 마음이 마지막에는 들었다.

인천공항에 도착해 휴대전화를 켰더니 예나가 보낸 메시지가 사진 한 장과 함께 와 있었다. "언니, 밥해줘서 고마워요. 짐 다 빠진 언니 방." 침대도 테이블도 사라지고 휑하게 빈, '뉴욕의 실내'였다.

기차
여행

뉴욕을 떠나 동부의 다른 도시로 갈 때면 대개 기차를 이용했다.
기차에 혼자 앉아 여행을 하노라면 에드워드 호퍼의 그림 속 여자가
된 것만 같았다. 호퍼의 「293호 열차 C칸」은 혼자 기차 여행중인
여자를 그린 것이다. 청보라색 원피스를 입고 같은 색 모자를 푹
눌러쓴 여자는 무언가를 읽는 데 골몰해 있다. 아마도 여행 서적이나
여행 관련 자료이리라. 기차의 실내는 연둣빛으로 환하고 녹색의
좌석 등받이에는 흰색 시트가 덮여 있다. 모자로 얼굴을 반쯤 가렸기
때문에 우리는 여자의 얼굴을 완전히 볼 수는 없다. 다만 모자
사이로 비어져 나온 금발이 찬란하게 빛나고, 챙이 만든 그림자가
드리워진 콧날은 오뚝하며, 새침하게 다문 입술은 또렷하게 붉다는
것만 알 수 있다.

　차창 밖으로 노을 진 풍경이 스쳐지나간다. 여자는 어디로 가고

에드워드 호퍼, 「293호 열차 C칸」, 캔버스에 유채, 50.8×45.7cm, 1938년,
IBM코퍼레이션, 뉴욕

있는 것일까. 알 수 없지만, 그림을 보고 있노라면 나 역시 그녀 옆,
창가의 빈자리에 함께 앉아 그녀와 같은 곳으로 가고 있는 것만
같은 착각이 들곤 했다.

호퍼가 이런 그림을 그릴 수 있었던 건 그가 미국 동부에 살았기
때문임을 깨달은 것도 뉴욕에서 생활하면서 얻은 수확 중 하나였다.
자동차가 없으면 여행을 하기 힘든 서부와 달리 비교적 철도가 잘
갖춰진 동부에서 가장 쾌적한 여행 수단은 기차였다. 공항과 달리
기차역은 도심에 있었고 오래 대기하지 않아도 되었으며 연착과
결항이 상대적으로 드물었다.

뉴욕에는 2개의 큰 역이 있다. 42번가의 그랜드센트럴터미널은
콜드스프링이나 나이액 같은 허드슨강 북부의 도시, 혹은
예일대학이 있는 뉴헤이븐 같은 코네티컷의 도시를 연결하는
메트로 노스 철도가 다니는 곳이다. 1871년에 문을 연 이 역사驛舍는
고대의 신전 같은 웅장함을 겸비한 예스러운 건물로 중앙홀의
아치형 천장에 그려진 황도 12궁 그림이 유명하다. 드라마 「가십
걸」의 첫 장면에도 나오는 중앙홀의 그 푸른 천장 아래에 서
있노라면 영화의 주인공이 된 것만 같은 기분이 들었다. 대개 영화
속 여자 주인공은 이 역에서 만난 남자와 사랑에 빠지지만 아쉽게도
내게 그런 일은 일어나지 않았다. 호퍼는 이 역을 통해 뉴욕과 고향
나이액을 오고갔으리라.

흔히들 '펜스테이션'이라고 줄여 부르는 34번가의
펜실베이니아스테이션은 1910년에 문을 열었다. 보스턴이나 워싱턴

D.C. 같은 주요 도시들을 잇는 미국 국영철도 암트랙과 뉴욕주 남동부로 가는 통근열차인 롱아일랜드철도LIRR 기차들이 이곳을 거친다. 무척이나 복잡하고 지저분해서 이 역을 이용할 때마다 기분이 썩 좋지는 않았다. 뉴요커의 불친절이야 워낙 유명하지만 역대급 불친절을 이 역에서 겪기도 했다. 크리스마스를 맞아 워싱턴 D.C.에서 놀러온 친구를 마중나갔다가 기차 도착 안내 전광판이 고장났기에 역무원에게 "워싱턴에서 오는 친구를 기다리는 중인데 열차가 어느 플랫폼에 서느냐"라고 물었더니 그는 내 휴대전화를 가리키며 이렇게 말했다. "친구한테 전화해서 물어봐."

✳

어쨌든지 간에 나는 기차 여행이 좋았다. 미국 동부를 좋아하게 된 가장 큰 이유 중 하나는 기차 여행이 가능하다는 점이었다. 기차를 타고 많은 곳을 다녀왔다. 워싱턴 D.C.도 보스턴도 프린스턴과 뉴헤이븐도 미국에서 운전이 엄두가 나지 않았던 나로서는 기차가 없었다면 가지 못했을 곳이었다. 기차를 타고 새로운 도시에 도착할 때마다 나는 내가 뉴욕에서 얼마나 복잡하고 피곤하게 살았는지, 뉴욕이 아닌 미국 다른 도시의 삶이란 얼마나 쾌적하고 여유 있는지를 깨달았고, 다시 뉴욕으로 돌아오면 익숙한 곳으로 돌아왔다는 안도감과 함께 또다시 북적대는 도시생활의 시작이라는 생각이 들었다.

　　기차는 아니지만 뉴저지와 뉴욕을 이어주는 지하철인
패스PATH를 타고 강 건너 호보컨에 갔던 날이 기억난다. 역사를
나와 마주한 도시는 조용했다. 거리는 깨끗하고 한산했다.
맨해튼에서는 상상할 수 없는 쾌적함. 브루클린이나 퀸스의
낡아빠진 느낌과는 다른 새뜻한 무엇인가가 있었다. 호보컨은
프랭크 시나트라의 고향이다.

　　시나트라공원 운동장에서 아이들이 야구와 축구를 하고 있었다.
벤치에 앉아 킨들을 꺼내 『바람과 함께 사라지다』를 읽기 시작했다.
배트에 공이 맞는 소리, 아이들의 함성, 그리고 뱃고동 소리,
간간이 강물이 부두에 부딪히는 소리. 모든 것이 한가롭고, 그리고
고요했다.

　　나는 '고요'와 '정적'의 차이를 알 수 있을 것 같았다.
룸메이트들이 모두 학교에 가거나 일하러 가느라 집을 비운 날, 혼자
집에 있노라면 이내 저녁이 되고 어두워졌다. 집밖은 사이렌소리로
시끄럽지만 집 안에서는 아무 소리도 나지 않았다. 그 정적이 싫어서
나는 눈이 빠지게 누구든 오길 기다렸다. 참 이상했다. 대학 입학
이래 죽 혼자 살았지만 서울의 내 집에서는 한 번도 경험하지 못한
숨 막히는 정적이었다.

　　내가 그런 이야기를 했더니 룸메이트들이 동의했다. "언니, 저도
이 집에 혼자 있는 걸 못 견디겠어요. 여기가 뉴욕이라서 그럴지도
몰라요. 밖은 시끄러운데 집 안만 조용한 게 대비돼서."

　　호보컨에는 기분좋은 고요가 있었다. 한가로운 주말, 서울의 내 집

거실에 앉아 있을 때 느끼던 그런 평화로움, 조용한 가운데 간간이 들리는 일상의 소리, 바쁘지도 각박하지도 않은 그런 소리 말이다.

저녁을 먹은 후에는 야경을 봤다. 강 건너 맨해튼의 불빛이 휘황찬란했다. 나는 강 건너 부두의 초록 불빛을 바라보는 개츠비처럼 가냘픈 애상에 젖어 내가 거주중인 그 동네를 응시했다. 왜 나는 고작 우리 동네 야경을 보겠다고 굳이 여기까지 온 걸까. 인간이란 자기가 속한 곳을 벗어나 거리를 두고 바라보며 객관화하고 싶어하는 존재인가. 그리하여 우리는 끊임없이 피안을 갈망하고, 갈망을 채우지 못해 좌절하며, 때때로 물에 빠져 허우적거리는 건지도 모른다.

집에 돌아올 때는 페리를 탔다. 계속해서 야경을 보고 싶었기 때문이다. 저녁 6시 40분 호보컨발 월드파이낸셜센터행 페리 승객은 나와 내 또래 남성 단둘이었다. 물에 비친 도시의 불빛이 배 창문을 통해 쏟아져 들어왔다. 넘실대는 강물을 타고 배는 이내 부두에 정박했고 나는 어둠이 도사리고 있는 빛의 도시, 지저분하고 시끄러운 맨해튼에 다시 발을 들여놓았다.

*

기차로 여러 도시를 갔지만 가장 기억에 남는 건 워싱턴 D.C.와 보스턴이었다. 둘 다 대도시였고, 뉴욕에서 암트랙으로 3~4시간 떨어진 곳이었다. 워싱턴 D.C., 보스턴, 뉴욕, 세 도시를 비교하는 재미도 있었다. 백악관과 국회의사당이 있는 워싱턴 D.C.는 세계 유수의 인재들이 모이는 '일하러 오는 도시'고, 하버드대학교와 MIT가 있는 보스턴은 학자들이 '공부하러 오는 도시'다. 반면 뉴욕은 '놀러 오는 도시'라 이토록 시끄러운가. 나는 종종 그런 생각을 했다.

워싱턴 D.C.에 처음 간 건 10월 중순. 회사 동료였던 K 선배의 초대가 계기가 되었다. 암트랙을 타고 간 첫 여행이었다. 출발일이 가까워질수록 값이 올라간다는 기차는 한 달 전 끊었는데도 편도 89달러나 했다. 무척 비쌌지만 그만큼 안락하기도 해서 워싱턴 D.C.까지 가는 3시간 내내 창에 기대 잤다.

여러 곳을 보았지만 K 선배가 추천한 스미스소니언 아메리칸 아트 뮤지엄이 가장 인상에 남았다. "미술사에서 잊힌 19세기 말~20세기 초 미국 미술을 볼 수 있는 곳"이라고 선배는 말해주었다. 에드워드 호퍼나 존 싱어 사전트, 차일드 하삼, 로버트 라우센버그 등 몇몇을 제외하고는 널리 알려진 작가도, 유명한 그림도 없었지만 나는 그곳이 좋았다.

전통이 부재한 이민자들의 나라에서 추상표현주의며 팝아트가 등장하기까지 미국 화가들이 자신들의 색깔을 찾기 위해 분투하는 과정이 흥미로웠다. 어떤 화가들은 유럽을 답습하고, 또다른 화가들은 자기 동네 풍경과 사람들을 그린다. 이는 미술뿐 아니라 모든 분야에서, 유구함에 대한 콤플렉스가 있는 자들이 공통적으로 보이는 상반된 반응이다. 미국 미술이 현대미술의 심장에

애그니스 타이트, 「센트럴파크에서 스케이트 타기」, 캔버스에 유채,
85.8×121.8cm, 1934년, 스미스소니언 아메리칸 아트 뮤지엄, 워싱턴 D.C.

이르기까지는 이러한 수많은 시행착오가 있었던 것이다.

　겨울의 센트럴파크를 그린 애그니스 타이트의 「센트럴파크에서 스케이트 타기」처럼 뉴욕의 풍광을 그린 그림들이 특히 눈에 들어왔다. 내가 어느새 뉴욕에 익숙해졌다는 사실이 새삼스러웠다. 익숙한 것들이 화폭에 담겼을 때 인간은 그에 호감을 표하게 되나보다. 이 미술관에서 특히 마음에 들었던 곳은 중정. 높은 유리천장의 채광이 좋고 건축이 우아해서 몇 시간이라도 앉아 있을 수 있을 것만 같았다.

✳

11월 말의 어느 날, 나는 보스턴 사우스스테이션에서 기차를 타고 뉴욕으로 돌아가고 있었다. 보스턴역은 뉴욕 펜스테이션에 비하면 놀랄 만큼 한산해서, 처음 역에 도착했을 때 그 한산함에 적응이 되지 않았다. 아직 가을이었지만 해가 져서 분위기는 겨울에 가까웠고, 크리스마스 장식 덕에 공기는 이국적이었는데, 나는 잠시 내가 그 공간에 있다는 사실이 낯설게 느껴져 어리둥절했다. 한 인간의 삶이 신이 짜놓은 각본에 따라 흘러간다면, 어떤 커다란 손이 머나먼 한국 땅에 있던 나를 집어 지금 이 무대에 올려놓았을까. 그리고 그 연출의 의도는 무엇일까, 그런 생각들을 했다.

　보스턴이라는 도시를 처음 알게 된 것은 어릴 적 읽은 마저리 롤링스의 소설 『이얼링The Yearling』에서였다. 『아기 사슴 플랙』이라는 보스턴 해변의 일몰.
우리는 대체 왜 떠나는 걸까.
뉴욕에서 사는 동안,
또 여러 도시를 여행하면서
그런 생각이 머릿속을 떠나지 않았다.

제목으로 더 잘 알려진 이 책에서 사슴 플랙을 잃은 슬픔으로 집을 나온 주인공 소년 조디는 부서진 카누를 타고 보스턴의 옛친구 집에 가려다 실패하고 우편선에 구조되어 집으로 돌아온다. 내가 보스턴이 항구도시라는 사실을 알게 된 건 그 책 덕이다. 이후 중학생 무렵 선풍적인 인기를 끌었던 홍정욱의 『7막 7장』 덕에, 나는 하버드대학교가 있는 도시 보스턴과 뉴잉글랜드의 가을에 대한 환상을 갖게 된다. '버튼다운 셔츠'를 입은 '프레피'들의 도시. '보스턴'이라는 단어의 울림은 하루키 소설이 자아내는 것과 유사한 이국적인 분위기를 듬뿍 품고 있었다. 나는 일본 근대 지식인들이 유럽을 동경한 것과 비슷한 이유에서 보스턴에 대한 동경을 품게 되었다.

이제 나는 책을 읽지 않고서도 보스턴이라는 도시를 그려볼 수 있다. 도시를 관통하는 찰스강, 고풍스러운 도심의 도서관과 교회, 단풍 짙은 공원 보스턴코먼과 해질녘의 바다. 단정한 하버드대학교 캠퍼스와 지적인 케임브리지의 분위기 같은 것.

언론계 동료인 K 언니가 결혼해 케임브리지에 살고 있었다. 2003년 아주 추운 겨울, 용산 경찰서 기자실에서 처음 만난 우리가 보스턴에서 다시 만날 줄은 꿈에도 몰랐는데. 보스턴에 있는 2박 3일 내내 살뜰하게 나를 챙겨준 언니는 뉴욕으로 돌아가는 나를 위해 기차 안에서 먹으라며 샌드위치를 싸서 손에 들려주었다. 언니가 말했다. "이번에 헤어지면 또 언제 보겠니." 그러게, 과연 또 언제가 될까. 나이가 들수록 기회 있을 때 친한 사람들을 자주 봐놓아야 한다는 걸 깨닫게 된다.

여행이란 무엇인가에 대해 자주 생각했다. 별다른 계획 없이 나라와 도시만 정해 연수를 오면서, 가장 자주 생각한 인물이 괴테였다. 그는 37세에 바이마르를 떠나 이탈리아로 떠난다. 더 큰 세계를 보기 위해서였다. 그가 쓴 이탈리아 체류기 『이탈리아 기행』은 세계적인 명저로 꼽힌다. 나 역시 비슷한 나이에 해외로 왔기 때문에 '대체 내가 여기서 뭘 하고 있나' 하는 생각이 들 때마다 괴테를 떠올리며 마음을 다잡았다. 예술가들에게 여행은 자극이다. 샬럿 브론테는 벨기에에 다녀왔다. 보스턴 파인아트뮤지엄에서 열린 전시를 통해 처음 알게 된 미국 화가 윌리엄 메릿 체이스는 뮌헨에 머물렀다. 다른 세계를 경험한다는 것은 자기 안의 세계에 또다른 문을 열어주는 일인 걸까.

세계의 확장에 대해서도 여러 번 생각했다. 차라리 이 세상에서 사라져버리는 게 낫겠다 싶을 정도로 괴로운 일을 겪었을 때나 대체 내게 왜 이런 일이 일어나는지 도무지 이해할 수 없었을 때도, 내가 찾은 답은 한 가지였다. 세계를 확장시키기 위해서.

그렇다면 그 어떤 커다란 손이 나를 이 시점에 이곳에 가져다놓은 것도 내면의 세계를 확장하라는 뜻인 걸까. 나처럼 살지 않기 위해 분투했던 뉴욕 생활에서 결국 얻은 깨달음은 어디에 있든 나는 나이며 내면의 소리에 귀기울이며 나답게 살 때 가장 행복하다는 것인데, 그 역시 내면의 확장에 포함되는 것일까. 그런 생각을 하면서 밤기차에 홀로 앉아 있었다. 기차는 덜컹거리며 밤을 뚫고,

내게는 여전히 이국적인 차창 밖 풍경들을 환등기처럼 보여주면서 시끄럽고 지저분한, 그러나 어느새 익숙해진, 그렇지만 여전히 이방의 도시, 뉴욕으로 나를 데려가고 있었다.

에피그램 및 「시작하며」
요한 볼프강 폰 괴테, 『이탈리아 기행 1』(박찬기, 이봉무, 주경순 옮김, 민음사, 2004)
헤르만 헤세, 『데미안』(전영애 옮김, 민음사, 2000)
Katherine Kuh, The Artist's Voice, Harper&Row, 1962 참고. 번역은 저자.

「카리브의 자유 영혼」
다나베 세이코, 『서른 넘어 함박눈』(서혜영 옮김, 포레, 2013)
벨라 드파울로, 『싱글리즘』(박준형 옮김, 슈냐, 2012)
Carter Ratcliff, Robert Storr, Iwona Blazwick, Barry Schwabsky, 『Alex Katz』, Phaidon, 2017 참고. 번역은 저자

「뉴욕의 서점」
제임스 조이스, 「죽은 이들」(『더블린 사람들』에 수록, 진선주 옮김, 문학동네, 2010)

「어릴 적 그 책, 메트에서」
E. L. 코닉스버그, 『집 나간 아이』('에이브 전집' 60권, 박옥선 옮김, 학원출판사, 1999)

「그리니치빌리지」
방현석, 『랍스터를 먹는 시간』(창비, 2003)

참고 자료
게일 레빈, 『에드워드 호퍼』(최일성 옮김, 을유문화사, 2012)
미야자키 하야오, 『책으로 가는 문』(송태욱 옮김, 현암사, 2013)
캐서린 쿠, 『전설의 큐레이터, 예술가를 말하다』(김영준 옮김, 아트북스, 2009)
패멀라 폴, 『작가의 책』(정혜윤 옮김, 문학동네, 2016)

나의
뉴욕
수업

호퍼의
도시에서
나를
발견하다

ⓒ곽아람 2018, 2023

2판 1쇄	2023년 4월 25일
2판 3쇄	2024년 3월 20일

지은이	곽아람
펴낸이	김소영
책임편집	임윤정
편집	전민지 이희연
디자인	김유진
마케팅	정민호 박치우 한민아 이민경 박진희 정유선 황승현
브랜딩	함유지 함근아 고보미 박민재 김희숙 박다솔 조다현 정승민 배진성
제작부	강신은 김동욱 이순호
제작처	영신사

펴낸곳	(주)아트북스
출판등록	2001년 5월 18일 제406-2003-057호
주소	10881 경기도 파주시 회동길 210
대표전화	031-955-8888
문의전화	031-955-7977(편집부) 031-955-2689(마케팅)
팩스	031-955-8855
전자우편	artbooks21@naver.com
트위터	@artbooks21
인스타그램	@artbooks.pub

ISBN	978-89-6196-433-3 03810

값은 뒤표지에 있습니다. 잘못된 책은 서점에서 교환해 드립니다.